Los besos

Novela

Manuel Vilas

Los besos

Planeta

PEFC/14-38-00305

Certificado PEFC

Este libro procede de bosques gestionados de forma sostenible y fuentes controladas

www.pefc.es

Avinguda Diagonal, 662, 6.ª planta. 08034 Barcelona (España)
www.planetadelibros.com

Adaptación de la cubierta: Booket / Área Editorial Grupo Planeta
Fotografía de la cubierta: © Martin Barraud / Getty Images
Fotografía del autor: © Álex Gallegos
Primera edición en Colección Booket: octubre de 2022

Depósito legal: B. 15.815-2022
ISBN: 978-84-08-26358-6
Impresión y encuadernación: CPI Black Print
Printed in Spain - Impreso en España

Biografía

Manuel Vilas (Barbastro, 1962) es uno de los escritores españoles más importantes de la actualidad. Su obra narrativa la inicia *España*, a la que le siguen las novelas *Aire nuestro*, *Los inmortales*, *El luminoso regalo* y los libros de relatos *Zeta* y *Setecientos millones de rinocerontes*. Es autor del libro de viajes *América*, de *Listen to me* y de *Lou Reed era español*. Su novela *Ordesa* (2018) fue traducida a más de veinte lenguas y elegida libro del año por el suplemento Babelia y obtuvo el Premio Femina, concedido en Francia a la mejor novela extranjera. Su novela *Alegría* (2019) fue finalista del Premio Planeta y ha sido traducida a varias lenguas. En 2021 vio la luz su novela *Los besos*. Colabora en *El País* y otros medios.

La stagione dell'amore viene e va,
i desideri non invecchiano quasi mai con l'età.

La estación de los amores viene y va,
y los deseos no envejecen a pesar de la edad.

Franco Battiato

1

Tengo que marcharme de Madrid, a la búsqueda de árboles, pájaros, senderos, bosques, ríos, montañas.

¿Qué demonios se cierne sobre el mundo? ¿Es importante? ¿Es mortífero? ¿Es inquina de la naturaleza? ¿Es destrucción? ¿Es tan solo una pequeña molestia en el camino hacia la libertad y la verdad, hacia un ser humano más perfecto? ¿Es una enfermedad como tantas otras? Se cierne un huracán de criaturas invisibles, no son estrellas, no son meteoritos, no son bombas atómicas.

¿Es pasajero?

¿Es grave?

¿Es universal?

¿No se había muerto la historia, es decir, los acontecimientos de carácter planetario?

¿Habrá belleza?

Estoy tan asustado como agradecido, agradecimiento al azar, al hermoso y tembloroso azar, rey de las cosas sin que él lo sepa. Nosotros le otorgamos ese trono y él ni siquiera se sienta en dicho trono, pues se queda durmiendo en los laureles todo el santo día, ajeno a su reino, macerándose en las nubes, en su indolencia inescrutable.

Tengo que marcharme de Madrid, hacia un lugar bello.

Cierro ventanas. Cierra todas las ventanas, me digo a

mí mismo. Oye las bisagras, oye la acción de las cremonas, echa las persianas, despídete.

Cierro luces, cojo una maleta, dos maletas, mejor, unos libros. ¿Qué meter en las maletas? ¿Meter el universo en dos maletas? Tendría que llamar a alguien, pero soy hijo único, y mis padres ya no viven, sigo cerrando ventanas.

Me acabo de jubilar y tengo menos de sesenta años, dos años menos. Una de las ventajas de trabajar en la enseñanza media es que te puedes jubilar a los sesenta si has cotizado durante treinta años. Ya no hay vejez en la jubilación, al menos en la mía, ese es un paso hacia delante, pero hacia dónde, ¿dónde es delante?

¿Qué es la vejez?

Un día antes de que se decretara la cuarentena me subí a mi coche y salí huyendo de Madrid. Las carreteras comenzaban a vaciarse. Yo notaba ese proceso, e incluso lo contemplaba con algún tipo de enardecimiento. Parecía que la madre Tierra recobraba sus territorios, había una presencia de fuerzas primitivas, involuntarias, anónimas, desconocidas.

Había una gran belleza en esas fuerzas casi sobrenaturales, y pensé en mi alma, en que ojalá pueda ver mi alma alguna vez en esta existencia.

Antes de desaparecer del planeta, todo ser humano tendría que tener derecho, un derecho de naturaleza política, a ver su alma, porque sin alma poco somos.

El aire y el sol eran los de siempre, pero sin embargo acogían un perfil diferente, tal vez porque las cosas siempre son y serán una percepción y jamás objetos apacibles y concluidos.

Sí, los seres humanos y sus existencias y sus presencias contundentes se marchaban del mundo, se difuminaban más bien. Era como una retirada de los ejércitos de la vida, de la alegría, de la luz, de la fiesta.

Tuve la sospecha de que el fracaso y el éxito se iban a igualar. Iba a ser indistinguible el uno del otro. Porque el éxito es social. Y el confinamiento es una reclusión.

Se cernía la cárcel sobre justos y pecadores, por decirlo con notoriedad bíblica. Me embriaga la dimensión cósmica de la catástrofe que se cernía sobre la vida.

Pensé en los muertos.

No los que iban a morir, sino aquellos que ya estaban muertos, aquellos que murieron en años anteriores, en el 2015, o en el 16, o en el 17, o en el 18. ¿No deberían regresar a la vida para ver este espectáculo de irrealidad de la civilización?

No era justo que se perdiesen todas estas novedades planetarias. Porque perderte los acontecimientos universales es una fatalidad, es como quien se pierde los días de fiesta de la humanidad.

2

El virus parecía un recién nacido acercándose a la Tierra, así vi yo el virus, como en el final de la película *2001: Una odisea del espacio,* de Stanley Kubrick.

Una pregunta me provocaba una sonrisa irónica: ¿el dinero iba a perder realidad? Nadie ha conocido la vida sin la presencia del dinero. Ni siquiera aquellos que tienen millones y millones de dólares o de euros pueden pagar por hacer realidad un sueño como el mundo sin dinero. Este argumento avala que la vida humana tiende a la comedia, lo único que no es comedia es el amor entre dos seres humanos.

Por tanto, ¿de qué sirve el dinero en un mundo sin camareros y sin empleados y sin funcionarios que consoliden la idea de Estado? Si el dinero se vuelve irreal, la civilización se tambalea, porque ricos y pobres se funden y se igualan. Hasta podrían enamorarse entre ellos. Nadie ha vivido sin la presencia del dinero, tan vieja como la presencia de un dios, lo cual invita a pensar si ambas cosas no son la misma.

Lo son, son la misma, y es un prodigio, un gran don de la inteligencia, ese duro matrimonio entre Dios y el dinero, un matrimonio que no se desgasta, que siempre tiene una vida erótica de primer orden, en donde la infidelidad es la idea más absurda que uno puede imaginar.

3

Cómo temblaba de angustia la tierra.

Jamás había conducido con mi coche en medio de la hoguera de la naturaleza. La radio eran noticias sobre el virus, y gente opinando, y médicos, y políticos, y periodistas, lanzando interpretaciones, generando ruido. La naturaleza se levantaba en armas contra los seres humanos. Nos mandaba un virus. Una especie de esperma de Satanás. Me acordé de otra película: *La semilla del diablo,* pasé de Kubrick a Polanski. Pero ese pensamiento me entristeció, en tanto en cuanto me devolvía a la noche fundamental de la especie, que divide la realidad entre el bien y el mal, entre la luz y la oscuridad, entre la vida y la muerte, como si no hubiera progreso posible, como si nada hubiera cambiado en las concepciones antropológicas fundamentales en estos últimos tres mil años. Lo binario, lo dual sigue dominando nuestro conocimiento.

Grandes avances científicos y tecnológicos y astronómicos y médicos en una configuración moral de hace tres milenios, completamente atascada.

El virus era diminuto, solo lo veían los microscopios.

Siempre implorando los microscopios.

Odio la fe en los microscopios.

El virus ha traído una humillación nueva a la vida de la

gente. Hasta ahora nos humillaban el fracaso social, el fracaso sentimental, la pobreza, la fealdad, la indigencia laboral, la tristeza o la muerte. Ahora nos humilla un ser invisible.

Como a Jesucristo, al coronavirus solo lo vieron los elegidos. De modo que todo seguía igual. Había que creer en unos hombres y mujeres especiales. El nombre de esos tipos cambió. Hace dos mil años se llamaban apóstoles. Ahora se llaman científicos. La comedia humana es frenética e interminable.

¿Qué demonios hacemos sobre la Tierra?

Podríamos desaparecer como especie y no habría registro de nuestra presencia en ningún sitio, el universo continuaría su marcha vacía hacia ninguna parte, quizá hacia la oscuridad, y desapareceríamos sin haber sido capaces de explicar por qué aparecimos una vez y qué significado tuvo la vida. Pero eso le pasa a cualquier ser humano: se va de este mundo sin saber por qué vino a él, sin saber qué es la vida, qué fue su vida.

Al día siguiente de mi llegada a la casa del bosque, España entró en cuarentena.

4

La casa del bosque es de madera, con un bonito techo a dos aguas. Tiene un dormitorio agradable, un baño y una cocina comedor amplia y espaciosa. He metido las latas en el armario de la cocina. He traído libros. Botellas de leche. Carne congelada. Mucho café. El pueblo más cercano se encuentra a 15 kilómetros y ahora está vacío, porque es lugar de veraneo.

He traído libros, sí, pero no sabía qué libros elegir.

He traído dos principales: la Biblia y el *Quijote* de Cervantes. Pensé que eran los adecuados para enfrentar el fin del mundo, porque son dos libros con capacidad de resumir otros libros. En una huida de urgencia, nadie puede acarrear tres mil libros, ni siquiera trescientos. Más bien cinco o seis, como mucho quince, o doce, no sé, depende de tu fuerza bruta, o de si tienes un sirviente, pues hay que pensar en la portabilidad de esos libros.

La portabilidad es importante, y no solo para los objetos, también para el alma.

Siempre se cuela la idea del fin del mundo cuando pasa un acontecimiento planetario, pero pensar en el fin del mundo es como manifestar de forma indirecta que el mundo existe. Cuando la gente habla del fin del mundo acaba afirmando el mundo, y señala así que la civilización es un hecho incuestionable. Por eso nos encanta el fin del mundo, porque de chiripa afirmamos así nuestra propia existencia.

No estoy aislado, pues la conexión wifi de mi móvil funciona perfectamente. Y en la casa hay una pequeña televisión que coge las cadenas de noticias más importantes.

Es una LG de 28 pulgadas, con su mando a distancia, con esas teclas diminutas, ¿por qué no hacen mandos a distancia más grandes? Mandos que te den la sensación de pilotar una nave espacial, de pilotar el mundo entero.

Por las mañanas entra en la casa un sol extraordinario. Me quedo mirando ese sol que se pasea por el dormitorio y el salón y me felicito de haber tenido la gran idea de venir aquí.

El sol no se ha enterado de nada de lo que ocurre aquí abajo. Si miro el sol, este sol que entra en la casa, me resulta imposible pensar que está pasando algo relevante en el mundo.

Este sol invita a enamorarse, pero de quién.

Me suelo despertar entre ocho y ocho y media, aunque no me levanto de la cama hasta una hora más tarde, y me quedo tomando café hasta más allá de las diez de la mañana.

Pongo las noticias.

Millones de seres humanos pasan muchas horas delante de la televisión viendo noticias.

Las noticias son devastadoras, y el mundo entra en un lugar desconocido, como cuando se pisó la Luna en 1969. Nunca habíamos estado aquí. Pero lo más importante: nunca lo previmos, más allá de las películas y las novelas, que no son formas sólidas de previsión.

Por cierto, al final no pasó nada por pisar la Luna en 1969. Parecía que eso era importante y resultó que no lo era. Acabó siendo un acto extravagante de la humanidad.

La conquista de la Luna fue un acto poético, carente de consecuencias reales, fue una especie de narcisismo que reveló la inutilidad del cosmos. Es muy difícil creer en la humanidad si no ocurren acontecimientos planetarios. Si los acontecimientos son devastadores, la creencia se hace más firme. Si son acontecimientos decorativos, como la llegada a la Luna, la creencia dura menos tiempo.

¿Cambió la llegada a la Luna la vida de nuestros padres? Lo de la Luna fue entretenimiento, ocio, cine, espectáculo, y eso ya era mucho. Ocio científico, metafísico incluso, pero ocio. No transformó la realidad económica de la Tierra. No supuso una revolución industrial. Fue diversión, una diversión luminosa, con su efervescencia filosófica, con su punto poético.

El viaje a la Luna fue el último acto poético de la humanidad. Se gastó miles de millones de dólares por amor a la poesía.

Nunca se había invertido tanto dinero en poesía.

Nunca se había amado tanto la poesía.

Estados Unidos y la antigua Unión Soviética, con la financiación de aquellos viajes a la Luna, se convirtieron en auténticos mecenas de la poesía.

No hace falta ser muy listo para darse cuenta de que la idea de nación o de pueblo tiene los años contados, puede que sean muchos años, incluso un par de siglos, tal vez tres siglos o cuatro, eso ya no lo sé, pero algún día solo existirá la humanidad, con el estatuto político que buenamente se pueda conseguir.

Las naciones desaparecerán, también desaparecerán todas las lenguas, y no será un momento triste, sino un paso al frente de dimensiones maravillosas.

No lo veremos ahora. Pero alguien lo acabará viendo; si somos optimistas, ocurrirá en un siglo y medio o dos siglos: no habrá países, no existirán Francia, España, los Estados Unidos, Cuba, Rusia, Alemania, Italia, China. Quizá tarde quinientos años, pero lo veo cristalino. Será un momento mágico: la caída de las identidades nacionales, la desaparición de la idea de los pueblos y el nacimiento de la humanidad.

Lo importante es que llegará el fin de las naciones, y qué gran fortuna tendrán los hombres y mujeres que vean el final de las desigualdades y de las injusticias. Dará igual dónde nazcas. No tendrás mala vida por nacer en África ni una vida privilegiada por nacer en Europa. Eso ya no pasará. Nadie te condenará a la invisibilidad por no hablar inglés. Todos hablaremos inglés al fin, como el mismísimo Shakespeare.

Todos seremos William Shakespeare de talento y Elvis Presley de presencia y cuerpo.

Si alargo la mano, toco ese mundo.

El virus irradia esa posibilidad de que cambie el sujeto de la Historia, con hache mayúscula, aunque no sepamos muy bien qué significa colocar una letra mayúscula delante de una palabra.

Todas las noticias importantes del virus se nombran en inglés en todas las televisiones del planeta, y esa será la única lengua dentro de doscientos años, todas las demás se irán apagando, pero no de una manera triste, no acabo de ver cómo será, pero no habrá ni imposición ni tristeza ni guerra ni tiranía, sino un acuerdo fraterno, en donde el ansia de comunicación sea superior al ansia de identidad. Porque no habrá identidades nacionales y sí ganas infinitas de hablar todos, un ansia universal de comunicación.

Los que ya no estaremos en ese futuro nos podemos consolar pensando en los que no están en este momento, en gente que vivió en la Edad Media o en el siglo XVII.

Los vivos recordamos y los muertos permiten que los recordemos, es su única actividad.

Sin embargo, todo da igual si no estás enamorado.

De qué te sirve tener el cerebro y la inteligencia de Carlos Marx o de Albert Einstein si no estás enamorado.

Y allí está el misterio.

5

Ayer fui a comprar comida a la única tienda del pueblo de Sotopeña, el lugar que me acoge. La tendera tenía una expresión de desacuerdo con el mundo que ya no disimulaba. Me conoce desde hace poco. Ya no estaba amable, como días atrás, cuando vine por vez primera.

Entonces me preguntó por mi vida, por cortesía, claro.

Hoy, Montserrat, así se llama, se ha limitado a guardar la distancia protocolaria y a ajustarse la mascarilla, que era de las quirúrgicas. Me ha servido fruta, verduras frescas, pan, carne, unos cruasanes y unas botellas de leche. Muy poca cantidad de cada cosa, porque no me gusta acumular comida.

No tiene sentido comer mucho en medio de un confinamiento, eso le he dicho a Montserrat para justificar mi exigua compra, pues me daba la sensación de que le estaba haciendo perder el tiempo, al elegir tan pocas cosas: 1 kilo de mandarinas, unos plátanos, una col, una berenjena, una hamburguesa, 2 litros de leche y dos cruasanes. Y aun he pensado que me sobrarían mandarinas y un cruasán. He pensado en las aves, en regalar gajos de mandarinas a las aves de los cielos. Tal vez el haber enseñado tantos años a adolescentes haya precipitado en mí este carácter místico, que procede de la humildad en que se basa toda transmisión del saber. Sin humildad, la inteligencia solo es vanidad.

Ha insultado a los políticos de una manera ingeniosa e incluso risueña por la gestión de la epidemia. Eso ha hecho Montserrat, mientras me ponía los tres plátanos de Canarias en mi bolsa de tela. Los plátanos están bien, abultan y dan la sensación de que te llevas muchas cosas.

Habrá que buscar culpables, he meditado yo. Porque un mundo sin culpables no puede tolerarse. Yo también la he acompañado mentalmente en la propagación de la culpa que ha emprendido, en el intento de señalar a los políticos, porque sin culpables a los seres humanos nos es imposible el conocimiento del mundo y de la vida.

Montserrat quiere culpables, el mundo entero los quiere. La naturaleza es un ente demasiado abstracto para echarle la culpa. No hay nada más humano que la búsqueda de culpables, porque más allá de que parezca una deriva paranoica, más allá de su aspecto psicótico, lo irónico es que existen los culpables.

Al salir de la tienda, dos policías municipales provistos de guantes y mascarillas se acercan hasta mí y me preguntan qué estoy haciendo en Sotopeña. Les explico que soy un recién jubilado de la enseñanza y que mi sindicato me ha ofrecido una pequeña casa aquí, en el monte de La Perla, y que vine antes de que se decretara el confinamiento.

Me piden que lo demuestre, que vine aquí antes del confinamiento.

Dudo, no se me ocurre cómo demostrarlo, y me quedo mirando los plátanos que sobresalen de la bolsa, y justo en ese instante recuerdo que cuando llegué a Sotopeña compré carne en la tienda, antes de la declaración del estado de alarma.

Regresamos a la tienda.

Montserrat se quita la mascarilla y dice que no se acuerda, pero que me dejen en paz, que para qué tanta tontería, que nos vamos todos a la mierda, y que cada uno se vaya a la mierda donde le dé la gana.

Miro a esa mujer y su belleza me rompe el corazón, creo que es la mujer de mi vida, es una fe que me estalla en el alma, e incluso puedo ver mi alma al fin.

Nos quedamos todos —la pareja de la policía municipal y yo— estupefactos. Lo ha dicho con una convicción contagiosa. Y la salvaje belleza de Montserrat ha inundado el mundo de esperanza. La he visto así: morena, con una melena recogida en un moño caótico, con unos ojos negros llenos de violencia, con manos grandes, con unos labios en donde aparecía una media sonrisa levantada en armas, con una autoridad diabólica y divina a la vez.

Me he fijado en sus manos, porque mientras nos hablaba estaba arreglando unas cajas llenas de mandarinas, sin guantes, con sus manos poderosas. He pensado en lo triste que son unos guantes si su función es quitar de la luz del sol unas manos como esas.

Hemos salido la pareja de la policía y yo de la tienda, como hermanados, con un vínculo entre nosotros tres basado en la belleza y en la violencia y en la ira de Montserrat.

Se han quitado la mascarilla, casi en un acto de rebeldía policial, y nos hemos sonreído.

Me han dicho: Y ni se te ocurra llamarla Montse, hay que llamarla Montserrat, tiene mucho carácter, pero es un encanto de mujer, y es buena persona, y es guapísima, claro que eso salta a la vista, nosotros la queremos mucho, ella te ha salvado, menudo abogado defensor te ha salido, es la mujer más guapa que ha habido en este pueblo, ojo, no te enamores de ella.

Y se han reído con una sonrisa amable y bondadosa.

Y se han vuelto a poner la mascarilla.

Me he marchado a casa.

Me ha conmovido que los policías tuvieran esas palabras tan cordiales hacia Montserrat, he pensado que ellos la protegerán. Pero protegerla ¿de qué? De todo, de todo lo malo de este mundo, por mínimo que sea. En cualquier caso, la bondad de esos policías me ha alegrado.

¿Se habrán enamorado también ellos de Montserrat?

Cómo verla y no caer enamorado.

Necesito creer en la bondad de esos policías, en que son buena gente. Creo que necesito creer en la bondad universal por una sencilla razón: es mejor la bondad que la maldad, elegir la bondad es un acto de inteligencia casi sobrenatural.

Por qué es tan hermosa Montserrat, qué laberinto es ese.

He visto tanta belleza en esa faz, en los ojos, los pómulos, los labios, en la piel, ese enamoramiento a primera vista coloniza mi corazón, se queda a vivir allí, construye una aldea, hace un fuego, comienza a arder ese fuego, surge vida alrededor.

Sin embargo, la carretera permanecía desierta, los árboles estaban pesarosamente abandonados a su suerte, los caminos se perdían, soplaba el viento. La sierra madrileña se estaba enfriando, pero transmitía una sensación de intemporalidad, de regreso de la naturaleza.

6

Miro los árboles que están al lado de mi casa, y advierto diferencias.

Identifico los pinos y los abetos, y los álamos, pero más allá me pierdo.

Tengo que aprenderme todos los nombres de los árboles. Es más importante saber el nombre de las distintas especies de árboles que los nombres de los reyes de España, o de Francia, o de Inglaterra.

Los árboles son seres humanos mejorados, convertidos en quietud y en bondad absoluta. ¿Qué cabe decir de un árbol? De un árbol solo puedes decir cosas buenas, como de Montserrat.

Me he enamorado de ella, les susurro a los árboles.

La voy a convertir en un árbol, para que vosotros también os enamoréis de ella.

¿Es enamoramiento a primera vista lo que me ha pasado?

Ojalá lo sea.

Ojalá el amor a primera vista fuese tan real como un árbol, una montaña o un río. Ojalá nadie dudara de su existencia. Porque el amor a primera vista tal vez demuestre la existencia de fuerzas sobrenaturales, mágicas, poderes asombrosos destinados a elevar la vida humana, a convertirla en belleza, en amor salvaje, en pasión.

¿Se enamoran los árboles de otros árboles?

Yo diría que sí, y que es un amor condenado a la distancia y al incumplimiento, pues un árbol no puede caminar hacia otro árbol.

Tal vez puedan tocarse los unos a los otros a través de sus ramas o sus raíces, pero no pueden desarraigarse y comenzar a caminar hacia otro árbol, con las raíces rotas, y el mundo se está envileciendo por culpa del virus, necesito pasar un rato a solas con los árboles.

Es la mujer más hermosa que he visto en mi vida, le digo a un abeto gigante.

Ella, Montserrat, le aclaro.

Mis ojos la conducen ya dentro de mi alma.

Si solo la he visto cinco minutos, pero eso no importa, lo que importa es que me he dado cuenta de que era ella, la esperada.

La que mi alma estaba esperando.

Todo el rato su rostro vuelve a mi pensamiento, en una expansión de la dulzura y el embrujo.

Exacto: mi alma la estaba esperando, y al encontrarla, mi alma se ha hecho visible.

Los árboles no me contestan con palabras, pero mueven las ramas.

7

Las televisiones no quieren mostrar los ataúdes. Hay desabastecimiento de féretros mortuorios. Los ataúdes son importantes: lo dicen todo de la condición humana, y tienen fuerza política. Si ves uno, automáticamente dejas de creer en cualquier forma de nación, o estado, porque te das cuenta de que la verdad está allí, en el ataúd. Por eso no los enseñan.

Un ataúd cuestiona de inmediato cualquier sentido social y económico y político de la vida. Los ataúdes son la verdad desnuda.

Todo el mundo los odia.

Y miro ahora la edición del *Quijote* que he colocado con mucha ceremonia encima de la mesilla. Produce una sensación de hogar: mesilla y libro.

Me aprendo de memoria frases sueltas del telediario, para confirmar que todo es real.

Aprenderse de memoria frases de un telediario es como rezar para que el mundo exista.

Nadie sabe quiénes son los muertos. Los presidentes de los distintos Gobiernos tienen que hacer un enorme esfuerzo teatral para disimular que les importan esas muertes. Pero todos sabemos que no les importan por una razón bien sencilla: porque a nosotros tampoco nos importan.

Es verdad que lo intentamos, que intentamos con todas nuestras mejores fuerzas que nos importe la desgracia del otro, pero es una desgracia lejana. Somos demasiado hipócritas o tenemos el corazón pequeño.

Les pedimos a los jefes de Estado o a los presidentes de Gobierno que les importe aquello que a nosotros no nos importa. Aunque bien mirado, eso tiene un fondo cómico, y en cualquier caso parece una exigencia laboral que les hace el pueblo a sus políticos.

Para eso se inventaron las liturgias: para que aquello que no puede importarnos parezca que nos importa. También se le llama mostrar respeto. Y está bien. Es un buen invento. Nos ayuda a vivir en sociedad. Nos ayuda a tolerarnos los unos a los otros. El respeto es moderno. Creo que nació después de la Segunda Guerra Mundial.

Pero el respeto no es amor.

Ese respeto es tedio político, mansedumbre, otro terror añadido al terror de la muerte, ese respeto tiene algo de terrorífico dentro.

Mi homenaje es pensarlos como bailarines en el cielo: rodeados de nubes, danzan un vals lleno de luz, todos rejuvenecen, se besan, se muerden, de despedazan, hacen el amor, son infieles, la infidelidad queda abolida para siempre, intercambian sus parejas, los viejos matrimonios se dicen adiós y todos se lían con otros hombres y otras mujeres, los octogenarios y las octogenarias se persiguen en escenas de sexo tórrido, junto al mar, bajo los árboles, hay champán, marisco, un tiempo interminablemente apacible, hay música, canciones de Nat King Cole, y parecen todos adanes y evas.

Ese es mi homenaje a los muertos.

Que vuelvan a bailar.

Bailar.

Como cantaba Franco Battiato: «Yo quiero verte danzar», que es el himno más maravilloso de afirmación de la belleza de la vida que he oído nunca.

Que vuelvan a caminar las calles de sus ciudades: Madrid, Sevilla, Valencia, Barcelona, Málaga, Bilbao, La Coruña, Zaragoza, Oviedo, Cáceres. Que vuelvan a sus calles de siempre, a sus restaurantes, a los restaurantes en donde celebraron sus bodas los que se casaron, que fueron casi todos, porque todo el mundo en España acaba por casarse, pero también quisiera mandar un abrazo profundo a los que se quedaron solteros, a los que no tienen restaurante adonde regresar.

También pienso en los solteros y los pisos que dejaron vacíos al morir, porque tampoco hubo hijos que heredaran esos pisos; tal vez sobrinos, siempre hay algún sobrino a quien de repente le toca la lotería.

Las zozobras amorosas de los que se quedaron solteros se van con el virus, los días en que pensaron en que esta vez sí, que se casaban, y al final fue que no, y la soltería acabó siendo el destino.

Ojalá los sobrinos de los solteros muertos empleen esos pisos para hacer el amor, que es lo único que vale la pena hacer en este mundo antes de morirte, pero eso ya no lo dicen ni el telediario ni el presidente del Gobierno.

De modo que en realidad el virus se plantó ante nosotros para liquidar nuestro erotismo, para dejarnos sin lengua, piernas, sexo, labios, manos, orgasmos, para volver a la Edad Media del pecado carnal.

Sin gemidos.

Sin encuentros casuales en lavabos de estación de tren donde dos desconocidos se corren como bestias, él sentado en la taza del váter, ella encima, y luego ella con las piernas contra la pared y él de pie, y luego él debajo, en el pringoso suelo, y ella golpeándolo con sus pies.

Y al final salen del lavabo, y no se preguntan ni el nombre, y cada uno coge un tren distinto, y jamás volverán a verse.

Y se han amado o lo han intentado, han hecho lo que han podido, no seré yo quien los castigue con el fuego eterno por haber dado rienda suelta a sus instintos.

Y se llevan los fluidos, los sólidos olores corporales un buen rato encima, hasta que se duchen, si es que se duchan.

Porque a los pobres solo los alimenta la ilusión del amor, del sexo, y las caricias. A los ricos les gustan los índices bursátiles, los grandes despachos en los rascacielos, los bancos internacionales, la industria, los *jets* privados, las mansiones con cien habitaciones y cincuenta cuartos de baño.

A los pobres, entonces, solo les queda el sexo, y con un poco de suerte la unión mística de sexo y amor. Si hay suerte.

Cien habitaciones para hacer el amor en cien sitios diferentes en cien noches.

Los pobres enamorados no tienen tiempo para pensar en odiar a nadie, no tienen tiempo para rebelarse, para tener principios políticos, para hacer una revolución socialista o comunista, o liberal, o lo que sea; no por pobres, sino por estar enamorados.

Los enamorados no tienen tiempo para dedicárselo al mundo.

Yo quiero ser uno de ellos, aunque sea solo por voluntad de estar enamorado.

Decirles a los revolucionarios de hoy e incluso a los de mañana: vuestra revolución es maravillosa, pero me viene mal acompañaros, no tengo tiempo, es que no me quedan ni cinco minutos libres.

¿Por qué?, me preguntaría el líder.

Porque estoy enamorado.

8

Lávate las manos, todo el día con la cantinela. Un envilecimiento de la vida, que ahora consiste en el acto insignificante y vacío de lavarte las manos mil veces. Lavarse las manos salva vidas.

Como si en el hecho de lavarse las manos no hubiera un gasto de tu tiempo en donde no estás contemplando la belleza del mundo. Porque el que se lava las manos solo contempla un grifo, agua y espuma de jabón y obediencia.

Es imposible sentir la plenitud de la vida en el acto innoble de obedecer. En la obediencia solo hay renuncia voluntaria a la libertad, degradación y miseria moral.

Poncio Pilatos fue el primer y último hombre capaz de que un hecho tan banal como el de lavarse las manos fuese elevado a categoría filosófica.

Regresa la obediencia, se hace visible el acatamiento, y se hace aún más visible la docilidad.

Así que invoco el recuerdo del rostro de Montserrat como el lugar de la desobediencia, como el único lugar en donde aún podría ser libre.

Oigo las noticias mientras pliego las sábanas.

La lavadora de esta casa parece nueva. Me embruja, porque tiene una pantalla digital, casi como de ordenador. Hay una explosión festiva en esa mezcla de lavar la ropa y a la vez ordenar ese lavado desde un simulador espacial, o algo así.

Una mezcla de agua, jabón y tecnología.

Si eliges el lavado de una hora, se enciende en la pantalla el número 60. Y luego cambia a 59, y a 58, y a 57, y ves correr el tiempo, y es un tiempo de acción, un tiempo útil, no es un paso del tiempo estéril y melancólico, pues hay una finalidad y un propósito.

Como si hubiera un punto de intersección entre un astronauta y un lavadero, así es esta máquina.

¿Quién fabrica una lavadora? ¿Quién la inventó? ¿Cómo es posible que funcione? ¿Cómo es posible que la gente no se dé cuenta de estos milagros? Si Jesucristo o Lenin volvieran y contemplaran lo fácil que es lavar su túnica de mesías o su chaqueta de pana de revolucionario, se quedarían de piedra.

Una lavadora es un milagro cristiano y es una revolución comunista.

Imagino que Montserrat también tendrá una lavadora, tal vez peor que la mía, eso me entristece. Me gustaría que la suya fuese mucho mejor que la mía.

Veo la televisión. Salen todos los presidentes de los Gobiernos del mundo diciendo lo que hay que hacer, invocando la ciencia. Todos van con ropa interior limpia, pero dudo que sean ellos quienes pongan sus calcetines y sus calzoncillos y sus camisas en una lavadora.

Dudo que sepan hacer funcionar una lavadora, que suele tener muchos programas, no es fácil llegar a un dominio pleno de las posibilidades, que son muchas, de una lavadora; y sin embargo, hubo ingenieros y técnicos y diseñadores y cualificados electricistas que gastaron su vida laboral en conseguir más programas de lavado, mejores rendimientos, y resolvieron grandes dificultades hasta llegar a los últimos modelos de lavadoras, y todo esto pasa desapercibido para la mayoría de la gente que usa una lavadora, porque todo el mundo tiene una.

El presidente de España no sale nunca en las televisiones internacionales, en muchos países la gente no sabe ni su nombre ni su aspecto. Solo sale en las televisiones españolas, y no aparece en las cadenas internacionales de noticias. En eso es menos famoso que Cervantes, cabe señalar ese detalle; por otra parte es un detalle inquietante.

¿Será consciente él de este detalle?

El presidente del Gobierno de España vive en la segunda división del mundo. Me pone triste esta militancia perpetua en la segunda división del mundo. ¿Es consciente él de su papel lateral, irrelevante? ¿A qué achaca su irrelevancia internacional? ¿La vive con dignidad? ¿Se enfurece por las mañanas cuando se despierta y contempla que no tiene llamadas perdidas ni del presidente de los Estados Unidos, ni de la reina de Inglaterra, ni del papa de Roma, ni del zar de todas las Rusias, etcétera, etcétera?

Bah, es estúpido pensar en presidentes de Gobierno. Yo solo quiero pensar en ella. En Montserrat. En su belleza descomunal, pero más en su bondad, pues esa ha sido la virtud que han destacado los dos policías. Estoy resaltando su bondad porque le tengo miedo al enamoramiento. Una persona bondadosa será incapaz de hacerte daño, eso me digo.

Me aferro a la imagen de Montserrat y solo la he visto durante cinco minutos, tal vez siete, pero me ha iluminado por dentro, y qué otra finalidad puede tener un ser humano si no es la de iluminar a otro.

La gran creación de la realidad a manos de la televisión, eso somos, pero de repente yo he encontrado una prioridad distinta, resumida en un nombre: Montserrat.

Parece que la Historia se está revelando, parece que nos enfrentamos a un hecho importante y universal. Nos emocionan los hechos importantes, y el virus lo es, porque en el fondo queremos pensar que existe una voluntad en algún sitio, y que el azar no puede producir hechos importantes. Y eso es conmovedor, porque demuestra que aún somos una especie necesitada de amor, una especie frágil.

Necesitamos que haya un sentido, porque sentido e inteligencia son lo mismo en la especie humana. La inteligencia es la celebración de un sentido.

Una iguana, un alce, un lobo, un tigre, un camaleón, un chimpancé, un delfín, una cigüeña no necesitan narrar la historia de su vida, porque no hay hechos que narrar. Son un gran silencio imperturbable. Permanecen en lo indiferenciado, en lo indistinto, no existe la identidad. Nuestra civilización nace el día en que un ser humano comenzó a contar la historia de su vida y se inventó una identidad.

Tal vez el nombre de Montserrat desencadene también una narración, eso espero, o eso deseo.

Y un amor.

Deseo tanto amar y ser amado.

A mi edad.

A cualquier edad.

Todas las edades.

Tengo cincuenta y ocho anos y deseo amar.

Pero si tuviera setenta y ocho también lo desearía.

Y si fuese un nonagenario agonizando en un hospital también desearía hacer el amor con quien fuese, y así ha de ser, porque esa es nuestra salvación, porque nos encendemos cuando alguien nos toca, cuando alguien nos besa.

9

Porque si no existiese el amor a primera vista, la vida no tendría sentido. La vida no ha tratado bien a quien no haya experimentado el amor a primera vista. El amor inmediato, sin un segundo de duda: en ese amor estaba pensando, en uno fulminante; ese debería ser un derecho democrático. Una conquista política. Me gustaría redimir en este instante a todos aquellos seres humanos que no lo han padecido hasta la médula.

Es una injusticia.

El amor a primera vista es la forma en que la vida misma impulsa a los pobres y los miserables al poder, la plenitud, la majestad, la gloria, el furor, la osadía, la pasión, el dominio del mundo y de la historia.

Llenad el mundo de enamorados a primera vista, eso le diría a las fuerzas políticas progresistas del planeta Tierra; y a las conservadoras también les diría lo mismo.

A fascistas y comunistas les diría lo mismo, llenad de enamorados el mundo, pero me fusilarían.

10

Abro la puerta de la nevera nada más levantarme, y miro allí dentro como quien mira mares, ciudades, catedrales, bosques, multitudes de hombres y mujeres haciendo el amor.

Dentro de la nevera, la portentosa belleza del mundo.

El mundo está en silencio.

Millones de seres humanos contemplan el interior de sus neveras. En el confinamiento las únicas vistas panorámicas son las que proporciona tu frigorífico. Son metonimias de la belleza del mundo: unos plátanos sugieren árboles, un pescado sugiere mares, un filete de carne sugiere praderas.

Me falta comida.

Subo a mi coche.

Antes de arrancar el motor me lo quedo mirando. Tiene demasiados años este automóvil. Es un Volkswagen Golf antiguo, un modelo de 1997, de color rojo, de cuatro puertas, pero a mí me gusta, ya es algo *vintage*.

Hay 8 grados, es la sierra de Madrid, que todavía se defiende de la llegada de la primavera. Enfilo el camino que va a la carretera, y desde allí me dirijo a Sotopeña. Todo desierto. Todo como era hace mil años. Entro en el pueblo y aparco delante de la tienda de Montserrat.

¿Te dejaron en paz?, me pregunta ella nada más verme.

Le contesto con una sonrisa.

Puedes llamarme Montse, me dice para mi total asombro, y se quita la mascarilla.

Elijo fruta y tomates y verdura.

Montse me pregunta dónde vivo. Le digo que estoy solo en una cabaña cómoda y agradable, en medio del monte. No hay nadie en la tienda, así que hablamos a nuestras anchas. Ella me dice que solo está por las mañanas, por la tarde viene otro vendedor. El dueño de la tienda vive en Madrid. Dice que sin pandemia el pueblo ya era aburridísimo, a excepción del verano y de las vacaciones. Aunque casi prefiere el pueblo con pandemia, y se ríe. Hacía días que no veía reír a nadie.

¿Pasas frío allí, en medio del bosque?, me pregunta para evitar que me vaya tan pronto.

Tengo unos radiadores eléctricos que van estupendamente, le contesto, y es verdad, ahora me doy cuenta, al nombrarlos, de lo bien que van.

¿Y no tienes chimenea?

Claro, también tengo chimenea.

A mí me encanta el fuego de las chimeneas.

Pues entonces tienes que venir a verme.

Nos quedamos mirando y se hace un silencio, y ninguno de los dos quiere decir nada, es como una tregua.

Intento marcharme, miro mi compra, como señalando que ya la compra está hecha y por tanto me tengo que ir.

He comprado poco porque quiero volver pronto. Porque quiero volver a ver a Montserrat. Antes de irme, le pido el teléfono de la tienda por si necesito llamar con antelación para encargar cosas. Todas las televisiones recomiendan la teletienda, comprar sin ver a nadie, sin tocar a nadie. Montserrat se me queda mirando a los ojos.

Dime tu número y te haré una llamada perdida, así me tienes localizada.

En ese instante llega una señora con un carro de la compra.

Le doy mi número que va trasladando a su teléfono y al momento me entra una llamada perdida.

Aparco el Golf justo enfrente de mi casa.

Me siento en el sofá y pienso en Montserrat, me levanto y enciendo la televisión. Salen políticos, ministros, periodistas, anuncios, concursos, cocineros. Nada de interés, aunque no logro apagarla, pues mientras suena no hace falta pensar, no pienso en ella, me he aprendido de memoria nuestra conversación y danzo con esas palabras que nos hemos intercambiado. Caigo en la cuenta de que no he guardado el número de Montse en la agenda. La estoy llamando Montse contraviniendo lo que me dijeron los policías, pero ella me ha dado permiso, y me lo ha dado a la primera y de manera contundente; esa es una señal inequívoca que alimenta mi esperanza de ser algo especial para ella. Me dejo hacer en esa esperanza como en una nube azul. Miro su número y lo añado a nuevos contactos. Escribo su nombre con mayúsculas. No quiero saber su apellido. Los apellidos dan miedo, contienen demasiada realidad. Miro a ver si tiene WhatsApp. Lo tiene. Miro la foto. Es un primer plano de ella sonriendo, envuelto su rostro en su gran melena. Es una foto actual. Tampoco es una sonrisa impostada, sino genuina, con verdad dentro.

¿Quién le haría esa foto? ¿Fue feliz el día en que se la hicieron? ¿Se la hizo un hombre? La agrando y me concentro en los ojos. Luego en el pelo. La foto no es ella. Es solo una foto, me digo.

Me he enamorado como un quinceañero, no concibo mayor milagro que ese. Pero seguro que es una fantasía, no un milagro. Los milagros no existen, y las fantasías tampoco, pero son más humildes.

Guardo las cosas en la nevera.

No son muchas y sin embargo no consigo encontrarles acomodo. Me asusta mi torpeza. Para todo hay que valer, y yo no valgo ni para colocar con orden la comida en la nevera. Cambio los plátanos de sitio, los tomates, la lata de atún, los huevos. Da igual. No hay forma de encontrar un sentido; lo mismo, me temo, me pasó con mi vida. Quien no sabe ordenar su frigorífico tampoco sabe ordenar sus días.

¿Quién será esta mujer?, pienso mientras sigo viendo el carrusel de noticias, el cómputo de muertos, la bronca política. Hay un dato frenético: España es el primer país del mundo en número de muertos y en número de contagiados.

¿Seremos el pueblo elegido por Dios para sufrir la ira de la naturaleza? ¿Somos protagonistas de algo de lo que valga la pena ser protagonista?

¿Qué significa ese hecho extraordinario de que entre todos los países de la Tierra el covid-19 haya elegido España para mostrar su fuerza, su poder, su dominio?

¿No le tenía que haber pasado esto a Israel, que siempre fue el pueblo elegido por la santidad, el destino y la mano de Dios?

¿Nos pasa a nosotros porque somos los guardianes del catolicismo?

No existe la casualidad.

¿Alguien nos está enviando un mensaje?

Tal vez el covid-19 haya elegido España porque me ha elegido a mí. Los paranoicos somos los reyes de la filosofía.

Entra el sol.

Veo los árboles.

Puedo dar un paseo alrededor de mi casa, como un preso en el patio.

Me advirtió la policía (eso sí, con cordialidad) que no me aventurase por el bosque, o por los senderos cerca del río Eresma. Si lo hacía, podía tener problemas con la justicia. Todo son amenazas.

Pero vuelvo a la pregunta: ¿quién será esta mujer? Porque al verla he tenido la sospecha de que me estaba esperando, que llevaba décadas o siglos esperándome. Cómo es posible que me haya enamorado de ella de una manera tan devastadora. Que ella haya generado esta desazón, este dolor que ahora siento. Esta sed, porque esto es sed. Pero es una sed que no se colma en ella ni en mí.

Creo en el erotismo, una fuerza que no procede del azar, sino del orden con que la naturaleza o la insaciabilidad misma de la naturaleza quiso venir a nosotros. Porque a la parte que no entendemos de la naturaleza haríamos bien en llamarla Oscuridad.

Es contemplar el rostro de un ser humano en teoría por primera vez y pensar que ese rostro nos estaba esperando desde siempre, eso parece una ley de la Oscuridad.

Eso es maravilloso, eso es el enamoramiento: ver el rostro de otro ser humano y quedar profundamente ilusionado, pensando que detrás de ese rostro alienta una vida juntos, alienta un gran amor.

Para eso venimos al mundo, para enamorarnos hasta morir de locura. Aunque nunca es así, nos morimos de otras cosas, pero no de amor.

11

Le acabo de mandar un wasap a Montse. Le escribo: «He olvidado comprar café». Es mentira, me queda café de sobra. Pero necesitaba escribirle. Tenía que hacerlo. Si contesta, se prolongará la angustia y también la esperanza. Por un lado deseo que me conteste, por otro deseo que no lo haga, y en las dos opciones vive el desaliento y una forma de terror.

Tengo una especie de revelación: Dios se ha marchado del mundo. O más bien, Dios se ha detenido. Para los seres humanos la vida es movimiento. La creación de la idea de Dios es consustancial al movimiento.

Si no hay movimiento, Dios se extingue.

Los periodistas que salen en la televisión no saben cómo explicar la parada del mundo. Porque la parada del mundo es la parada de la vida.

Se detiene la rotación del planeta, se detienen los astros, se vacían las cosas, y luego, cien mil años después, recomienza todo y no hay memoria de la detención ni memoria del regreso, en una gigantesca inconsistencia que también es una minúscula inconsistencia. En esto los teólogos ven la presencia de Dios. Yo en todo esto solo veo la presencia de mí mismo, de mi inconsistente inteligencia.

Mi terror ante la contestación o no de Montserrat no

se grabará en ningún lugar del tiempo y del espacio. Solo en mi memoria, y sin embargo, ese terror se ha convertido en un instante en el abismo más grande del universo.

Cuando echamos a Dios de la historia (más o menos empezamos a arrumbarlo en el siglo XVIII), nos quitamos de encima toda una filosofía, y fue un momento de liberación. Ahora vivimos entregados a la ciencia, que se ha convertido en un No-Dios, y la gente va a la ciencia como antes iba a misa. Y esto se parece más a una comedia. Todos los misterios de la vida están intactos, pues la ciencia no ha sabido explicar ninguno. Ni uno solo. Nos morimos más tarde, eso es verdad, y es gracias a la ciencia, pero nos morimos. Esos diez minutos de más que nos regalan la medicina y la ciencia y la tecnología aplicada a la salud son siempre de agradecer, y espero que esos diez minutos se conviertan en una hora.

Quizá todo sea erotismo. Porque si queremos estar más años vivos, la razón ha de ser el erotismo. Respirar y abrir los ojos es erotismo.

Montse no contesta a mi wasap, aunque mi mensaje ha sido leído. Era de esperar que no contestase. Pero entonces para qué me ha dado el número de su móvil.

Dios se ha detenido.

Y el mundo recobra su cara oscura.

Me acaba de llegar un wasap de Montse.

Increíble.

Tiemblo. Me asusto. Me ilusiono.

No lo abro.

Aún no.

Lo dejo allí, en la pantalla, no quiero desilusionarme. Mientras no lo lea, todo es posible, y la ilusión permanece entera.

Puedo pensar que todo es un sueño, que toda la pandemia es una fantasía general, una ilusión de la política. ¿Una ilusión quijotesca?

Me estoy enamorando del libro de Cervantes, lo leo un poco todos los días. Es como enamorarse de un monstruo. Hay algo en el *Quijote* que tiene que ver con la pandemia. Y ese algo se llama irrealidad.

¿Reírse con ese libro, con el libro de Cervantes?

Es como reírse de la vida, tras comprobar que la vida no tiene sentido: una ironía tras la cual se encuentra, amordazada y maniatada, la desesperación. Pero hay algo que sí tiene sentido, y se impone siempre con fuerza incontestable: el afán de supervivencia.

Veo en la televisión a los presidentes de los Gobiernos de las naciones más poderosas de la Tierra y veo cómo sus rostros entran en la palidez y el desvanecimiento.

La inteligencia política naufraga. Y con ella la vanidad de los políticos, que no sacian su codicia de poder y de privilegio, porque se sienten humillados. La política es el lugar del privilegio, para alcanzarlo y legitimarlo —para la supervivencia del privilegio y la fama— se inventan las ideologías y los programas electorales, pero todo eso es mentira. Se codicia el privilegio, que nace al mismo tiempo que la civilización. La codicia del privilegio inventó la civilización, es decir, una forma decorosa e impostada de alcanzar el privilegio.

Sin fama no merece la pena vivir, para alcanzar la fama unos políticos escogen ser de izquierdas, otros de derechas, pero lo que buscan es lo mismo: la fama, lo mismo que buscaba don Quijote de la Mancha.

El deseo de sobrevivir que tenemos cada uno de nosotros no procede de que estemos viviendo grandes pasiones, sino de la costumbre de vivir. Queremos seguir vivos porque es una buena costumbre.

Mi fe en la vida se llama Montserrat.

Y ella ni lo sabe.

Ni idea tiene ella de todo esto.

Y si se lo dijera, no tendría sentido.

Eso es el idealismo.

Y en este instante oigo el motor de un coche, y ya es bien raro, y me sobresalto. Está anocheciendo, son casi las nueve. Y el coche aparca al lado de mi Golf y me quedo mirando el modelo. Es un Opel Astra. Siempre me cayó mal el Opel Astra. Es increíble que te caiga mal el modelo de un coche, pero así es.

Yo creo que vi en el Opel Astra el grado cero de la imaginación automovilística. Toda España en los años noventa fue un Opel Astra. Todo el mundo se compraba un Opel Astra, el grado cero de la imaginación.

Sale del coche una mujer. Parece Montserrat.

Sí, es ella.

Abre el maletero y saca unas bolsas.

Leo con rapidez el mensaje: «Voy a tu casa, espero que no te importe, llego en quince minutos».

12

Como te vi solo, pensé que no te importaría que me acercara a traerte la compra. Porque vives solo, ¿no? Eso decías al menos en tu wasap y un hombre no suele mentir cuando espera que una mujer se acerque a verlo. Te he traído café, un montón de botellas de leche, y agua. Mira, también una caja de galletas Campurrianas, y una de dulces locales, y una caja de cervezas, dice Montserrat.

Me quedo mirando la marca de las cervezas. Son de cristal y no de lata. Como a mí me gustan, como si me hubiera leído el pensamiento.

Le ofrezco que pase a mi casa y me disculpo por el desorden. Estoy feliz y emocionado y a punto de dar saltos de alegría por esta aparición, pero titubeo con los gestos y las palabras. No sé muy bien a qué debo esta suerte, o este destino, aunque inconscientemente lo he buscado y ahora, mientras Montserrat deja las cosas en la cocina, reviso el wasap que le mandé y compruebo que en efecto le informaba que «estoy solo en este confinamiento y, no sé por qué, creo que tú también».

¿Y la policía?, pregunto.

No me han visto y aun cuando me vieran tengo confianza con ellos, son amigos, por eso el otro día les dije esa barbaridad que ya vi que a ti te asustó. La verdad es que no me acordaba de haberte visto antes, no sabía ni siquiera que hubiese aquí una casa. Si no me llegas a mandar las señas por el Google Maps, no la encuentro. ¿Me la enseñas, la casa? Parece muy mona.

Efectivamente, en el segundo wasap incluí la geolocalización de este sitio, comprendo ya de forma irrefutable cuán grande era el deseo de que viniera, pero comprendo también que me había ocultado a mí mismo ese deseo, como si me diera vergüenza.

¿Vergüenza?, la vergüenza de desear en la edad madura, con la puerta de la vejez delante de los ojos, siempre vergüenza de pedir besos y caricias, pienso de manera desordenada mientras intento dar una imagen de tranquilidad ante ella.

La casa es pequeña, pero tiene mucho encanto, podemos poner la chimenea, a mí me da pereza cuando estoy solo, pero con compañía apetece mucho, le digo a Montserrat, cuya melena invade el espacio.

Me quedo mirando la melena, parece horadar el aire. Intento mirar otras cosas, pero la melena me tiene deslumbrado. La negrura de ese pelo me parece un acontecimiento planetario, como el virus. ¿Por qué las mujeres tienen melena y los hombres no la tenemos, salvo excepciones?

Venga, sí, que a mí se me da muy bien hacer fuego, además veo que tienes leña. Si lo llego a saber te traigo más troncos de la tienda, que tenemos un montón. La teníamos guardada para esta Semana Santa, para cuando viene la gente de Madrid, pero ahora no va a venir nadie, dice Montserrat.

Le enseño la casa, y la casa cobra sentido con la presencia de Montserrat y porque ella la mira, me quedo fascinado, parece un hecho sobrenatural. Ahora la casa es otra casa. Ya no me resulta amenazante. Pienso en preguntárselo, preguntarle por qué su sola presencia hace que esta casa sea de verdad una casa y no una guarida o una tumba o un caos, pero no me atrevo. Esta casa no había tenido sentido hasta que ha llegado ella. Yo no había sabido darle sentido. No basta con un solo ser humano para que la vida cobre sentido, y las casas sean casas, los árboles sean árboles y las montañas, montañas.

Oye, ¿no temes que nos contagiemos el virus?, has venido sin mascarilla, le pregunto a Montserrat, intentando crear cordialidad y tranquilidad y todas esas cosas que hacemos los seres humanos para disipar la incertidumbre que nos producen los otros.

El virus no existe, contesta. Es una invención de los malos, o de los buenos, o de quien sea.

Me río, porque lo ha dicho con gracia.

Claro que existe, vuelve a decir, te estoy tomando el pelo. Tranquilo, no soy una zumbada. Hay que tener cuidado, por supuesto. Pero la vida sigue, ¿no te parece?

Ahora ya me he atrevido a mirarla a los ojos.

Mirar a los ojos: ese es el acto grande, porque con los ojos lo dices todo. Y en los míos había deslumbramiento. Y en los de ella había una valoración de mis pretensiones. La palabra es pretensiones.

Los ojos lo son todo, mirar a los ojos lo es todo. Lo declaras todo. Es una aduana en donde nadie miente.

Sí, su presencia convierte mi vida en una espera llena de emociones. Su presencia quema las cosas. La presencia de Montserrat hace que todo hable, hace que mi casa hable, que hablen los muebles, que hablen las ventanas, el suelo, los electrodomésticos. Todo se incendia. Todo abandona la soledad. Todo abandona las armas contra mí. Todo es armisticio.

Los códigos primitivos entre un hombre y una mujer:

¿quién pudiera demolerlos?, en eso pienso. Todo el rato nervioso.

Qué mona es tu cocina, sigue diciendo, tienes hasta una tostadora. Me encantan las tostadoras. Es lo primero que tiene que tener una casa: una tostadora. Tú pones una tostadora en una cocina y ya parece que hay vida. Porque de eso se trata: de que haya vida. Y es una cocina con ventana, y mira qué estupendo, hay un árbol enfrente, adoro los árboles, si hay un árbol cerca nada puede ir mal.

Abrimos la ventana y, como ha caído la noche, el tronco del árbol parece una presencia fantasmal, y entra un olor a bosque, a primavera recién llegada, que nos impacta a los dos. Nos enamora a los dos ese olor denso de los bosques.

¿A qué huele un bosque?, pregunta Montserrat, y termina la pregunta con el esbozo de una sonrisa minúscula, en donde hay una señal de que acepta que sigamos adelante, a ver hasta dónde llegamos.

Me doy cuenta de la profundidad de la primavera, afirma ella ahora, con una frase que parece sacada de un libro.

La voz de Montserrat tiene una rara perfección, hubiera sido una excelente locutora de radio, pues es una voz bien modulada y acogedora, distinguida, que transmite una sensación lúdica, como si fuese una voz que llamara al juego, al hedonismo, pero también contiene matices irónicos, como si en la manera de decir las sílabas hubiera un poco de cinismo.

Voy a hacer una ensalada, ¿te apetece?, pregunto yo entonces.

Otro día, ahora me marcho.

Me quedo admirado con la rapidez con que sucede todo, y a la vez con una espontaneidad que no deja opción a que yo le ruegue que se quede. Es más: me es dado contemplar una gran belleza en esa forma de marcharse, y como hay belleza en ese adiós, me quedo en silencio presenciando cómo Montserrat se marcha de mi casa, con elegancia y con la velocidad del viento. Me siento frustrado, claro, pero también seducido por el modo tan inocente y tan magistral de marcharse de mi casa, es decir, de desaparecer.

Veo encenderse las luces de su Opel Astra tras la ventana.

Dios, cómo odio ese coche, ese quiero y no puedo.

No me da tiempo a sentir tristeza o desilusión porque se ha ido con arte. Pero a los diez minutos de quedarme solo, maldigo mi suerte, maldigo que se haya marchado. Y a los quince minutos abro la novela de Cervantes.

Y a los veinte minutos le mando un wasap.

13

He abierto una de las cajas de galletas que trajo ayer Montserrat. He puesto café. Entraba un montón de luz por la ventana de la sala de estar. He encendido la televisión. Y se ha colado en mi casa la imagen del presidente de Estados Unidos, Donald Trump.

Trump es lo más parecido que nos queda a un emperador de la Roma antigua. Es como un Nerón del siglo XXI. La luz de la sierra de Madrid iluminaba el envejecimiento de Trump.

Ahora abro la caja de dulces locales de Montserrat. No me han convencido las galletas. Y los dulces son exquisitos.

Anoche, después de que se fuera, me quedé leyendo la segunda parte del *Quijote* de Cervantes. Vi una correlación misteriosa entre la vida gruesa y simplona de Sancho Panza y la vida de la clase media española.

¿Quiso hacer eso Cervantes?

Mojo el dulce de Montse en el café con leche, y me sobreviene la duda de si es correcto hacer eso. Tal vez sea una forma de desperdiciar el dulce. Depende de cuál sea el precio. Lo busco en la caja, pero alguien lo ha raspado. Ha tenido que ser necesariamente Montserrat.

Ella previó, entonces, este acto.

Pensó en mi relación futura con esta caja de galletas. Eso hacemos cuando quitamos el precio de un regalo: vemos el futuro, como si fuésemos magos.

Todo es importante, me digo.

Todo tiene una importancia gigantesca, así el momento en que Montserrat, en medio de la muerte de miles de personas por el covid-19, decide despegar la etiqueta del precio de una caja de dulces locales para que yo no sepa cuánto cuestan.

Parecen actos que demuestran la invisibilidad de la voluntad.

Me asustan los fallos de mi memoria. Solo son pequeños olvidos, me dijo el neurólogo, nada más, no te asustes, es más el susto y la angustia que el olvido en sí.

Recuerdo unas cuantas conversaciones que precipitaron mi jubilación. El inspector médico dijo que, en vez de darme la baja por un año, sugería que se adelantara mi retiro, que lo veía más razonable.

Recuerdo que entraba en clase y caminaba despacio hasta la mesa del profesor, me sentaba, pasaba lista, decía el nombre de mis alumnos en voz alta, procuraba decir el nombre de pila con delicadeza, con cariño más bien, me quedaba mirando a mis alumnos y me vencía un silencio insuperable. Intentaba explicar el tema que tocaba ese día, pero no conseguía articular palabra, y luego veía algo raro en el rostro de mis alumnos, me daba cuenta de que se enfrentaban a un futuro inhóspito.

Era como si ese futuro inhóspito al que se enfrentaban mis alumnos me robara las palabras, o más bien me venciera, me derrotara.

Me faltaban casi dos años para obtenerla, la jubilación, pero me la dieron y lo acepté.

El futuro inhóspito me ganó la batalla, de alguna forma.

Pero esos fallos de mi memoria me preocupan, creo que la Oscuridad viene a por mí.

Tengo ganas de volver a ver a Montserrat. No puedo esperar. Quiero ponerle un wasap ahora mismo, invitándola a cenar.

No me atrevo.

14

Vengo a verte porque siento una inmensa curiosidad por ti y porque me caes bien, así tan discreto, tan educado, tan desvalido, me confiesa Montserrat con una franqueza natural.

Vienes porque te aburres en este pueblo y te aburres de este virus, me río yo, porque ya nace la confianza entre los dos, que se asienta en algo etéreo, difícil de explicar.

Ha venido a traerme una fuente de canelones y una botella de vino. Los canelones los ha hecho ella.

Nos sentamos a comer.

Le vuelvo a preguntar por la policía. Se ríe. Otra vez el sol cae sobre su rostro. Me fijo más en ella. Una sonrisa elevada, lenta, cariñosa. Ha bebido más de la cuenta y se ha comido un canelón y medio, le queda otro canelón y medio sin tocar. Casi se ha bebido ella sola más de media botella. La bechamel se ha adherido a sus cubiertos y a los míos.

Y Montserrat con una copa de vino en la mano se pone a hablar en un monólogo largo y hermoso y dice esto:

Mira que es profundamente reaccionaria la naturaleza. Lo vimos con el sida hace unas décadas; y qué le importará a ella, a la naturaleza, si vamos o venimos los seres humanos. Si nos amamos o nos odiamos y si nos juntamos a millones o nos quedamos solos debajo de una piedra como las arañas. Perdón, como los escorpiones, o como el bicho que sea que está debajo de las piedras. Y otra vez está ella aquí, la simple naturaleza, con el covid-19, o como demonios se llame esta nueva versión del carácter reaccionario y pestífero de la asquerosa naturaleza. Qué tiene que importarle a ella que nos gusten los restaurantes, las tiendas, los teatros, los multitudinarios conciertos, donde miles y miles de nosotros nos juntamos para celebrar la puta vida.

Pues va ella y nos jode.

Yo la odio.

Y encima, fíjate, no solo es reaccionaria, sino que es neoliberal, o ultracapitalista. Porque estos días me dedico a fantasear con cómo serán los confinamientos de las grandes fortunas de la Tierra.

Los multimillonarios, digo.

Esa gente que tiene mansiones con jardines, con campos, con playas privadas. Ya no sé ni imaginar qué se puede llegar a tener. Una playa privada es el top de mi imaginación, porque lo de los aviones y lo de los yates ya está muy visto. Me falta imaginación para ver los delirios del dinero.

Yo creo que eso es un misterio, que no nos enteramos de qué se puede llegar a tener porque quienes lo tienen no se atreven a decirlo, a mostrarlo, así que no nos enteramos de la misa la media.

Tal vez se compren islas o países pobres del tercer mundo, o planetas, o naves espaciales. Yo no sé qué se me ocurriría comprarme. Quizá comprar Gobiernos, sin que esos Gobiernos se enteren de que han sido comprados, eso me pone a mil. Lo bueno es comprar seres humanos y que estos ni se enteren. Porque si se enteran eres un mal comprador, no sabes comprar bien.

Esa gente que tiene piscinas cubiertas, gimnasios, saunas tan grandes como campos de fútbol, habitaciones de 500 metros cuadrados, con lámparas del tamaño de las cúpulas de las iglesias romanas del Barroco. Pero eso lo sabe todo el mundo. Esa riqueza es la que conocemos. Lo que no sabemos es lo que querría ver.

No te creas, que yo soy muy lista, que he estudiado Arquitectura. Un año de Arquitectura. Bueno, un trimestre. Bueno, un mes Historia del Arte en una academia, bueno, en realidad, por internet.

Sí, esa gente que tendrá suficiente imaginación y dinero como para hacer del confinamiento uno de los momentos más maravillosos de sus vidas.

Imaginación y dinero, no solo una de las dos cosas, sino las dos.

Y una tercera: sexo.

Me asalta una pregunta y se la planteo: ¿Tú crees que el dinero sigue funcionando igual durante este confinamiento? No sé, por ejemplo: si quieres un capricho salvaje, ¿dónde demonios lo compras? Eso me pregunto desde hace unos días.

Ella se ríe y contesta:

Pues sí. Imagínate una mujer de setenta años. Riquísima, que necesite que le coma el coño un chaval de veinte años, ¿a quién llama? Y el chaval, ¿cómo irá a verla sin que le multen y le obliguen a darse la vuelta?

Bueno, tal vez por donde esté ella no multan tanto como en España.

Parece que en España es donde más multan, porque la Guardia Civil y el Ejército y la Policía Nacional y las policías autonómicas siempre nos han puesto cachondos, siempre nos pone que esté allí la autoridad uniformada, y fíjate que en eso da igual que seas de derechas como de izquierdas, y eso es maravilloso.

Imagínate un confinamiento en un palacio.

Pero ¿y los sirvientes?

Coño, ahora la naturaleza ya no es ultracapitalista, ahora es una loca comunista. Porque los sirvientes han desaparecido de la faz de la Tierra: puedes tener millones y millones de dólares o de euros, que vas a tener que hacerte tú la cama o el café o los huevos con beicon, por eso es evidente que el virus lo ha plantado aquí la naturaleza y no los ricos.

Todo el mundo ha tenido que renunciar a los sirvientes.

Nadie te va a hacer la cama estos días por muy rico que seas.

Nadie te va a limpiar el cuarto de baño.

O sí, qué tonta que soy, seguro que sí. Caigo en contradicciones todo el rato, y tú dejas que hable y hable. Creo que el vino se me ha subido a la cabeza.

Ay, la naturaleza, qué rara es, qué corazón más ponzoñoso tiene la tía. ¿Por qué he de pensarla mujer? ¿Y si tiene cuernos? La naturaleza es palabra femenina. El virus es palabra masculina.

Estar encerrada me está volviendo loca y deslenguada y violenta e insensible. Me está matando la humanidad. Pone palabras soeces en mi corazón de oro.

Extraño país: nunca hemos sido primeros en nada. Por fin el nombre de mi país tiene fama planetaria. Es ya el país más importante del mundo.

Lo hemos conseguido.

Yo también me siento medallista.

Me siento medalla de oro.

Por cierto, ¿qué te parecen los canelones?

Están muy buenos, contesto a Montserrat, que de repente se da cuenta de que existo y se deja caer en el sofá que está frente a la televisión. Nos quedamos unos segundos callados. Yo me he comido dos canelones y medio. Uno más que ella. Reparo en ese hecho.

Montserrat se levanta y dice:

Los que están en la cárcel ahora se deben de estar riendo de nosotros. Bueno, tengo que irme. Ya te llamaré. Cuídate mucho.

Somos medalla de oro: España, el país con más muertos del mundo, es acojonante, dice de nuevo.

Y se marcha, y mientras oigo el encendido del motor de su oxidado Opel Astra, concluyo que todo el discurso de Montserrat estaba como inspirado por el erotismo. Se ha comportado como una actriz de teatro, por eso he dejado que hablara. No era una conversación. Era un espectáculo, y me ha gustado. Sobre todo, no me ha aburrido. Lo que no te aburre es porque te ilumina.

Además, me fascina su rostro, su piel morena, la intensidad de su mirada, tan de piedra afilada. Y me he dado cuenta de que el amor necesita actualizarse en nuevos rostros que anulan o desintegran los rostros del amor en el pasado. ¿Es eso el olvido?

Tengo que preguntarle a Montserrat si le pasa a ella también, pero para eso necesito mucha más confianza.

15

Tras la marcha de Montserrat, recojo los platos. Guardo su canelón y medio junto a mi medio canelón en un túper. No ha sobrado vino, se lo ha bebido todo Montse. Me abro una cerveza y me siento delante de la tele.

Veo noticias y películas, y va entrando la madrugada. Un fragmento de película en un canal, unas cuantas preguntas de un concurso en otro; en un tercero, una entrevista a un epidemiólogo.

Penetra la madrugada en mi casa y en España entera, y hay belleza en esa caída de la madrugada, en ese lento acercarse del alba.

En el mundo reinan ahora los epidemiólogos, a quienes les piden una explicación que solo podría dar el mismísimo Dios si existiera. Veo la vanidad de los epidemiólogos, su triunfo mediático. No saben mucho del virus, pero disfrutan de su momento de éxito, al fin y al cabo aunque sepan poco son los únicos que saben algo. Sin esos momentos de éxito que hay en cualquier profesión, la vida se convierte en algo plano.

A partir de las cuatro de la madrugada los programas de la televisión entran en zona desconocida, en abatimiento, en reposiciones, en basura. Me interno en la madrugada auxiliado por programas que se internan en la nada profunda. La nada profunda de la inteligencia y de las emociones humanas reducidas a desperdicio, excremento, virus.

Allí está el origen de la infección.

Es como si viera esa putrefacción moral de la que emerge la suciedad, el escombro, la viscosidad del murciélago, su hermandad con la rata y el vampiro.

La señal de la antena de mi televisor cabalga por los aires de la noche y pienso en los murciélagos que vivirán en el bosque cercano. El murciélago es una rata voladora. Y con él regresa el mundo clásico del demonio. El virus es una actualización del diablo, de lo pútrido, de lo que se muestra en descomposición, en forma de hedor y de visión repugnante.

De modo que este mundo, que parecía un mundo nuevo, en donde la ciencia y la asepsia racionalista habían edificado una avenida infinita de progreso y de indeterminación política, desciende otra vez a la putrefacción bíblica.

Hay una ironía en esto.

Son las cuatro y cuarto de la mañana y mi mente vuela al recuerdo de Montse. Creo que me estoy enamorando de ella. Creo que estoy enamorado de ella. Bueno, tal vez la palabra enamoramiento sea excesiva. Quiero decir que me atrae, que me gusta, que me imanta, que se mete en mi pensamiento. Cuando salimos de nosotros mismos y vamos al encuentro del otro lo hacemos envueltos en una alegría y una ilusión que justifican la vida, el sentido de la vida. Si pienso en ella, mi vida se levanta y vuela. Pero para ella a lo mejor no soy más que un tipo simpático, original, una compañía pasajera en medio del desierto de la pandemia, un amigo casual.

Mira que nos afanamos en hallar sentidos a la vida que no son la ilusión del amor, del beso, del erotismo.

Como si más allá de un beso hubiera algo.

No hay nada.

El virus lo ha dicho: no hay nada.

Me levanto del sofá y apago la televisión.

Hay un silencio maravilloso.

Me acuesto.

Recuerdo que esta mañana me hice la cama con detenimiento, estirando bien las sábanas, de modo que no hubiera ninguna arruga, como si pensase en que ella, Montserrat, fuese a dormir en esta cama.

Claro que lo pensé, todos los hombres piensan en eso. Y las mujeres, también.

Ya son las cinco de la mañana, qué tarde se me ha hecho. Pienso en la gente que vivió la Primera Guerra Mundial, ¿qué sentirían? No podrían conocer la extensión del acontecimiento porque no existían los medios audiovisuales. Vivirían a oscuras la ferocidad de la Historia. Nosotros vivimos esa ferocidad iluminada.

Vuelvo a pensar en los murciélagos.

Y ahora, mientras intento dormirme, pienso en el agua bautismal y en las viejas películas de vampiros de los años setenta en donde los que luchaban contra ellos llevaban unos pequeños frascos de agua bendita.

El agua bendita era el hidrogel medieval. Pero con este pensamiento no logro dormirme. Así que vuelvo a pensar en Montserrat. Y tampoco lo logro.

Los restos de los canelones, haciendo guardia en un túper dentro de la nevera, me dan, de manera inesperada, una sensación de seguridad y de abundancia que precipita el sueño.

16

El único acontecimiento colectivo que recuerda muy vagamente a lo que está pasando en este mes de marzo de 2020 fue el golpe de Estado que vivió España el 23 de febrero de 1981, cuando el teniente coronel Antonio Tejero irrumpió en el Congreso de los Diputados pistola en mano y al grito de «quieto todo el mundo».

Pero ese acontecimiento no fue universal, sino tan solo español. Fue un acontecimiento bien humilde si se compara con el coronavirus.

El golpe de Estado de 1981 me sorprendió en clase de Griego clásico en un aula de la Complutense. Una optativa. Estábamos traduciendo a Homero. Traducir a Homero me parece, en esta primavera del año 2020, un acto profundamente envejecido, de una vejez inconmensurable.

No creo que haya nada más revolucionario, más antisistema, más anticapitalista que invertir cinco horas diarias en traducir a Homero, en aprender una lengua que nadie habla y echarle mucha fe para creer que alguna vez hubo seres humanos que la hablaron. De entrada, mucha gente no sabe quién fue Homero.

Y ni siquiera Homero tiene la fuerza iconográfica de un dinosaurio, porque los dinosaurios también se han extinguido, pero todo el mundo sabe lo que son, y a los niños les encantan las figuras de los dinosaurios.

Dicen que Homero era ciego.

Pero lo más fascinante de Homero es que los especialistas en la literatura griega clásica (literatura de hace más de dos mil años) dudan de su propia existencia. No está claro que Homero fuese un ser de carne y hueso. Piensan que es una leyenda, y que las obras que se le atribuyen las escribió mucha gente, hombres o mujeres cuyos nombres desaparecieron. Un hombre y una mujer se igualan en el supremo acto biológico de la desaparición.

El caso es que el profesor interrumpió la explicación de un fragmento de la *Odisea,* y dijo que ahí acababa la clase. Era un buen profesor, esmerado y entregado. Vestía con traje y corbata. Recogió sus libros y sus apuntes y se marchó. Yo cogí el autobús y me volví a la Academia, así se llamaba el colegio mayor en el que vivía entonces, donde me encontré a todos mis compañeros en estado de excitación.

A mí me parecía que en Homero estaba el origen de la fundación del mundo tal como lo conocemos, como si las palabras griegas que conforman la *Ilíada* y la *Odisea* fuesen argamasa, paredes y techos que iban a sustentar esto que tengo hoy delante y que recibe el nombre de civilización occidental.

Entré en la Academia aquella tarde del 23 de febrero de 1981, tras la cancelación de las clases, y la encontré alterada por el golpe de Estado. Tampoco había mucha cultura política entre mis compañeros. Veníamos del subdesarrollo moral y cultural del franquismo. No sabíamos nada, éramos un montón de adanes. Yo tenía dieciocho años, a punto de cumplir diecinueve, y era huérfano de padre. Qué increíble me resulta pensar que tuve una vez dieciocho años, y que en ese momento de mis dieciocho años estaba ya creado este otro momento, el de la pandemia y el de la melancolía. Estaba más preocupado en traducir bien a Homero que en lo que estaba pasando en ese instante en España, no por decisión propia, sino porque mis estudios eran importantes, porque era mi manera de responsabilizarme del mundo, e incluso de la muerte de mi padre, porque tenía que estar agradecido de la oportunidad de estudiar, de la oportunidad de ver delante de mí la Grecia clásica, el sitio en donde nació todo.

Veía Grecia como la mano corpulenta que creó la civilización, y por tanto incluso soñó este presente. Porque esta pandemia estaba ya prevista en Homero, en un juego circular de dioses y hombres, un juego circular y tenebroso, del que la única puerta de salida es el amor a otro ser humano. El amor a una mujer. El amor a un hombre. Esa es la salida a la circularidad.

Mi responsabilidad se llamaba Homero. Y ahora que lo recuerdo, casi me entran ganas de llorar, porque yo no era más que un bendito, un pobre desgraciado, un bienaventurado, un clemente.

Ahora también soy un clemente, así me tendrían que haber bautizado mis padres: Clemente, porque ese es el nombre más bonito del mundo, pero me pusieron otro que también es bien hermoso, me pusieron Salvador, aunque acabé convertido en Salva.

Nadie en su sano juicio elige hoy en día unos estudios universitarios con Homero dentro. La gente quiere estudiar carreras universitarias que los lleven a la cumbre del mundo, como si existiera tal lugar. Hay más cantidad de fe en bruto en la creencia de que existe ese lugar que en la creencia de la resurrección de la carne del cristianismo.

Fue entonces cuando comenzó mi amistad con Rafael

Puig, que estaba en tercero de Medicina. Me senté a su lado, a ver las noticias del golpe de Estado en la tele, y de una manera casi familiar, como quien habla de cualquier cosa, me confesó que a veces podía ver el futuro, y que lo que estaba pasando, el golpe de Estado, acabaría en nada. Hasta entonces me había parecido un compañero afable y educado, y sensible; ahora me estaba asustando y me resultaba amenazador el convencimiento con que afirmó que podía ver el futuro. Sin embargo, bastaba con hablar con él para que esa cosa tan estrafalaria de ver el futuro (porque hablaba en serio, siempre hablaba en serio) dejara de convertirse en una majadería amenazante y pintoresca y se transformara en algo normal y sencillo. Esto me pareció paradójico, como si nada fuese todo el rato de la misma forma, como si todo fuese voluble e inasible, como pasa en la física cuántica, como si nada fuera real, más allá de las palabras. La posibilidad de que la materia y los seres humanos sean varias cosas a la vez me la enseñó él, Rafael Puig. Que tuviera esa personalidad de médium a mí me escandalizaba hasta la repulsión intelectual, pero él no era como ese tipo de iluminados, y eso me resultaba tan perturbador como revelador. Veía yo allí un misterio de los seres humanos, porque los seres humanos somos productores de misterios.

Todas las vidas son misteriosas porque su sentido nos es desconocido, y aun cuando no tengan sentido, su sinsentido también es un don.

Hasta los muertos persisten en el misterio, me diría semanas después Rafael.

Un compañero de la Academia, de ideología de extrema derecha, irrumpió en la sala de estar con la bandera española, moviéndola de un lado a otro, frente a la televisión, que nos tenía a todos absorbidos. Esos televisores gigantescos de los años ochenta, que tenían una parte trasera enormemente compleja y ancha, no como los de ahora, que son planos y que vienen a decir con su delgadez que los de antes eran unos incompetentes. Esa es siempre la lección que le da el presente al pasado: el pasado es siempre incompetente.

¿Dónde demonios la compraría? ¿La tenía preparada? ¿Qué es una bandera? No era más que un trapo con colores. Y aun así, en esos colores veíamos un significado profundo. Todos los seres humanos acogemos un pacto con la combinación de una serie de colores en una sábana que ondea al viento. Me hubiera gustado elegir el viento en vez de los colores, eso pienso ahora, pero entonces imagino que solo debí de sentir una mezcla de angustia y sorpresa por lo que estaba pasando.

De modo que esos son los dos dramas históricos, factuales, inopinables, reales que he vivido. Y el de 1981 solo lo viví como español. El que estoy viviendo ahora, el de finales de marzo de 2020, es universal.

Podría añadir el ataque a las Torres Gemelas de Nueva York del 11 de septiembre de 2001, pero no lo viví tan intensamente como el golpe de Estado del 23 de febrero. En cualquier caso, lo del 2001 ocurrió en Estados Unidos; más bien solo ocurría en la televisión, que retransmitía noticias de Estados Unidos, y se desdibuja en mi memoria, o se confunde o se iguala con una película de Hollywood. También podía citar los atentados del 11 de marzo de 2004 en Madrid. Fue otra catástrofe en donde todo un país halló representación, se topó con un sangriento espejo. Al paso del tiempo solo resisten los acontecimientos históricos ocurridos en los países poderosos, de modo que me temo que los atentados del 11 de marzo de 2004 en Madrid acaben siendo irrelevantes para la historia general, la historia universal.

También forma parte de mi incipiente amnesia —ya me lo advirtió el neurólogo que avaló mi jubilación— el recordar hechos lejanos en el tiempo y olvidar los más cercanos, y puede que esto más que un deterioro cognitivo sea una suerte de iluminación de mi inteligencia, un tiovivo de la madurez.

Es duro afirmar algo así, pero la fama de los muertos a causa del terrorismo no es siempre la misma, como debiera ser desde un punto de vista moral. Hay muertos anónimos, llenos de grisura, y hay muertos recordados, llenos de mitología, que pasan al cine y a las novelas. A ellos, a los muertos, les importa poco, pero a sus familias y sus compatriotas sí les importa.

Mi memoria colectiva se atasca en 1981 y vuelve a activarse en marzo de 2020, eso es lo que me pasa, y ya no sé si esto se debe al envejecimiento prematuro de mi memoria o a algún tipo de proporción armónica de los recuerdos.

Aunque creo que la humanidad ya no le presta atención al pasado, a la historia, es como si solo existiera el presente. Y eso me consuela de mis propios olvidos.

Pasa lo mismo con el futuro, tampoco tiene relevancia.

El presente es como una especie de gladiador que le ha cortado la cabeza al pasado y le ha clavado la espada en el corazón al futuro. El pasado no tiene cabeza y el futuro no tiene corazón.

El pasado se ha convertido en un anecdotario con historias curiosas, pintorescas, que de vez en cuando se traen al presente. Antes el pasado tenía prestigio, y era objeto de disquisición filosófica, de interpretación y estudio. Ahora el pasado nos parece un sitio ridículo, indeseable, en donde no había internet, ni tecnología, ni *smartphones,* ni trenes de alta velocidad. Era un sitio en donde la gente que podía viajar lo hacía a lomos de un caballo. El pasado es pobre gente que se pasó más de dos mil años viajando a lomos de animales: camellos, elefantes, caballos. Cualquier mendigo de hoy en día ha podido subirse a un autobús y a un tren, y viajar mil veces más rápido de lo que lo hicieron Julio César o Napoleón.

Viajar a caballo y creer en Dios me parecen fenómenos relacionados. La aparición del tren y del motor de combustión dieron fundamento material al ateísmo.

En 1981 podías huir de España por temor a que el golpe de Estado de un señor ya completamente olvidado, pero que se llamó teniente coronel Tejero, triunfase y regresase la dictadura militar. Ahora no hay ningún lugar adonde huir, porque el espacio aéreo está cerrado. No hay trenes. No hay barcos. No hay autobuses. Podría subirme a mi coche y con suerte podría realizar como mucho 30 o 40 kilómetros antes de que me parase la policía y me detuviera por saltarme el confinamiento.

También me quita pesadumbre saber que no puedo marcharme, pues evita que pierda tiempo en pensar en los preparativos de un viaje. Elegir un destino. Comprar billetes.

Hacer una maleta.

¿Cómo serán las maletas de Montserrat?

A través de la maleta de una persona se puede saber quién es. Las maletas son también un espejo de los seres humanos.

Una maleta dice quién eres, proclama tu identidad al resto de los viajeros.

El color, las asas, el tamaño, el desgaste de las ruedas, el mango del troley, los compartimentos, los arañazos, si es de tela o es de piel, si es compacta, si es dura, si es rígida, si es blanda, si es semirrígida, si lleva algún adorno, si lleva hebillas, si lleva cerradura, si no tiene bolsillos, si lleva candado, si se ha desgastado el color, si lleva un pequeño desperfecto en alguna parte, tal vez la elección del color lo sea todo, y todo son elecciones, todo son fotografías que le hacemos a nuestra alma.

Si pudiera ver la maleta de Montserrat, sabría quién es.

Sería capaz de enamorarme también de su maleta.

Una maleta es fe en el futuro.

17

1981.

Recorro el pasillo de la Academia. Doy unos pasos debajo de la escalera, y me topo con la puerta de su habitación. Veo por las rendijas que hay luz dentro. Son las cuatro de la madrugada.

Llamo.

Pasa, me dice Rafael Puig.

Está sentado en la mesa, con un flexo encendido sobre un manual de anatomía, fumando. Toda la habitación está oscura salvo su mesa, y él me sonríe.

Llueve tímidamente sobre Madrid, ya es el mes de marzo, mediados, muy cerca la primavera.

Me propone Rafael que veamos llover desde su terraza. Su habitación es la única que tiene una bonita terraza. Salimos a la intemperie y vemos Madrid bajo la lluvia. Comentamos que es una lluvia escasa, lluvia fina, lo decimos con tristeza, como si esa falta de poder y solidez de la lluvia tuviera implicaciones en nuestra propia inconsistencia.

Sé qué pregunta has venido a hacerme, dice Rafael, has venido a preguntarme por el sentido de este mundo y al paso si yo tengo poderes. Te asombró que te dijera que el golpe de Estado duraba una noche, porque te lo dije a las ocho de la tarde del 23 de febrero, cuando nadie lo sabía. Los que se acuerdan de mi predicción piensan que simplemente acerté por casualidad, como quien acierta una quiniela, pero no fue así. Lo vi. Nada más. Simplemente lo vi como te estoy viendo ahora. Poderes los tengo, tampoco nada especiales, nada que no venga de la curiosidad. El sentido de este mundo lo desconozco, pero lo que veo es energía que va y viene de un punto del espacio a otro punto del espacio. Es bueno creer en Dios, eso va bien para no volverte loco, como quien se toma una aspirina. Y es muy posible que se haya llamado Jesucristo a una puerta, y se haya hecho así desde la Antigüedad porque no tenían otras palabras. Pero si quieres llamar puerta a todo esto, llámalo como quieras; otros lo llamaron misterio; otros, matemáticas; otros, física; otros, química. Siempre hay una palabra para nombrarlo.

Me fumé un Ducados con Rafael.

Algo más me dijo, algo tan hermoso como terrible, algo que se ha desvanecido en mi reseca memoria, tal vez me vio en este presente, tal vez tenía la llave para abrir esas puertas de las que hablaba, abrir de par en par las puertas de todos los misterios, porque las cosas que hicimos en el pasado, las cosas que nos dijeron en el pasado son ahora este milagroso instante en donde da la vuelta el tiempo.

Solo recuerdo que su sombra se extendía sobre Madrid. Y que me despidió con cariño: Vete a dormir, desde mi habitación protegeré tu sueño.

18

El horror no se mueve.

Madrid y todas las ciudades españolas siguen igual. Es 27 de marzo, los muertos crecen. Es lo único que crece: los muertos.

Pero se olvidarán. Muy pronto se olvidarán.

¿Podríamos ser los últimos hombres y las últimas mujeres?

No hay héroes. La democracia y los héroes son incompatibles.

Sin embargo, la democracia tuvo héroes en su fundación, y fue romántica, pero ahora se ha atascado, como una víctima más de la entropía.

La decadencia occidental: esa ausencia de héroes se ve sustituida por un sentimentalismo que pone de moda canciones inanes.

No hay certezas.

No hay piedras ni tierra, solo agua y viento. Lo sólido deja paso a lo etéreo.

Esta es la edad del agua, que no tiene sabor ni solidez, y del viento, que no tiene rostro ni arrugas.

Montserrat sí tiene alguna arruga, pocas, y todas de una hermosura heroica. En esa mujer veo la única posibilidad de heroísmo.

Mi esperanza se llama Montserrat.

Tengo que dejar de pensar en la sociedad, en las noticias, en la historia, en este mundo y pensar solo en ella, aunque esté levantando una ínsula en el aire.

19

Me despierto temprano. Al lado de mi casa están la primavera y mi bosque. No he ido al bosque. No puede haber policía en ese bosque. Pero ¿y si la hay?, ¿y si hay un policía esperando a que ponga los pies en un sendero de ese bosque para multarme, para detenerme?

Pongo la televisión mientras sale el café.

Las jerarquías profesionales, empresariales, laborales, económicas e incluso políticas que estaban vigentes antes de la pandemia se tambalean.

¿Estamos viviendo un adiós a los jefes del mundo?

Solo hay una cosa que tengo clara, y tiene un nombre: Montserrat.

El grado de realidad de lo que estamos viviendo es discutible, pero mi enamoramiento de Montserrat no es discutible, y esa es mi fe.

Ayer entrevistaron a un escritor en la televisión, recomendaba libros para leer durante el confinamiento y le oí decir que se podía comenzar el *Quijote* de Cervantes por la segunda parte, porque era mejor la segunda parte que la primera.

Y eso es lo que voy a hacer.

Pensando también en mi propia vida y en la de Montserrat: tal vez la segunda parte de nuestras vidas sea mejor que la primera.

No sé cuál es la extraña razón por la que este libro es tan famoso, tan importante, tan universal, tan trascendente. Empiezas a leerlo y no acabas de ver dónde demonios está su grandeza.

Eso, sin embargo, también pasa con la vida.

Sabes que la vida es algo maravilloso e importante, pero no atinas bien a la hora de razonar el porqué o te pierdes en tópicos o en argumentaciones llenas de vaguedades, lo mismo que ocurre cuando los escritores y los lectores razonan la grandeza de la novela de Cervantes.

Cervantes es una sonrisa, una trinchera burlona que me puede proteger de la caída de todas las libertades políticas venideras, porque pueden caer todas, todas muertas o infectadas por el miedo, la degradación de la vida y la oscuridad moral.

Pienso ahora en Montserrat, su nihilismo sencillo será una roca a la que agarrarme en estos momentos.

Pienso en su cuerpo: caderas, pecho, muslos, manos, ojos, cabello.

¿Existe España ahora como existe el cuerpo de Montserrat?

Solo hay un pálido reflejo en las televisiones. Si suprimes la vida social, un país deja de existir.

Si suprimes el sexo diario, un amor deja de existir.

Todos los países de la Tierra están dejando de existir al negar la corporalidad social. Sin tiendas, sin restaurantes, sin bares, sin calles populosas, sin fábricas, un país se convierte en territorio, pierde su sentido político y se transforma en un campo vacío, en naturaleza, en ríos, en colinas, en peñascos, en ratas y conejos y jabalíes y ciervos y perros y gallinas en vida libre.

Ciertos animales tienen carga simbólica.

Avisan de la catástrofe.

Por la noche, por fin, salgo al bosque de al lado. Temo que haya un guardia civil detrás del primer árbol con que me tope. Y que me ponga las esposas.

Hallo una pequeña senda. No es por la noche, en realidad. Es la una de la madrugada y mi aliento produce vaho. Este placer de estar aquí, entre los árboles, se les niega a millones y millones de seres humanos que están atrapados en sus ciudades, en sus camas, en sus pisos, en sus cajas. Una ciudad es una caja, un piso es una caja, un dormitorio es una caja, una cama es una caja, todo son avisos de la última caja en donde seremos metidos.

Toco el árbol.

Es madera.

De madera se hacen los ataúdes.

No creo que se hagan de buena madera, se harán de sucedáneos.

Obedeceré, pero no me gusta la obediencia.

Abrazo los árboles con que me topo. En un árbol está contenido todo: viento, agua, tierra, ser.

Los árboles son la bondad más grande de la vida.

No sé cómo demonios puedo amar árboles.

Un hombre enamorado de una mujer y de los árboles.

20

Otra vez mi memoria me lleva a 1981.

Me acostumbré a bajar a la habitación de Rafael Puig las noches en que no podía dormir. Su habitación era como un faro en mitad de la madrugada. Él no se acostaba hasta las seis o las siete, a veces incluso hasta las siete y media o las ocho, con la luz del día entrando por el balcón, cosa que a mí me parecía algo horrible: la luz del día sin haber dormido era la muerte. Sin embargo, él conseguía dormir. Dormía hasta la hora de comer.

Aquel horario me había deslumbrado. Era lo más moderno que había visto en mi vida, lo más subversivo también, lo más peligroso, lo más nuevo, lo más original. Vivir de noche y no desayunar, sino comer directamente. Era insólito y caótico. No pegaba con alguien que era muy formal en casi todo, excepto en lo de ser médium, aunque poco a poco noté que esa deriva de clarividente iba tomando un aire de sencillez y benignidad, y ya no afectaba a mi relación con él. Hasta me resultaba tierno y simpático que hubiera sido capaz de ver antes que nadie cómo acabaría el golpe de Estado del 23 de febrero no con las armas de la interpretación sociológica o política, sino con las armas del clarividente, del místico, del adivino.

Saber que en el piso de abajo persistía la vida acabó

siendo una esperanza contra la soledad y el insomnio. Rafael me dijo que su puerta estaba siempre abierta para mí. Y puso énfasis en el *para mí.*

A veces me presentaba en su habitación a las dos de la madrugada. Otras, las peores, a las cuatro. Y charlábamos un rato. Entonces me di cuenta de que una de las mayores habilidades sociales que puede llegar a alcanzar un ser humano es saber cuándo una conversación ha terminado, en qué momento no cabe decir ni una palabra más si no es a riesgo de resultar redundante o impertinente.

Y justo allí quiero ir a parar.

La gran virtud que tenía Rafael Puig es que no era redundante ni impertinente. Sus historias eran concretas, visuales, y se acomodaban al mundo con las palabras justas. De ahí que las cosas extraordinarias que me fue relatando en aquellas noches no acentuaran su carácter extravagante, y mantuvieran una prodigiosa armonía vital, que seguía retumbando en mi mente cuando salía de la habitación y me metía en la cama para intentar dormir.

No sabemos el origen de la vida, me dijo una vez Rafael, en una madrugada de marzo de 1981, y hay formas de vida perversas, y una de esas formas son los virus, viejos y ancestrales como el origen del universo; los virus son fantasmas de viejas civilizaciones, restos de hombres y mujeres anteriores a la creación de este universo, remotas memorias, alientos de bestias milenarias. A veces los veo por el aire, por las calles, en las baldosas del suelo, en la puerta de un ascensor, en el volante de un coche, en una taza de café en un bar cualquiera, en una alcantarilla, en el lomo de un gato, en una tubería, en un alero, en una mesa, en la luz verde de un taxi.

Cuando no quería hablar más, se encendía un cigarro

de una forma parsimoniosa y dejaba de mirarme a la cara, para mirar al techo.

Se encendía los cigarrillos con justicia: quiero decir, que acercaba la llama del mechero de una manera precisa al centro de la boca del cigarro, y dejaba la llama ardiendo hasta que prendía toda la boca por igual. No una parte sola, como hacía mucha gente, y luego ya esperaban que esa parte fuese contagiando a las demás. No había en él descuido a la hora de encenderse un cigarro, ni rapidez, ni casualidad. Parecía una liturgia de reparto justiciero del fuego abrasador.

También era así como el insomnio me quemaba a mí por dentro.

Vete a dormir, yo me encargo de apartar las sombras, me decía siempre al advertirlo.

Yo protegeré tu sueño, esas eran sus palabras. Como si supiera que lo que necesitaba era que alguien velara por mí, que alguien diera el visto bueno a mi alma en aprietos.

Yo subía a mi habitación como iluminado.

Entraba en ella y no había sombras, ni maldad, ni abismos. Solo serenidad. Me metía en la cama y me quedaba dormido. Así me fui dando cuenta de que los poderes secretos de Rafael Puig conducían a alguna forma errática y original de la bondad y dejé de temerle y lo acabé viendo como a un hermano mayor, quizá un sustituto de mi padre, del que casi no recordaba nada.

21

Otra noche de primavera de 1981, Rafael me dijo esto: Tengo un recuerdo muy persistente de cuando era niño. Muchas veces mi madre me daba de cenar hígado frito. Ya sabes que mi madre murió cuando yo solo tenía quince años.

Es verdad, eso lo sabía todo el mundo en la Academia, pues era un hecho de su vida que Rafael siempre llevaba a cualquier conversación, pero lo hacía de un modo natural.

Y en ese hecho vi también un motivo de hermandad con Rafael: él había perdido a su madre y yo a mi padre. Nunca hablamos de eso, pero de alguna manera estaba presente, quiero decir que no verbalizamos ese paralelismo. Nunca lo hicimos, ahora que lo pienso. Esta es la primera vez.

Bien, prosiguió Rafael, pues el recuerdo es de mi infancia más profunda. Mi madre me cocinaba hígado porque estaba convencida de que ese alimento tenía propiedades nutricionales muy poderosas. Era su fe. Era su manera de amarme.

La veo todavía cocinar esos hígados frescos. Unas veces eran de cerdo, otras de cordero. Si no estaban muy hechos, no me sabían buenos. Y ella procuraba complacerme. El otro día, cuando ocurrió el golpe de Estado, con el teniente coronel Tejero apuntando a los diputados, y con toda la incertidumbre y miedo que asaltó a toda España, a mí me vino este recuerdo con una fuerza tremenda.

Porque no fue sino hasta años más tarde, muerta ya mi madre, cuando me enteré de qué demonios era el hígado de un animal. Entonces sentí asco por todos los hígados de cerdos o de corderos que me había comido en esta vida.

Jamás me verás comer hígados.

Si te cuento todo esto es para que tengas conocimiento de las cosas tan equívocas y extravagantes con que el amor puede llegar a adornarse, o de qué manera más inesperada puede llegar a manifestarse.

Sé que aún hay comedores de hígado por el mundo.

Aquí, en la Academia, doña Matilde lo hace a veces, encebollado. Os he visto comerlo a todos. Entonces, lo que pienso es que a menudo la vida es una mezcla de repugnancia y amor.

Sí, eso es lo que pienso.

Y que sin la mezcla no existe la vida. Si todo es amor, la vida no existe. Si todo es sudor o heces, la vida tampoco existe. Se da en la mezcla, en el matrimonio entre hedor y belleza, y esa mezcla precipita unas veces la salud y otras la enfermedad.

Una noche de finales de marzo, treinta y nueve años después, la aseveración de Rafael domina la Tierra: amor y enfermedad.

Nutriéndose el uno de la otra, y viceversa.

Deberíamos haber respetado más el hígado de los animales, tiene algo maternal el hígado. Un hígado es algo indefenso, vulnerable, es el alma de los animales. No deberíamos comer hígados de animales.

Pero antes de irme, Rafael aún me dijo esto: El amor de mi madre me llegaba a través de un hígado de animal muerto, pero allí se obraba una metamorfosis, y ese hígado quedaba convertido en vínculo entre mi madre y yo. No creo que eso se pierda durante milenios. Es un recuerdo indestructible, un recuerdo encriptado en un hígado de cerdo, como un enigma más fuerte que el enigma del tiempo.

Estas historias de Rafael me serenaban, y yo subía a mi cuarto con el corazón desbordado de ternura y de belleza.

¿Quién fue doña Matilde?

Esa es una buena pregunta.

Era la cocinera, una sombra más en mi memoria.

22

Yo veo grandeza en morir solo en tu casa, sin llamar a nadie.

No señalan esa grandeza en las televisiones del mundo.

¿Grandeza?

No, esa no es la palabra.

¿Cuál es la palabra?

¿Libertad, rebeldía, belleza, voluntad?

Ni una sola palabra que proceda de la poesía, porque eso resultaría incómodo.

Sueño con un octogenario a quien morir en absoluta soledad le produce una iluminación, y acaba entendiendo mejor la naturaleza de la vida y de la muerte.

Miles y miles de octogenarios en el mundo diciendo adiós a la vida en sus pequeños pisos.

Pienso en los ancianos que están muriendo, en su última y lenta y amarilla plegaria, los pulmones devorados por la neumonía bilateral. La neumonía bilateral comiendo carne vieja, en el altar de la vida.

Todo eso estoy viendo.

Nadie hablará así en las televisiones del mundo.

La belleza es inmoral y puede destruir la política.

Y veo algo espectacular, uno de los mayores acontecimientos que le es dado ver a un contemplador mágico, como soy en esta noche, auxiliado por Rafael Puig, el vidente que vive confinado en mi memoria: es el momento en que un octogenario o una octogenaria declina llamar.

Llamar a quien sea.

Decide no llamar.

A una ambulancia.

A un médico.

A un vecino.

A un hijo.

A un hermano.

Decide no llamar, porque quiere ver a la muerte allí, en esa suavidad del anochecer de un 31 de marzo, cuando oscurece y hay un aire tibio en el dormitorio, y la memoria viene.

Vienen todos los recuerdos.

Los misterios de la vida siguen inalterables.

No alteres los misterios de la vida, me dicen las paredes de esta casa de campo, que no consigo describir.

Ve el octogenario moribundo su vida por última vez. Nadie le distrae de esa contemplación, porque sus familiares no están a su lado, de manera que nadie le perturba. Si fue madre o padre, muy difícil será que en el último momento no recuerde la infancia de sus hijos. Pero al no tenerlos a su lado, cogiéndole de la mano, puede verlos de otra forma, de una forma más pura. Una forma no detenida en la apariencia física de quienes son sus hijos, en el tacto de su piel, en sus voces, en el movimiento de sus cuerpos, en la presencia corporal, sino ascendida a un lugar más profundo en donde la materia y el cuerpo no son necesarios.

No sabía que existía este lugar, piensa el octogenario.

La infancia de los hijos, o de los hijos convertidos en nietos, será su último recuerdo, de eso estoy seguro.

Los padres y las madres, cuando mueren, piensan en sus hijos.

Piensan en la belleza, a eso lo hemos llamado belleza.

Morir solo en un hospital, sin tu familia, da un conocimiento de la profundidad de la existencia lleno de terror y de compasión e incluso de ternura.

Al fin solos, la verdad y tú.

Se revela entonces la Oscuridad, como una región ardiente, más allá de toda configuración humana del entendimiento; sí, la Oscuridad, donde el amor ha cambiado de estado y ya no es espiritual, sino que se ha convertido en hielo.

Solos la Oscuridad y tú.

Sin los ruidos de los afectos, para saber al fin quién fuiste, porque la Oscuridad te dirá al fin quién fuiste si la dejas hablar, y puede que te hable con un amor insoportable.

Morir puede ser también un acto de suprema rebeldía y de suprema belleza, de ti depende.

Da mucho miedo.

La Oscuridad siempre está rodeada de espanto.

Hay que despreciar la desesperación y el miedo, las convenciones sociales de la muerte, reconocer humanidad también en el hecho de morir completamente solo. Pero no nos dejan morir así. A esa muerte la llaman «morir como un perro», como si no hubiera belleza en la muerte de los perros.

23

Estoy viviendo en una casa de recreo del sindicato de la enseñanza al que llevo afiliado casi veinte años. Cuando me dieron la jubilación anticipada, los del sindicato me ofrecieron alquilarla durante una temporada como lugar de reposo, a un precio casi simbólico, y acepté. Tienen más como esta, son bungalós de verano en la sierra de Madrid.

Esta es especial, por su ubicación privilegiada, por estar al lado de un bosque, por su aislamiento, por sus materiales de primera.

Recuerdo la mañana de noviembre del año pasado en que Mauricio Rozas, coordinador jefe de mi sindicato, me dijo: La vas a estrenar tú, y es un orgullo que un veterano como tú la estrene, es un sueño, en mitad de un bosque, para que leas, descanses y medites y te vayas a pescar, que hay un río al lado, y si no sabes pescar, aprendes.

Una semana después, cuando fui al sindicato a buscar las llaves, una secretaria comentó que la gente que había estado en ese bungaló decía que era precioso.

Hasta en la jubilación me mintió mi sindicato.

Me acabé riendo solo.

Pero es una casa hermosa, una casa en el bosque, parece un sueño, en eso Mauricio me dijo la verdad.

Hay un grifo de acero, con monomando, es lo primero que destacaría de la cocina. Intento que la poza esté siempre limpia, sin restos de comida en el sumidero; los temo, pues estoy convencido de que tienen algo que ver con el coronavirus. Me sonrío en este instante. Hay un microondas, de una primera marca. Todas las cocinas del mundo tienen un microondas, y en el confinamiento se han convertido en protagonistas en muchas casas. El microondas posee el misterio del calor sin fuego, es todo un personaje.

Hay un lavavajillas, silencioso, nuevo, que declara su misterio ahora, en la noche cerrada. Hay una ventanita sobre la poza, con una maceta sin flores en el exterior. Está la nevera, no muy grande, pero con congelador potente, que va muy bien. Es plateada, muy decorativa. Está la mesa de la cocina, de madera de pino, en donde da el sol por la mañana, y hace que el pino se ilumine y vuelva a parecer un árbol, pues es lo que fue, y en la materia todo tiende a recuperar su origen.

Hay tres sartenes, una pequeña, otra mediana y otra grande. Las tres tienen en buen estado la capa antiadherente, y eso, cuando llegué a esta casa, supuso un enorme motivo de tranquilidad. Con una sartén con la capa antiadherente en buen estado te puedes enfrentar a la adversidad profunda, estoy convencido de ello. No las meto en el lavavajillas bajo ningún concepto, eso no lo haré jamás, porque intento salvar esa capa antiadherente, que es la que da orgullo y nobleza a estas sartenes. Yo creo que ellas lo saben y de alguna manera me lo agradecen.

Tal vez eso sea un acontecimiento tan universal como el amor y la pandemia: millones de seres humanos no colocan las sartenes en el lavavajillas porque intentan mantener incólume la capa antiadherente, que es un bien preciado de la industria de baterías de cocina universal, del capitalismo hogareño. Porque cuando una sartén pierde esa capa invisible significa que ha llegado su fin y se enfrenta a su desaparición como objeto material, cuya finalidad fue importante para nosotros, pues nos suministraba el alimento, los huevos fritos, la carne a la plancha, las patatas, los pescados, la piel dorada de un salmón, de una lubina.

No hay cosa más desastrosa y criminal que un huevo frito o una tortilla francesa pegados a una sartén porque esta ya perdió su capa antiadherente. Si quieres deshacerte de una sartén, ¿cómo lo haces? ¿La tiras directamente en la basura, con los restos de la tortilla adheridos, en un acto de desesperación doméstica?

Los seres humanos nos hemos convertido en protectores, no del planeta Tierra, sino de la capa antiadherente de las sartenes de nuestras cocinas.

Somos, no salvadores del amor y del planeta Tierra, sino salvadores de sartenes. El mundo se ha llenado de sartenes. En cada casa hay tres o cuatro. Incluso los solteros y solteras tienen muchas. Hay hogares con diez sartenes. Si juntáramos todas las sartenes de este mundo, construiríamos una autopista hacia el sol. ¿Qué es un ser humano sino alguien que tarde o temprano tendrá que comprar una sartén?

Nos importan más nuestras sartenes que el medio ambiente, y allí también se ilumina el virus, que se ríe de nosotros, si es que puede reír. La gente cree que sí.

Los cubiertos sí los meto en el lavavajillas, y a veces es un poco triste meter en el lavavajillas una cucharilla cuyo único menester ha sido mover el azúcar de un café. ¿Acaso tal servicio justifica una hora y media dentro de una caja con agua caliente y detergente y sometida a una ducha terrible? Con un poco de agua bastaría para dejarla limpia, pero, entonces, ¿cuál sería el cometido del lavavajillas? Bueno, los platos grasientos, tal vez allí sí viéramos con certeza la misión y la plenitud existencial del lavavajillas.

Hay un orden cósmico en esta cocina.

Allí también se manifiesta la Oscuridad.

Quien quisiera destruir este orden tendría que enfrentarse a mí, yo protejo este universo, este cosmos, en donde yo soy conciencia vigilante. Soy el mismísimo dios de las pequeñas cosas, a imagen del otro Dios, más grande, que protege la vida en la Tierra.

Al pensar en el congelador he caído en la cuenta de que solo contiene una bolsa de guisantes. Se ilumina mi ilusión, acabo de encontrar un razonamiento impecable, y le escribo un wasap a Montse: «Qué congelador más triste tengo, solo una bolsa de guisantes». Y hago una foto del congelador y se la envío.

Miro la estantería que hay en la sala de estar. La sala de estar y la cocina forman el mismo conjunto. Es lo que se llama cocina americana, bien poco convincente, ningún hallazgo arquitectónico que supusiera un paso adelante de la humanidad. El sofá tiene encanto y vigor, es cómodo, cálido, poco más puedo decir de él, salvo que sin su presencia mi vida en esta casa no tendría quicio, una capital, un eje gravitatorio, que disputa con la cama. La estantería es uno de mis muebles favoritos. En ella puse los libros que traje. La novela de Cervantes ahora no está allí, está en la mesilla. El sofá es de color azul oscuro, muy socorrido, he de añadir. Es de tela, buena tela a mi entender. Quien lo compró acertó. Porque hubo un día que alguien eligió este sofá. Es un sofá de dos plazas, casi llega a tres. Hay una ambigüedad allí, una deliciosa tergiversación de las proporciones corporales.

Delante del sofá hay una mesita de cristal, con pies de buena madera. Está sucia porque me da pereza limpiarla y porque no sé muy bien qué bayeta emplear. Tampoco está tan sucia, pero habría que aplicar algún producto de limpieza: cuesta saber qué es peor para la salud humana, si la suciedad natural que envuelve las cosas con el paso de los días o los productos de limpieza, con sus agentes tóxicos, que avanzan la degradación de tus pulmones, tu tráquea, tu piel, tu hígado. Porque el hígado es el órgano más hermoso que vive en la profunda oscuridad de nuestra sangre, por eso Rafael Puig detestaba comer los hígados de otro ser.

Qué condenadamente irracional es la memoria, esa presencia recóndita de Rafael.

Hay una cortina en la ventana grande de la sala de estar, es agradable porque es de color naranja y suministra a la casa un aire a naranjas, a mandarinas, a árboles frutales.

Un ser humano podría acabar adorando una cortina. Son muy hermosas las cortinas. Uno de los inventos más maravillosos de la humanidad. Una casa con unas cortinas se convierte rápidamente en un hogar, aunque no tenga nada más. La de seres humanos que se han muerto mirando unas cortinas.

También son difíciles de lavar las cortinas, y las cortinas sucias deprimen, porque reflejan abandono.

Recuerdo, al pensar en que las cortinas ayudan a crear hogar, que yo no fundé ningún hogar, allí no hay amnesia. Pero mueren igual los hombres fundadores de hogares que los no fundadores.

La puerta de entrada es bonita, sencilla, no muy gruesa.

Las puertas de las casas permanecerán en pie cuando todo termine. La gente cierra las puertas de sus casas con la esperanza de que el virus se quede fuera, en las calles, en las carreteras, en los campos, en los cuerpos de los otros.

En verdad nadie sabe dónde está el virus. Todo el mundo lo odia, pero el virus es también otro hijo de la vida, otro hijo del milagro y del misterio, un hermano nuestro. También el amor es invisible. Parece como si las cosas importantes fuesen invisibles, hijas de la Oscuridad, pero no quiero hablar de ella, porque me da miedo.

El virus cobra existencia a través de la televisión, que es el altar al que todos los españoles y todos los ciudadanos del mundo nos dirigimos a diario, para ver al virus en las noticias, como antes íbamos a misa. Es lo mismo.

Enciendo la televisión.

Está encima de un pequeño mueble llamado mueble de la televisión. No hay otra forma de llamarlo. Y es bien triste que no haya otra forma de llamarlo. Tiene ruedas. Unas ruedecitas que apenas habrán recorrido una distancia de 10 metros en diez años de vida. Ruedas casi rígidas. Se atascan enseguida. Me agacho a mirarlas. Tienen polvo y alguna pelusa de materia indeterminada. Cojo una pelusa grande y me la quedo mirando. Noto cómo cede su suciedad a las yemas de mis dedos.

¿Qué contiene esta pelusa?

Tiene un pelo humano.

¿Será de Montserrat?

Lo es.

El virus sigue allí, en la televisión. Siguen hablando de él, como antes se hablaba de Dios o de su hijo Jesucristo, o de los extraterrestres en aquellos programas de misterio de hace un tiempo, aún queda alguno en activo. Programas dedicados al análisis periodístico de supuestos fenómenos paranormales.

Todas las televisiones de la Tierra siguen hablando de esa entidad extraterrestre que ha venido a vernos.

Comprendo, casi al modo de una iluminación, que muchos fracasados van a sentirse mejor, porque el virus está matando las jerarquías sociales. ¿Dónde está el éxito ahora?

¿Podría hablarse de la destrucción del capitalismo?

Parece entonces el virus un ángel exterminador, un ángel marxista.

Eso sí es un chiste.

Veo la luz de la lámpara.

No he dicho nada de la lámpara cuya luz se extiende en forma de cono sobre la habitación y hay un milagro en esa caída de la luz eléctrica sobre la mesa de cristal, o de plástico.

Es una bombilla de 75 vatios.

Fue una revolución esa bombilla, porque las de 60 vatios eran un tanto débiles y las de 100 eran excesivas. De modo que la de 75 fue un éxito que sí supuso un paso adelante de la humanidad. Hubo mucha investigación eléctrica, hasta que consiguieron la bombilla de 75 vatios, como ahora hay mucha gente investigando en la vacuna: toda esa gente que investiga, en extenuantes jornadas de doce horas de trabajo, o de catorce, o de dieciséis, ¿quiénes son?

Son ángeles de la humanidad.

La gente de medio mundo se pregunta, en estos primeros días, por qué es España el país en donde más muertos y más contagiados hay.

Somos el éxito absoluto porque ahora el éxito es la muerte.

Tal vez eso explique el misterio de España. Incluso su leyenda negra, que se basa en que la política y la historia en España han sido siempre ira y basura, dos viejas advocaciones de la Oscuridad.

Por eso el coronavirus está feliz aquí, en el país del odio. Viajó el covid-19 por el mundo y dijo «me quedo en España, aquí esta gente cada cuarenta o cincuenta años se matan entre ellos, se queman vivos, se fusilan, se dan garrote vil, violan a la mujer de la casa de al lado, luego el hermano de la mujer de la casa de al lado mata al hijo del violador y se le come el hígado, me quedo aquí, esto es el paraíso».

El hígado, comer el hígado del otro.

Pero España es también el paraíso de la belleza y del amor.

O tal vez sea el país de la burla.

La novela de Cervantes afirma esto: bienvenido al país de la burla, yo aquí intenté ser feliz, no lo conseguí, pero escribí la historia de don Quijote, la historia de un hombre bueno que salva y redime la maldad de todo un pueblo.

24

Oigo el motor de un coche.

Es el Opel Astra de Montserrat, y de repente ese motor de un coche que siempre me cayó mal me incendia el alma.

Es ella.

Ya está en la puerta.

No hay timbre.

Abro antes de que sus nudillos toquen la madera.

Te traigo cajas de canelones congelados, filetes de lubina congelados, hasta churros congelados, para que tu congelador no esté tan solo y triste, dice Montserrat nada más abrirle la puerta, antes de decir hola.

De hecho, no ha dicho ni hola. Y eso me ha encantado, que no haya protocolos, como si fuésemos conocidos de toda la vida. Casi como si fuésemos marido y mujer, con las variantes que se quiera.

Son las nueve de la noche.

Abro una botella de vino.

Sé que Montse quiere hablar, lo noto.

Me ha llamado mi exmarido, quería saber si estaba bien, me espeta mientras se bebe la segunda copa de vino.

No sabía que tuvieras exmarido, le digo yo sin saber qué decir.

Es alemán, tengo muy buena relación con él, claro, pues tenemos un hijo. Está con él. Lo veo poco.

No es normal eso, digo yo.

Y automáticamente deduzco que no es cierto que tenga una buena relación con su exmarido, sino al contrario, y también creo que no me ha mentido, sino que se ha defendido sin más de la Oscuridad.

No, no es normal, es una larga historia, añade Montserrat.

Se abre un incómodo silencio. Yo no hablo, porque tengo la sensación de que Montserrat necesita deliberar sin presiones, decidir si me cuenta o no me cuenta lo que me acaba de anunciar.

Es muy fascinante ese momento en que un ser humano no acaba de decidirse a si contar o no contar algo que considera muy relevante de su vida. Siempre se acaba contando, porque, si no se cuenta, no existe.

También hablé con Marc, mi hijo, pero es muy pequeño, prosigue Montserrat. Solo tiene seis años. Lo ha criado él. Mi exmarido tiene una nueva relación y creo que se va a casar o se ha casado ya y yo desaparecí. Fui al amor completamente enamorada y salí completamente hecha polvo, destruida, diría yo. Mi marido y su abogado me quitaron la custodia. Le enseñaron un vídeo al juez en donde yo salía tomando copas con unas amigas españolas, que luego me fallaron. Vivíamos en Alemania, en un pueblo al lado de Fráncfort. Se quedó con Marc. Me dijo que estaría mejor en Alemania que en España, y en eso puede que tuviera razón. Todas las noches miro los muertos por el virus en Alemania y allí casi no hay. Miro los muertos en España y me digo que al menos en eso no fue una decisión desacertada.

Otra pausa.

Yo solo la miro, porque su rostro es suficiente para mí, saber que está aquí conmigo es suficiente. Con todo lo que me ha dicho no solo me ha contado su vida, sino que me ha dejado claro que me ha elegido.

Me ha elegido, pero para ser qué.

Es evidente que me ha elegido, que ha sido ella la que me ha escogido, claro que yo estaba dispuesto. Es una danza esto, danzamos hombres y mujeres, llevamos danzando cinco mil años, a la espera del amor.

Su rostro de repente se ha hecho vulnerable. Todo ser humano que narra su vida espera encontrar aprobación, han pasado dos milenios de esta civilización y eso no ha cambiado, sigue allí, es algo antiguo, poderosamente primigenio.

Y yo lo contemplo como quien contempla un fósil.

Volví a Madrid, a casa de una prima, prosigue Montserrat. Busqué trabajo, pero no podía quitarme a mi hijo de la cabeza. Regresé a Alemania para pasar con él una semana, tal como estaba en el convenio de divorcio.

Pero pese a ser una madre destruida por dentro levanta seducción y erotismo a través de su cuerpo, pienso. Destruida el alma, iluminado el cuerpo. Su vulnerabilidad ahora es un río sin cauce, un río desesperado. Me estoy enamorando, me estoy haciendo ella, quiero ser ella.

Me ha elegido para que seamos amantes, para que seamos novios, para que seamos amigos, pero también me ha elegido sin razón, solo porque estaba allí, porque mi congelador estaba vacío y le escribí un wasap diciéndole eso, que mi congelador estaba triste.

Sigue hablando: No tenía dinero para un buen hotel y pasé esa semana con mi hijo en un apartamento viejo que me prestó un conocido de Butzbach, así se llama el pueblo en el que vivíamos, un pueblo muy bonito y muy rico. El apartamento no tenía calefacción en ese momento porque estaba estropeada, maldita casualidad, y mi hijo agarró un constipado muy fuerte. Gustav, mi ex, lo puso en manos de su abogado y me acusaron de maltrato y de irresponsabilidad. El médico que atendió a mi hijo resultó ser un primo segundo de mi exmarido, ¿te lo puedes creer?, ¿puede existir un grado tal de mala suerte? Y testificó contra mí. Mintió. Dijo que había traído tarde al crío a la consulta.

Regresé desesperada a Madrid. Mi prima se hartó de mí. Me lie con el primero que me recogió en su casa. Tuve suerte, porque di con un hombre bueno. Se llamaba Cristóbal y regentaba un pequeño gimnasio en Arganzuela. Me pidió que lo ayudara a llevarlo, y de paso me sugirió que empezara a ponerme en forma. Se dio cuenta de que había caído en un pozo.

Otra pausa, Montserrat resplandece como resplandece un ser humano cuando toca la verdad. Pero siento celos del tal Cristóbal. Siento miedo del pasado de Montserrat. Todos sus amores pasados se levantan en armas contra mí.

Insistió, Cristóbal insistió en que hiciera ejercicio. Dijo que eso me salvaría. Me vio superdeprimida. Al final comencé a hacer un poco de cinta y de estiramientos. Me aficioné y al cabo de seis meses ya estaba completamente en forma. Descubrí mi cuerpo. Cada vez que me ponía a levantar pesas soñaba con que levantaba el peso de mi hijo. Y lo elevaba hasta el cielo.

Una lágrima testaruda quiere abrirse paso por su mejilla, pero ella no quiere que nazca, aun así la lágrima se obstina, vuelve a la carga y nace.

Cambié el cuerpo de mi hijo por las pesas del gimnasio, dice Montserrat.

Y funcionó.

Bueno, te dejo con tus congelados.
Son congelados de buena calidad.
Me debes 50 euros.
Pero no me los pagues ahora.
Así me obligo a volver.

25

La vida sin pasiones solo es supervivencia. Y la pasión importante es enamorarse de otro ser humano, poner en sus manos tu vida.

Meto los canelones en el horno y miro cómo se van dorando. Tardan en descongelarse.

Hoy es 23 de abril y se celebra el Día del Libro. En España se piensa que el escritor Miguel de Cervantes murió el 23 de abril de 1616, o el 22 de abril. Hay dudas. Seguro que no fue ninguno de esos dos días.

La muerte en 1616 no tenía precisión ni calendario. Iba a la buena de Dios, no era importante el día. Ni siquiera el hecho de morir era importante.

Para mí la lectura de la novela de Cervantes y el avance del virus por el mundo son dos hechos inquietantemente paralelos, dos triunfos de la irrealidad y de la subjetividad, dos comedias humanas.

Los canelones congelados que me trajo hace dos días Montserrat, el avance del virus, el Día del Libro conforman tres acontecimientos que percibo al unísono, como si fuesen sonido, tres movimientos orquestales del tiempo y el espacio.

Todo es raro, de una rareza naranja que convierte el aire en óxido. El virus es naranja, porque todo tiene un color. La muerte es negra. La memoria es amarilla. La nada es blanca. La vida es roja. La belleza es azul.

Pero quien primero se ha vuelto raro es el mundo. Sale en la televisión gente leyendo el *Quijote* de Cervantes. Sale mucha gente elogiando la novela de Cervantes. Y eso me resulta extraño. Porque yo la estoy leyendo. De hecho, me faltan pocas páginas para terminarla. Y hay una sombría distancia entre el festejo público de esa novela y lo que la novela contiene, o a mí me lo parece.

Es un libro extraordinario, pero a mi entender no por las razones que se exhiben en estos momentos por la televisión y que en cualquier caso no van más allá de enfatizar las cualidades iconográficas de sus dos protagonistas.

Ensalzan ese libro en las televisiones españolas como si Cervantes fuese el Premio Nobel de la Paz, y en realidad es el Premio Nobel de la Guerra.

Hay mucha belleza en la vida de ese hombre llamado don Quijote. Aunque su locura no es grave. No es locura que le conduzca al crimen. No es un Hannibal Lecter que le dé por comerse el hígado de Sancho Panza, o los sesos del cura, o los riñones de Aldonza Lorenzo. Ha habido muchos locos en España, locos ilustres. Hace pocos años murió un poeta español llamado Leopoldo María Panero, murió en un manicomio. Este poeta invirtió el tiempo de su existencia en condenar y maldecir la vida, por eso cada vez se le recuerda menos. No hay mucho que recordar cuando no has amado la vida.

Don Quijote es un loco que afirma la vida. Yo también la afirmo, aquí, en medio de esta pesadilla. Yo la afirmo. Pero la vida se burla de él. ¿Qué pensaba Cervantes de la vida? Yo creo que no pensaba nada, como yo ahora. ¿Qué demonios puedes pensar de la vida? Con la vida lo único que puedes hacer es gastarla.

Si se levantara Cervantes de la tumba y viera a una futura reina de España, rubia, alta, bien proporcionada, inteligente, educada, políglota, leyendo su novela, leyendo «En un lugar de la Mancha de cuyo nombre no quiero acordarme», ¿qué pensaría? Pero lo justo y necesario es que no puede levantarse. Nosotros, los vivos, elaboramos esas conjeturas, esas ociosas hipótesis de «si fulanito o menganito se levantaran de la tumba», etcétera.

Pero nadie se levanta de la tumba.

Porque no hay ningún nexo entre el Miguel de Cervantes que murió el 22 o 23 de abril de 1616 y el Miguel de Cervantes que ahora celebramos, en este 23 de abril del año 2020, cuando un murciélago oriental es el gran protagonista de la historia universal.

Pretender que es la misma persona es una de nuestras torpes arrogancias, de nuestras más recias supersticiones. Pretender que hay alguna relación entre el Cervantes que muere en 1616 y el que festejamos hoy es un insulto terrible, un insulto demoledor hacia la vida.

Es el insulto más devastador porque es ceguera ante el Misterio, ante la Oscuridad.

Es uno de nuestros grandes errores, porque la memoria histórica es una superstición más, es fe, actos de fe.

Montserrat no es un acto de fe, porque ella es real, porque tiene un cuerpo, tiene ojos, manos, brazos, tiene alma, ella es hermosa, y sin embargo me da miedo. ¿Por qué me da miedo? Porque si acabamos amándonos, crearemos un lazo, y los lazos te estrangulan. Pero el deseo de otro cuerpo es lo único real en este mundo.

La única certeza.

Quisiera estar enamorado, porque el enamorado entra en el amor drogado, sin instinto de protección, y eso ocurre solo cuando eres joven.

¿Solo cuando eres joven?

No debiera ser así.

En cualquier edad tendría que ser posible el enamoramiento sin miedo a nada.

Montserrat es el único nombre que hace que la vida exista. Siempre ha sido así. Me he enamorado de ella. Y con eso basta. El mundo se ha llenado de sentido porque ella está en él.

26

Acaba de llegar, con su Opel Astra.

Yo, en la puerta.

Recién afeitado.

Con buena colonia. Y fue una bendición, porque pensé que no tendría sentido volver a usar colonia en la vida. Una gran colonia es la vida misma, pues los seres humanos se ponen colonia para agradar a los otros.

Trae unas pastas que hacen unas monjas en un convento llamado la Abadía.

Pongo café.

Salimos al porche.

Puedo ver en los ojos profundos y a la vez de formas asiáticas de Montserrat la corriente de sangre de sus antepasados. Como si viera el origen genético de esos ojos. Me estoy volviendo un místico. En los dedos de sus manos veo los dedos de sus padres, los de sus abuelos, y veo la propagación de esos dedos en los dedos de su hijo Marc. Pero esa mirada de Montserrat desciende al siglo XX, a mediados del siglo XX, cuando nacieron sus padres, y sigue descendiendo hasta finales del siglo XIX, y sigue descendiendo hasta oscuras almas del siglo XVIII, hasta sus choznos, y almas del siglo XVII, y sigue descendiendo hasta la Edad Media, y allí, en el siglo XIV veo a una mujer que está pensando en mi Montserrat, es su vivo retrato.

Ámala, me dice, *ámala porque al amarla yo regreso a la vida. Solo podemos volver desde el amor, ámala, ama a nuestra Montserrat, te lo digo desde este lugar en el que aún estoy, en el año de 1379. Soy su madre lejanísima, y ese rasgo asiático de sus ojos es mío, en mí se formó y lo lancé contra el tiempo para que a ti te enamorara, y pudieras vivir en él y ser feliz en él. Besa esa mirada asiática, porque de Cipango me trajeron unos mercaderes cuando era niña, y casé con un buen hombre de Castilla, y dejé en mis vástagos la sangre de Oriente que a ti te está enamorando, y el misterio que estás viendo en los ojos de Montserrat soy yo.*

Cómo es posible que estemos aquí, me pregunto.

Millones de muertos nos trajeron hasta aquí y aquí nos dejaron y al instante se marcharon sin decirnos qué hacer.

Esa colonia tuya es maravillosa, dice Montse.

Me la pongo para ti, para quién si no.

Me gusta que hagas algo solo para mí.

Hay en sus labios pequeñas grietas que parecen formas misteriosas del oro, algo que brilla, algo agrietado que es profundamente bello.

¿Puedo cogerte la mano?

No me atrevo a decir esas cuatro palabras: ¿puedo cogerte la mano? Solo pienso en ellas como quien piensa en el abismo.

Porque si pudiera cogerle la mano, si ella me diera permiso para cogerle la mano, toda forma de sufrimiento sería extinguida y erradicada de mi cuerpo y de mi alma.

No quiero hacer esa pregunta terrible, porque si le pregunto si puedo cogerle la mano, me aparezco ante ella como un hombre.

Y quiero ser solo el ángel, el ángel Salvador.

27

Viene de nuevo el pasado profundo: aquellas inmensas mañanas de domingo de finales de marzo de 1981, con un Madrid en donde había grandes campos sin urbanizar, solares abiertos bajo el sol, tierra yerma que esperaba la llegada de las nuevas urbanizaciones, que fueron apareciendo conforme se desplegaba la década de los ochenta. Y el franquismo estaba por allí, dando vueltas, como un mosquito de vida infinita. ¿El franquismo? ¿Qué fue eso? Una pervivencia de Franco más allá de su vida biológica, eso fue, casi una forma de cristianismo. Franco se inventó España, y no era fácil inventarse otra España, de ahí que siguiera vivo por todas las esquinas de las calles de todas las ciudades españolas.

No era fácil.

Los domingos por la mañana, a eso de las doce y media, íbamos todos juntos al Triana, un bar cerca de la Academia. El Triana lo regentaba un matrimonio de sevillanos, que nos atendía como si fuéramos amigos de toda la vida.

Allí nos tomábamos unas cervezas y unas tapas de jamón serrano o de patatas bravas o banderillas de anchoa y olivas, a veces calamares.

Nadie en ese instante hubiera aventurado que al paso de unas décadas esas tapas acogerían fama internacional.

Allí hablábamos de fútbol, y reíamos y fumábamos, porque entonces se fumaba en los bares y en todas partes. Nuestros profesores en la universidad fumaban mientras daban clases.

Allí, en esos momentos, me di cuenta de algo terrible: no podía haber cohesión del grupo sin que algún miembro quedara fuera y se convirtiera en chivo expiatorio. Todos mis esfuerzos se dirigieron a no ser yo el chivo expiatorio.

Me di cuenta de que, si siempre estabas presente en los actos fundamentales del grupo, era muy difícil pasar a condición de chivo expiatorio, por la simple razón de que al estar allí con todos no podías ser motivo de mofa. Por eso no me perdía ningún vermú en el Triana. Tenía miedo a que mi ausencia sirviera para hablar mal de mí.

Y ahora toda España y el mundo entero ha renunciado al cuerpo social.

España está desnuda de gente.

Ahora por fin puedes ser un solitario y nadie te va a criticar por eso. Nadie te va a pedir pena de muerte civil.

Qué ironía más desgarrada.

En los domingos del Triana la proximidad física era tan natural que no tenía ni nombre. La idea de bar en la España de aquellos años significaba el amontonamiento de cuerpos. Las discusiones con saliva emergiendo de bocas apasionadas. Pero había algo en nosotros de naturaleza trascendente: todos éramos jóvenes, y en ninguno de nosotros vivía la desconfianza ni el vacío. Y eso es lo que reina ahora en el mundo: la desconfianza y el vacío.

¿De qué hablábamos en aquellos domingos de vermú?

De fútbol, de algunas películas americanas de estreno reciente, como *El resplandor*, de política, de novias, de discotecas, de la discoteca a la que habíamos acudido la noche anterior.

Discoteca y subdesarrollo son la misma cosa.

Mediocridad y subdesarrollo.

El resplandor le encantó a Rafael Puig, y me dijo que él conocía una casa encantada, llena de fantasmas, en un pueblo de la sierra de Madrid llamado Cabeza de Vaca. He mirado hace un rato en internet, pero no aparece ningún pueblo ni aldea ni pedanía con ese nombre.

Me dijo que él durmió una noche en esa casa encantada de Cabeza de Vaca y que le despertaron dos fantasmas —un matrimonio, un hombre y una mujer—, que vivieron a mediados del siglo XIX, y que estuvo hablando con ellos un buen rato, y que eran de luz, y que no sabían que estaban muertos, o no tenían la certeza absoluta de estar muertos.

Tampoco nosotros tenemos la certeza absoluta de estar vivos, digo yo ahora.

Tengo la sensación de que, a través de su envejecimiento, mi cuerpo conecta dos épocas, conecto los años ochenta con este 2020.

Me voy a la cama y me llevo la novela de Cervantes.

Pobre Cervantes, intento acariciar su sombra, su irónica sombra, su tristeza infinita. Pobre don Quijote, que en verdad lo que hizo fue huir de la España de su tiempo, en donde no había belleza.

Creo que esto no lo ha dicho nadie: don Quijote no huía de la realidad, huía de España.

Creo que don Quijote me manda a través de mi primer sueño este mensaje: «Besa a esa mujer, a esa Montserrat, ella es la respuesta, solo ella puede ayudarte a ser libre, porque lo que tú buscas es la libertad profunda, que no hallarás nunca».

Me vuelvo a despertar.

Cualquier ser humano sensible quiere que el mundo

sea de otra manera, quiere que contenga más plenitud y menos insatisfacción. Le pongo un wasap a Montserrat, le digo que buenas noches, aunque son las cuatro de la madrugada. Espero a ver si lo ve, pero no.

Como si ella tuviera obligación de estar pendiente de mí. Como si fuésemos novios, como si nos hubiéramos enamorado. Intento dormirme pensando que Montserrat y yo somos novios, o amantes, o marido y mujer, que nos queremos profundamente, y sé bien que es una ensoñación inútil y baldía, porque sé que el amor no existe, o en todo caso es un sentimiento propio de la juventud y no de la edad madura, que es la mía. No hay nada más humano que el intento de explicarte, que es el intento de justificarte, y quien se justifica suele hacerlo no ante sí mismo, sino ante los demás.

Entro de nuevo en el sueño y don Quijote me dice: «Debes cambiarle el nombre, llámala Altisidora».

28

Hoy Altisidora ha venido al atardecer con una salsa boloñesa que ha cocinado ella misma, yo solo he tenido que hervir unos espaguetis.

Te debo 50 euros, le digo a Montse.

No sabe que la llamo Altisidora para mis adentros, ni que he decidido cambiarle el nombre; tendré que decírselo en algún momento, o no decírselo nunca.

Por supuesto, no me he olvidado de ellos, contesta.

¿Cómo va todo?, le pregunto.

La tienda va bien, el confinamiento lo llevo mal, no me gusta que nadie me diga lo que tengo que hacer y no me gusta que los bares estén cerrados y que no pueda irme a Madrid a pasar un fin de semana a mi aire.

¿Tienes amigos en Madrid?

Bueno, Cristóbal y mi prima, ya te hablé de ellos, pero no los frecuento. Me gusta la soledad, y cuando voy a Madrid me gusta estar sola, pasear por las calles del barrio de las Letras, ir al cine o al teatro, comer sola en restaurantes baratos, perderme por el metro y regresar al hotel completamente derrotada, cansadísima, entonces miro el podómetro de mi móvil y hay veces que marca cuarenta mil pasos y eso son casi 30 kilómetros. Y eso me da una sensación de saciedad física, de agotamiento. Caminar por Madrid es todo cuanto puedo hacer para olvidar el dolor que siento por no ver a mi hijo, esa es la puta verdad, no sé por qué te lo cuento a ti, imagino que necesito desahogarme, no te lo tomes a mal, eres un cielo. A veces acabo cogiendo un taxi, porque me desespero en mitad de las interminables avenidas, y no me quedan fuerzas ni para coger el metro, y lo único que deseo es meterme en la cama del hotel y desde la cama ver la televisión, ver una película, ver lo que sea, y quedarme dormida. Qué bien están las teles de los hoteles, no sé cómo se lo montan para tenerlas tan bien colgadas en las paredes. Y las sábanas del hotel, tan tersas... ¿Cómo demonios las planchan para que queden sin una arruga? Aunque no sé qué hago diciéndole esto a un desconocido. Tal vez ya solo me quede hablarles a los desconocidos, no te lo tomes a mal, eres un desconocido muy guapo. Bueno, el caso es que con el confinamiento no tengo esa estúpida medicina.

Montserrat hace una pausa y me mira directamente a los ojos, y es una mirada abierta, como si quisiera que yo entrara en su alma a través de sus pupilas, tal vez para dejar de ser un desconocido ya de una vez por todas.

Y añade: Por eso odio todo lo que está pasando, me han robado mi ansiolítico, que es andar por Madrid.

A mí me parece maravilloso que vengas a mi casa cuando quieras, le digo, y agradezco de todo corazón que me cuentes tus cosas, creo que tu confianza es un regalo, no sé muy bien por qué eres tan sincera conmigo y me da igual, ya no tengo ganas de hacerme preguntas porque muchas veces las preguntas solo reflejan inseguridad y miedo, así que todo cuanto me cuentas para mí es un regalo; no, no es un regalo, es más que eso, creo que es un acto de amor. Pero me fascina eso que me dices de Madrid.

Hay un silencio, al final del cual ella me coge la mano.

Ha sido ella, no yo, sino ella, aunque no sé qué significa eso, es tan importante que no haya sido yo, siglos y siglos de hombres robando manos de mujeres quedan en este instante abolidos, y ahora solo sé que su mano es cálida, y miro su mano en la mía, y me aterroriza que mi mano no esté a la altura de la suya, me aterroriza que mi mano pueda decepcionarla.

¿Cada cuánto vas a Madrid?, le pregunto.

Todos los fines de semana. Me marcho el sábado por la mañana y regreso el lunes por la tarde, porque el lunes no trabajo. Duermo en Madrid la noche del sábado y la del domingo, y la del domingo es más barata, ¿sabes?

¿En qué hotel te alojas?

Suelo cambiar, me guío por las ofertas que salen en internet, mi exmarido no quiere que le mande dinero a mi hijo, ni siquiera permite que le regale cosas, así que en ese sentido no tengo muchos remordimientos si alguna vez el hotel que elijo se va de precio, pero nunca me cuesta más de 50 o 60 euros la noche. Si comparas los precios de España con los de Alemania, podemos decir que somos unos afortunados, claro que en esa diferencia de precios se contiene también el hecho sórdido de que mi exmarido se haya quedado con mi hijo porque es más rico que yo y le puede dar una enseñanza que yo jamás podría procurarle. Así que en el hecho de que los hoteles de Madrid sean más baratos que los hoteles de Fráncfort se encuentra resumida mi tragedia. Mi dolor. He pensado mucho sobre eso, y al final incluso he de reconocer que el juez hizo bien. Lo que me jode en todo caso son los hipócritas, todos esos políticos que le quitan importancia al dinero y te hablan de la solidaridad, y todo eso es mentira, el dinero no es tan sórdido como dicen, el dinero es real, y gracias al dinero alemán mi hijo tendrá una educación mejor y vivirá en un país mejor, y eso es todo. Sabes, mi hijo Marc ya entiende perfectamente el alemán y el español, y va muy bien con el inglés, y pronto comenzará con el francés. Mi exmarido se lo está currando. Yo siempre quise hablar todas las lenguas del mundo para poder viajar y decir en cualquier lengua las cosas más complicadas y las más originales y no necesitar a nadie. No necesitar a nadie, quién pudiera.

Montserrat hace otra pausa. Me pide una cerveza, se ha cansado del vino. Voy a la nevera, saco una, la abro y se la acerco, no quiere vaso, bebe un trago, casi medio botellín.

Prosigue: Los sábados a las diez de la mañana ya estoy en Madrid, dejo la maleta en el hotel y comienzo a andar, conozco todas las calles, todos los barrios, conozco la ciudad entera, pero no es así, no. En realidad, me he dado cuenta de que es imposible conocer Madrid, joder. ¿Quién puede saber los miles de edificios, de calles, de carreteras, de farolas, de sótanos, de callejuelas, de una ciudad como Madrid? Las grandes ciudades son casi infinitas, muchas veces pienso eso cuando camino por Madrid. Me siento en un banco y empiezo a pensar en las dimensiones espaciales de Madrid, la pienso en kilómetros cuadrados. Y es allí cuando mi alma se calma. Madrid, o cualquier ciudad, me da igual una que otra, a través de ese cúmulo de casas y calles, de lugares perdidos, hace que me tranquilice. Millones de pisos, de cuartos donde durmieron muertos, de apartamentos de 20 metros cuadrados, con cuartos de baño que son un insulto al cuerpo humano, de parques diminutos en donde hay solo un columpio rodeado de las casas de los pisos más feos del mundo, de plazas de garaje en un cuarto piso subterráneo, de tiendas absurdas, eso hace que me calme. No lo entiendo, pero así es. Veo tanta desgracia allí, que la mía se disipa. Y anoto los nombres de las calles que me impresionan, llevo una especie de contabilidad, no sé qué demonios es, calles que me seducen o que me embrujan, o más bien me enfurecen, calles como la del Doctor Piga o la de la Fe. ¿Puedes creer que haya una calle que se llame calle de la Fe? O la calle del Salitre, o la calle Mártires de Alcalá, o la calle Volver a Empezar, o la calle Salsipuedes.

Montserrat hace una pausa para acercar otra vez la cerveza a sus labios, y en ese momento sus labios son más hermosos, como convertidos en arcos arquitectónicos, donde también hallan cobijo la ternura, el dolor y el coraje.

Su mano me ha soltado, y la mía vaga ahora en la oscuridad, a la espera de que vuelva a ser cogida, aunque ahora mi mano podría tener el derecho a tomar la mano de Montserrat en un acto recíproco, pero no quiero, pero si persisto en este no querer ella puede pensar que no la amo, ¿qué hacer?

Lo que más me gusta es mirar las casas desde las calles, prosigue mientras deja el botellín sobre la mesa. Entonces siento vértigo, porque me veo viviendo en un piso de una de esas calles, con mi hijo y mi exmarido, que por arte de magia vuelve a convertirse en mi marido, me veo cocinando para ellos dos esa boloñesa que te he traído, e imagino que es un piso soleado, con una bonita habitación de matrimonio, con un dormitorio pintado de azul para Marc y con una sala de estar de color blanco y una cocina de color rojo, grande y coqueta, con baldosas alegres, con electrodomésticos chulos, con una freidora *supercool* en donde freímos churros los domingos por la mañana. Y elijo la altura: si la casa es de ocho pisos, elijo el séptimo. Si la casa es de cinco pisos, elijo el cuarto. Y si es de catorce pisos, elijo el decimotercero. Me gusta mucho la Torre de Valencia, ya sabes, ese rascacielos al lado del parque del Retiro. Voy mucho a verla. Me quedo allí, delante de ella, contando las alturas e imaginando cómo sería vivir allí, con mi marido, que ya no es mi exmarido, y mi hijo. ¿Cuánto valdrá un piso en la Torre de Valencia? Imagino que más de un millón de euros, tal vez casi dos. Serán pisos de 200 metros cuadrados, con varios ambientes. Me chifla esa expresión de «varios ambientes». Y me chifla que haya portero con gorra, y que tenga una buena y lujosa portería, con uniforme de botones dorados. También me alucina la imposibilidad de acertar con el precio de las casas, eso también me relaja, porque hace que la vida se convierta en algo impreciso, y la imprecisión me quita la culpa, me absuelve. Si no sabemos cuánto vale un piso en la Torre de Valencia, quién demonios va a saber si soy o fui una buena esposa o una buena madre. Porque para el mundo entero, especialmente para los madrileños, es más importante saber con precisión cuánto vale un piso en la Torre de Valencia que saber si fui o no fui una buena madre.

¿Entiendes lo que quiero decir?

Te entiendo, Montserrat, claro que te entiendo. Por cierto, mi piso en Madrid está en la calle Gabriel Lobo, ¿conoces esa calle?

¡Sí!, exclama Montserrat, la conozco, me llamó la atención el nombre, y que fuese una cuesta, y lo rara que es esa calle, está por Príncipe de Vergara.

Yo me río, nos reímos juntos.

¿Aún le quieres, a tu exmarido?, le pregunto ahora, en un acto de atrevimiento para entretener la gran decisión de si le cojo o no la mano.

Tengo motivos para odiarlo o temerlo, o lo que sea, porque es difícil separar el odio del temor, pero es mi única familia. A menudo he pensado en eso, en que mi exmarido sea mi única familia, porque Marc es aún pequeño. De mi padre no me acuerdo porque murió en un accidente laboral cuando yo tenía dos años, y mi madre vive con mi hermano y no hay buen rollo. Porque mi madre tiene demencia senil y mi hermano la cuida y mi hermano piensa que debería ser yo quien la cuidase. De modo que podríamos decir que mi exmarido es mi única familia.

No debería ser así, le digo; si viven tu madre y tu hermano, ellos son tu familia.

Ya lo sé, pero pasaron miles de cosas, y al final todo fue distancia y olvido.

No es normal eso, le digo, deberías arreglarlo.

¿Por qué debería arreglarlo?

Me quedo mirando a Montserrat. No sé si contestar a su pregunta con lo que llevo en la cabeza, porque puede dolerle; me quedo pensativo, pero ella espera que le conteste porque ha intuido que tengo una respuesta a esa pregunta y ha barruntado que tiene obligación de oírla.

Porque si tú no llamas a tu madre y lo arreglas, Marc nunca te llamará a ti, es como una especie de armonía secreta de las cosas. No me hagas mucho caso.

Cuando acabo de decir esto, Montse se echa a llorar.

Le doy un clínex.

Me mira a los ojos y pide que la bese, o yo imagino esa petición, que se abre ante mí como un palacio de luz.

Pide que la bese con el pensamiento, pero a mí ya no me basta, porque pudiera ser que todo sea una ilusión. Así que me quedo mirándola.

Entonces ella lo dice. Dice: Puedes besarme.

Por fin, lo ha dicho.

Es un momento de nervios, de ansiedad, pero agradezco tanto que me lo haya pedido, que lo haya verbalizado.

Yo deseaba besarla, aunque no me atrevía, porque me daba miedo incomodarla, o asustarla, o molestarla, u ofenderla, o irritarla, o violentarla, o maltratarla, o agraviarla, o enfadarla. Ni siquiera era capaz de coger su mano cuando ella ya había cogido la mía. Todos los verbos del mundo para interpretar la soledad del erotismo, para expresar la soledad, simplemente, para apresar la vergüenza y el miedo a lo desconocido.

Nos besamos, nos cogemos la mano, le acaricio el pelo, pero mis dedos tiemblan, me siento como un mal actor de teatro, me gustaría tanto ayudarla, porque adivino que ayudarla a ella es ayudarme a mí mismo.

Quien ayuda a alguien aunque sea llevándole la bolsa de la compra salva el mundo, salva la belleza, salva el sentido de la vida.

Aparto sus labios de los míos. Soy yo el que toma la decisión, porque siempre ha sido así, y me disgusta ese orden biológico, esa ley de la noche de los tiempos.

¿Cuánto tiene que durar un beso para que no haya decepción o una duda razonable de la sinceridad de la pasión?

Nadie sabe cuánto tiene que durar un beso para que ninguno de los dos sienta su pasión desatendida.

En los primeros besos entre dos seres humanos la duración del beso es el enigma, en esa duración alienta la muerte. Nada puede ser eterno. Tampoco los besos.

¿Sabes?, me dice Montserrat, también fantaseaba con los hoteles, me quedaba mirando los hoteles lujosos de la plaza de España, como el Hotel Riu, por ejemplo, y soñaba que vivía en una *suite* para mí sola y que me hacían un precio especial y vivía en la planta veintiséis, no sabía cuál elegir, si el Riu o el Barceló o uno nuevo que acaban de hacer ahora y que no me acuerdo de cómo se llama, pero es de cinco estrellas, fantaseaba con la idea de vivir en un hotel como si fuese una actriz de cine o algo así, imaginaba que veía Madrid desde una *suite* de uno de esos hoteles, desde las plantas más altas, cerca del cielo, y me levantaba a las seis de la madrugada y veía amanecer desde enormes ventanales, esos que van desde el suelo hasta el techo, y el vidrio es grueso y no se oye nada de lo que ocurre fuera, solo la música de dentro, y miraba la entrada de la luz por toda la *suite*, eso me imaginaba, y era medio feliz así, como si fuese una reina. Y entonces, en medio de tanto placer y tanta felicidad, me daba cuenta de que no tenía a nadie con quien compartirlo, pero las mujeres tenemos recursos que vosotros los hombres no tenéis, y ahí lo dejo. No te voy a contar nada más, pero vosotros sufrís mucho por culpa de eso que ahora no te quiero contar.

Otro silencio.

Le doy un beso largo.

Nos separamos las caras.

Ella me mira como decidiendo qué más me va a contar.

29

Cuando dejé a Cristóbal, prosigue Montse ahora, me salió este trabajo de dependienta en esta cadena de alimentación. Mi exmarido de vez en cuando me manda dinero. Lo hace porque cree que es su obligación, yo le digo que no lo haga, que lo que yo quiero es que Marc pase más tiempo conmigo. Él tiene un buen trabajo, es profesor de español en un instituto de Butzbach, y viene de una familia rica. Su madre tiene fincas y propiedades inmobiliarias en la región, y su padre era ingeniero. Gente bien, gente que tiene dos Mercedes en el garaje. No mala gente, pero gente que no comprende a gente como yo. No me estoy compadeciendo. Yo hablo muy mal el alemán. Gustav me prometió que le enseñaría español a Marc, y eso sí lo está haciendo, lo habla perfectamente. O yo creo que lo habla perfectamente, o lo entiende. No había manera de que yo aprendiese alemán, sabes, y mi ex se enfadaba, decía que era una retrasada mental, y eso mi ex lo decía en un español perfecto, porque yo no conseguía pronunciar una sola de esas palabras en alemán, esas frases con el verbo que no sabía dónde meterlo, esos sonidos, casi me vuelvo loca. Sí, era maltrato psicológico, pero yo también me desesperaba con mi torpeza. Era como vivir en una confusión permanente. Veía las palabras en alemán como si fuesen cuchillos clavándose en mi alma. Me parecía que era la mujer más tonta de la tierra.

Yo tampoco sé hablar ninguna lengua más que esta con que te hablo a ti, le digo. Y nos reímos a la vez.

Yo también soy gente como tú.

No debemos ser los únicos negados sobre la tierra, seguro que hay millones de retrasados mentales que son incapaces de aprender ninguna lengua; fíjate que yo a veces creo que ni siquiera sé hablar español, o que lo hablo de casualidad. Somos millones, Montse, lo normal es ser como nosotros, no te preocupes, te respalda la humanidad entera. No tenemos oído ni hemos tenido suerte, somos solo gente corriente, gente normal. Hablamos una sola lengua y la hablamos de casualidad. Lo nuestro es el silencio del amor.

Con todo esto que le he dicho, Montse ha conseguido relajarse.

Lo del silencio del amor es para matarte, dice Montse, y vuelve a reír, y no creo que eso sea de gente normal.

Nos damos cuenta de que tenemos delante la cena, que ni siquiera hemos probado. Nos hemos cogido de la mano y seguimos así. Ahora ya hay pacto sellado: podemos cogernos las manos cuando queramos. Las manos cogidas simbolizan algo que está naciendo. Si miro nuestras manos, veo un embrión del amor futuro. La extrañeza de su piel llega a mi cerebro, el cual emite una orden general de peligro, de pérdida de las fronteras, de contacto con otro país. Suelto su mano y agarro el tenedor, quiero o necesito que regrese la rutina, la normalidad de una cena, el sosiego.

Está buenísima tu salsa boloñesa, comento.

¿Y tú qué, cómo ha sido tu vida? Pareces una persona tranquila, buena gente.

No sabría qué confesarte, le digo. Pero lo que pienso y no digo es esto: Aspiro a ser tu santo enamorado, hasta conocerte mi vida era solo un desierto sin flores, sin árboles, sin ríos, sin cielo, sin luz, sin lluvia.

Y digo esto: No me apetece hablar de mi vida, porque tengo la sospecha de que es una ilusión, y no me interesa decir mi vida, sino que tú sigas diciéndome la tuya, porque al oír tu vida, me emociono, salgo de mí mismo, y mi corazón se llena de benignidad, es rara la palabra benignidad, pero la benignidad existe.

Montserrat se ríe, porque se toma mi declaración de que no sabría qué confesar como una ocurrencia filosófica no exenta de humor. Y lo de la benignidad la deja pasmada. Me alegra que mi ocurrencia nos haya sacado del drama. Ahora nos damos cuenta de que sigue el vino delante de nosotros, junto a su cerveza vacía.

Bueno, creo que lo más urgente y apropiado que debo decir es que no me he casado nunca, ni siquiera he tenido pareja estable, y tampoco tengo hijos, creo que con eso podemos seguir adelante, y todo esto lo acabo de decir con una sonrisa y con la mano en la copa.

Bebemos.

Comemos los espaguetis.

Y sigue habiendo silencios entre ella y yo, y en esos silencios se aventura la densidad de la vida, y las preguntas horribles, preguntas como adónde seremos capaces de llegar, preguntas como serías capaz de hacerme daño y no importarte, preguntas como serías capaz de ayudarme si de verdad llegase a necesitarte, todas esas preguntas van en esos silencios, y ella y yo lo sabemos, porque somos adultos, porque el tiempo de la ignorancia de esas preguntas es el tiempo de la juventud, que es la época dorada del amor porque esas preguntas no existen.

Maldita sea la edad madura, que es la edad de las incesantes precauciones, que asustan al amor.

La edad del millón de cautelas.

30

Y seguimos bebiendo vino, y el vino va perforando la oscuridad de nuestros corazones, va entrando el aire y también la luz en esa oscuridad, un aire y una luz fantasiosos, pero de momento aún no lo sabemos. Tememos que ese aire y esa luz se vayan pronto, así que me levanto y voy hacia la nevera, donde hay un blanco enfriándose.

Vamos por la segunda botella.

Y le vuelvo a servir vino y pongo en el ordenador música de Franco Battiato. Pienso que esa música puede venir en nuestro auxilio. Pongo *La estación de los amores.*

¿Dónde vives en Sotopeña?, le pregunto.

La cadena para la que trabajo me consiguió un apartamento pequeño pero agradable y a buen precio. Son 50 metros, pero está bien. Le he sacado petróleo a esos 50 metros, no te imaginas lo apañado que lo tengo. Tiene parqué, un parqué de los buenos, y una ducha con hidromasaje, y sol, mucho sol, me contesta Montserrat.

Me lo tendrías que enseñar algún día.

Eso es muy difícil, porque tú no eres amigo de los municipales y, si ven que rompes el confinamiento para ir a ver a una persona, te podrían caer 600 euros de multa, y si te pones chulo, te pueden meter en el calabozo. Hoy al venir me han parado. Les he dicho que tenía que servir comida a domicilio. Y solo llevaba la salsa boloñesa. No me han pedido que abriera el maletero porque son amigos míos, pero a ti seguro que ya te han cogido manía, porque piensan que eres una especie de turista evadido de Madrid y porque piensan que igual te conviertes en mi novio, y ellos son como mis hermanos mayores.

Nos reímos.

Y yo le digo esto, y casi me asusto de lo que le estoy diciendo: Me siento muy bien contigo, me siento tranquilo, fíjate que se me había olvidado todo el horror del virus. También quiero dejarte clara una cosa: no busco nada de ti, salvo una simple amistad, un poco de charla, un poco de compañía. Me daría tanto miedo enamorarme de ti. Lo peor es que a lo mejor ya me he enamorado de ti.

Vuelve el silencio, pero se dibuja una sonrisa perfecta en el rostro de Montse, se curvan sus labios en señal de aprobación, de comprensión, incluso de felicidad.

A mí me pasa lo mismo, afirma al fin.

Salgamos al bosque, hay una luna maravillosa, propone.

Abrígate, me exige con un gesto sólido de preocupación por mí.

Salimos al bosque como dos chiquillos ante una pequeña aventura, y caminamos por la senda, junto a los pinos. Hay un olor fuerte de primavera, pero está haciendo mucho frío, podría incluso nevar.

¿Te imaginas que se pusiera a nevar?, le pregunto a Montserrat.

Caminamos bastante, con la linterna del móvil alumbrando el suelo.

Está cerca el río, dice Montserrat.

Yo miro al cielo.

El río Eresma, ¿no lo oyes?

Más que oírlo, querría verlo, llévame hasta él.

¿Por qué miras todo el rato al cielo?, me pregunta Montserrat.

He visto en la televisión que la policía utiliza drones para cazar a los que se saltan el confinamiento.

Aquí solo estamos tú y yo y el bosque, aquí no va a venir nadie.

Casi no le da tiempo a terminar la palabra nadie cuando se cruza por delante de nosotros un enorme animal de color blanco, resoplando y gimiendo, y veloz, visto y no visto, del tamaño de un perro grande, pero no era un perro.

Era un jabalí blanco, dice Montserrat.

El alma del mundo, digo yo.

Entonces la abrazo y ella me abraza, y nos damos un beso, pero no vemos el beso, porque estamos en medio de la noche. No puedes ver un beso, me doy cuenta de que los besos son invisibles.

El animal blanco que ha cruzado delante de nosotros vuelve a pasar otra vez, y lo hace más despacio.

Se detiene a pocos pasos.

Ha vuelto a por nosotros, dice Montserrat, quería vernos, es un milagro.

31

Me despierto sobresaltado a las cinco de la mañana. He tenido un sueño impetuoso. Corro a la mesa donde tengo el ordenador y lo escribo antes de que se lo coma el olvido. En mi sueño he visto a don Quijote de la Mancha y a su escudero Sancho Panza deambular por las ciudades del mundo.

No hacían nada.

Solo iban en sus caballerías.

Cabalgaban por la Gran Vía de Madrid, y miraban hacia los últimos pisos de las casas. Don Quijote le decía a Sancho: «Este gran vacío de villanos y de caballeros será obra del mismísimo Merlín, que ha obrado un original encantamiento».

Luego cabalgaban por la Piazza Venezia, en Roma. La Piazza Venezia estaba vacía y el aire era de color naranja. Todos los palacios, las casas, el monumento a Víctor Manuel II tomaban un color anaranjado.

La luna era de color naranja, la noche era naranja.

Don Quijote cree que el monumento a Víctor Manuel II es un gigante a quien tiene que vencer en la mayor aventura que vieron los siglos. Tiembla de alegría al verlo, pues es el más descomunal gigante que su imaginación haya podido celebrar y su pensamiento concebir. Urge la lucha. Hay que morir en ella. Lleva don Quijote encima la alegría de los ángeles, la ambición de los señores, la leyenda de los emperadores y la locura de los españoles, y arremete contra el gigante.

¿La locura de los españoles?, no sé qué quiere decir eso.

Todo se detiene un instante, como si quien está contando esta historia que sucede en mi sueño entrara en otro sueño aún más profundo, más grávido y a la vez más elemental.

«Es una forma de vacío que ha caído sobre el mundo, sin embargo no todos lo ven», pero no es don Quijote quien habla. Miro detrás de don Quijote, allí veo a un hombre caminando, detrás de Rocinante y detrás del rucio de Sancho.

Es un hombre cabizbajo, que lleva un rosario en una mano.

¿Es el mismo Cervantes?

Cuando me acerco a preguntarle quién es, cómo se llama, el sueño se desvanece y me despierto.

Son las cinco y media de la madrugada.

Consulto la bandeja de mi correo electrónico.

Solo hay un par de mensajes de mi sindicato. Dicen que ánimo, que venceremos al virus, que pronto volverán las clases presenciales, que abrirán sus aulas los colegios y los institutos.

Desde mi cama presiento la llegada del día, el alba, ese momento de belleza brutal.

Parece que todos los países de la Tierra manifiestan con la vaciedad de sus calles el triunfo hegemónico de la locura de don Quijote, como si un encantamiento global y planetario hubiera caído sobre el mundo.

Me quedo pensando en esa idea.

Y decido ver amanecer.

Pienso en Montserrat, me anima el corazón, me ayuda a pensar en el futuro, pero me quema la sangre el deseo, tocar su cuerpo, lamerlo, adorarlo, conseguirlo. Conseguir su cuerpo. Que me dé su cuerpo, porque dentro de su cuerpo está su alma.

También Montserrat sufre algún encantamiento.

Qué gran invención tuvo Cervantes: el mundo es una sucesión de irrealidades, el mundo es una ilusión de magos encantadores.

El virus parece hijo de uno de los brujos de la novela de Cervantes, hijo, por ejemplo, de Frestón. El sabio Frestón es un personaje del *Quijote*. Es un embaucador, una especie de timador que nos engaña.

También podrían llamar a la vacuna el bálsamo de Fierabrás, sería hermoso.

Eso fue lo que motivó mi jubilación anticipada: de repente no vi belleza en el mundo y enmudecí. No quiero recordar. Veía a mis alumnos y pensaba que no eran reales, que eran seres imaginarios, seres virtuales, seres del futuro.

Son ya las seis y me vuelvo a la cama. No voy a ver amanecer, falta una hora para que comience a clarear. Renuncio. Cuántos viernes o sábados vi amanecer cuando era joven y salía de marcha con los amigos. El cuerpo lo aguantaba todo. No había remordimientos ni culpas, no sabíamos nada de la Oscuridad, regresabas a las siete de la mañana de aquellas discotecas o de fiestas de estudiantes y era meterte en la cama y quedarte dormido, y no te despertabas hasta la hora de comer.

¿Qué demonios hacíamos tanto rato en aquellas discotecas horribles o en aquellas fiestas de universitarios en las circunvalaciones de Madrid?

Eran famosas las de la Facultad de Veterinaria. Se hacían en unos barracones de la Universidad Complutense, no muy lejos del palacio de la Moncloa, donde residía y aún reside el presidente del Gobierno. Empezaba la movida madrileña, y en aquellas fiestas de Veterinaria actuaban los primeros grupos musicales de entonces, era un mundo nuevo, lleno de energía, con gente de pelos punkis y vestimenta agresiva, con muchas ganas de vivir. Vivir era el verbo, el nuevo verbo español.

Hablábamos, bebíamos, fumábamos y bailábamos, eso es lo que hacíamos. Ahora Frestón impone que todo eso lo hagas en tu casa.

Incluso puede caber la posibilidad de que Frestón haya dividido el mundo. Antes del virus, la Edad de Oro. Después del virus, la Edad de las Tinieblas, la Edad del Distanciamiento, la Edad del Miedo, de manera que los niños de hoy solo heredarán tinieblas y las historias que les contarán sus padres y sus abuelos sobre la Edad de Oro, porque la Edad de Oro será la anterior a marzo de 2020, cuando la gente se tocaba.

Me meto en la cama, esperando una absolución. Pienso en que llevo al altar a Montserrat, y voy a casarme con ella, y ya estoy viendo al sacerdote al fondo, y cierro los ojos.

La Oscuridad.

32

No puedes seguir en activo, me dijo el médico de la dirección general de personal del Departamento de Educación de la Comunidad de Madrid. Me lo dijo tratándome de tú, para que se generara confianza, amabilidad, sinceridad, humanidad. Era un hombre de unos cuarenta años, tal vez cuarenta y algo, entrado en carnes, con unas gafas atrevidas, con las varillas rojas, alto, con barba negra, con las manos muy blancas.

Anotaba cosas en el ordenador.

¿Qué anotaba?

Hablamos de la enseñanza. De mi mudez en clase. De por qué enmudecía en clase. Le dije que mi enmudecimiento tenía una base pedagógica. Quería que ellos hablaran. Me dijo que eso no tenía sentido, que podía comprender mis razones filosóficas, pero que mi obligación era enseñar a mis alumnos y que para enseñar era imprescindible que yo hablara.

Has puesto mucho empeño y tesón en tu trabajo durante largos años, eres un gran docente, pero ahora necesitas descansar, simplemente te jubilas dos años antes por prescripción médica, concluyó, y siguió anotando cosas en el ordenador.

Anotaba muchas cosas, yo me fijaba en sus manos, pulcras.

Su despacho era una quinta planta, a través de la ventana entraba un día oscuro de otoño.

Descansa, dijo.

Miré la marca del ordenador portátil en el que escribía. Durante todos los años que trabajé en la enseñanza pública nunca me proporcionaron un portátil para mi trabajo. Pero ya me daba igual.

33

Hoy es 30 de abril de 2020, y el sabio Frestón sigue allí. Pero hoy es un día especial, pues en plena crisis sanitaria, una noticia extraña y extravagante recorre el mundo: hoy se cumplen setenta y cinco años de la muerte de Adolfo Hitler.

Toda la prensa nacional e internacional, incluidas naturalmente las redes sociales, recogen la efeméride.

Ante el recuerdo del nazismo, que viene de la mano de ese 75 aniversario, se leen artículos denigratorios de la figura de Hitler. Lo que me asombra es que la mayoría de los periodistas y comunicadores no aciertan a denigrar a Hitler de una manera concluyente, aplastante. No saben cómo mofarse de su figura. Nadie sabe cómo demonios encontrar una descalificación definitiva, el argumento final. Porque sigue habiendo un misterio en torno al nazismo, y ese es el de la fidelidad de tanta gente a un solo hombre. Llevan años intentando explicar esa fidelidad. La explican desde todos los ángulos posibles, pero al final algo falla y la explicación se va a pique.

Y por qué me pongo yo ahora mismo a pensar en Hitler si no es para calmar, apaciguar e incluso olvidar mi deseo de Montserrat, de mi Altisidora, que ocupa mi ser. Cualquier cosa que sofoque este amor naciente me sirve.

La humillación de Alemania tras la Primera Guerra Mundial, la crisis económica internacional, la crisis política de la República de Weimar, el éxito de la propaganda, la falta de una estrategia de los partidos políticos demócratas que frenara el ascenso del nazismo, todo eso puede explicar la llegada al poder de Hitler, pero no revela el porqué de la fidelidad.

Esas causas racionales las explicaba yo en clase, antes de la llegada de mi enmudecimiento, así que me las sé muy bien.

Lo que nunca explicaba en clase es la fidelidad que le mostraron el ejército y los jueces, los trabajadores, los empresarios, la gente, los ancianos, las mujeres y los niños, porque esa fidelidad es uno de los grandes enigmas más siniestros del siglo XX.

Y sobre todo, la fidelidad de las últimas semanas, cuando Hitler se recluyó en el famoso búnker. Daba la sensación de que no importaba la muerte, que esta era lo de menos, y todos estaban dispuestos a suicidarse con el jefe. A Goebbels y su mujer ni se les pasó por la cabeza abandonar a Hitler e intentar huir. Me recuerdan a los mártires del cristianismo. Ese grado de convencimiento se volvió a dar en la URSS con el estalinismo.

Nadie sabe todavía, setenta y cinco años después, qué hacer con Adolfo Hitler. La paradoja es bien sencilla: no se puede luchar contra su fama. Se le desprecia, y es importante la exhibición de un alto grado de desprecio, pero es inevitable hablar de él. Es el hombre más famoso de la historia, junto a Jesucristo. Por tanto, ese desprecio se acaba deslegitimando.

Es como una especie de trampa, o de sarcasmo de la condición humana.

Todo el mundo odia a Hitler, pero todo el mundo

habla de él. Y en este instante Hitler es *trending topic* en internet.

¿Qué significa eso, que Hitler sea *trending topic* en las redes sociales de todo el planeta?

Significa que Hitler es tan famoso como el virus.

Significa que el mal es más famoso que el bien, eso es.

La fama del mal es indestructible.

Perdura a través de los siglos, permanece de una manera grotesca, humillante y tenaz.

Nadie puede explicar la historia del siglo XX sin situar en el centro a Adolfo Hitler, y esa es su victoria estremecedora. Pasa lo mismo, a nivel local, con Franco: no se puede explicar la historia de España sin Francisco Franco, así que todo el día hablando de Franco, eso en España.

La fama es lo único que acaba importando. La fama lo es todo en nuestro sistema de conocimiento de la realidad. La fama es más fuerte que la ética. La fama es la única categoría filosófica que importa.

El covid-19 desaparecerá de la memoria de los hombres y de las mujeres, pero Hitler seguirá siendo recordado.

La dualidad inmemorial: Cristo y Hitler.

El ancestral sistema binario, necesario para que existan todas las cosas.

Mi humilde dualidad: Montserrat y yo, que somos seres anónimos, y por tanto irreales, sin historia posible.

Mi historia de amor con Montserrat, que es sencilla y buena, se olvidará para siempre en cinco minutos. En cambio, la historia de Hitler perdurará siglos.

Y eso es terrible, horrendo, y no sabemos salir de ese agujero moral, que afirma que la fama es lo único que consigue convertirse en realidad. Ese agujero moral es más misterioso que los agujeros negros de la física y de la astronomía.

Hitler es famoso, y mientras sea famoso, mientras siga llenando miles de páginas en toda la prensa internacional, habrá ganado. Y si lo olvidamos, si dejamos de hablar de él —esa sería la gran victoria sobre el Mal—, nuestro pasado se desvanece y renunciamos a lo único que nos constituye como especie: el recuerdo fidedigno del pasado. Si lo recordamos, él gana, porque su memoria es una victoria. Si no lo recordamos, ¿qué hacemos para saber que existimos a lo largo del tiempo? Es uno de los grandes misterios del paso del hombre por el mundo: la Historia.

De modo que cabe pensar que Dios o la naturaleza o los virus se pasan la vida riéndose de nosotros. El silencio del universo se rompe a través de la risa, tal vez haya ahí un mensaje de la Oscuridad.

Mi amor por Montserrat, mi Altisidora, es silencio puro.

Carece de fama ese amor.

No existe para la historia.

Existe para mí solo, que soy nadie.

Menos mal que luce el sol en este bosque que hay al lado de mi casa. Abro la puerta y huelo el olor de los árboles. Ese olor no puede ser famoso ni puede ser noticia en ningún periódico.

Me meto entre los árboles, miro al cielo y no hay drones. Qué obsesión tengo con los drones, pero salen en las noticias constantemente. No sé si miro al cielo buscando drones o buscando ángeles que me roben del suelo y me lleven al lado del sol.

Qué sería de nosotros sin la policía.

Pese a ser un país en lenta descomposición política, acosado por los populismos de izquierdas y de derechas, por el independentismo, por la oxidación de la monarquía, por la polarización ideológica, por la crisis económica, por la corrupción de los políticos, por el paro, España conserva una policía aplastante, contundente. Cualquier día de estos, España estallará en mil pedazos, cansada de sí misma. Y esos pedazos como mucho intentará recogerlos la policía. Espero que la policía recoja los pedazos de España amorosamente y no a golpes. Qué más da cómo los recoja.

La policía española, sin embargo, hace pensar que a lo mejor somos más fuertes de lo que parecemos. Es una policía que da miedo. Pone multas salvajes. Te puede arruinar a multas. Y lo hace porque los jueces y los políticos los obligan. De modo que España es un ejemplo de la mecánica cuántica: tan pronto se descompone como tan pronto se vuelve un Estado fuerte y rabioso, las dos cosas a la vez; es un país que ocupa dos lugares a la vez, es el antiguo don de la ubicuidad, que ahora la física moderna dice que es posible. Los místicos ya sabían esto.

Me alejo de mi casa, evito la senda y me meto por el bosque, entre las zarzas, entre ramas rotas y secas, una de ellas me araña la cara. Presiento que uno de los objetivos de mi vida futura es que no me afecte ningún desmoronamiento político o social o personal que ocurra a mi alrededor.

Y todo por amor a la vida.

Camino al azar, podría incluso perderme.

El bien absoluto son estos árboles, estas ramas, este suelo húmedo.

El mal absoluto es que hoy 30 de abril de 2020 tengamos que recordar el 30 de abril de 1945.

Se están fundiendo en una sola sensación de irrealidad: la muerte de Hitler hace setenta y cinco años y el nacimiento del virus hace setenta y cinco días.

Hitler está muerto y el virus sigue vivo.

Y al fin me topo con el río Eresma, y me siento dichoso

de haberlo encontrado. El olor a humedad es intenso. Me acerco a la orilla, es un río poco caudaloso, de aguas limpias, corre rodeado de arbustos, pero distingo un entrante sin vegetación, a modo de una pequeña playa.

Me quito los zapatos y luego los calcetines, y me arremango el pantalón, y me meto en el agua, que está muy fría. Camino con cuidado sobre las piedras, miro al cielo por si aparecen algún dron o algunos ángeles, pero solo hay pájaros, y se oye el murmullo de la corriente, cuyo sonido me sosiega y me ayuda.

Este río tampoco es famoso, aún lo son menos las piedras que yacen bajo sus aguas y que mis pies desnudos acaban de pisar.

34

Hoy Montserrat ha venido solo con unas rosquillas caseras y una botella de vino blanco, aunque yo no había pedido nada de eso. No ha buscado más excusas. Ya viene cuando quiere. Y yo no hago otra cosa que esperarla, y abrir la puerta de la casa del bosque, y ella lo sabe.

He oído el ruido de su Opel Astra y mi corazón ha temblado, como dos motores que se hermanan.

Cuando abro la puerta de la casa del bosque, sabiendo que ella está al otro lado, se paraliza el tiempo, es como entrar en un agujero de gusano, es el momento en que mi mano toca el pomo de la puerta, y descarga su fuerza hacia abajo, y el resorte de la cerradura cede, y tiro de la puerta hacia mí, con un miedo atroz, con un miedo universal, lleno de fuego, antorchas en los ojos, garras de acero en el corazón, que sangra y chilla y canta, porque sé que al otro lado está ella.

Ella, ese misterio, más allá de que sea un cuerpo y un alma, más allá de que sea una mujer.

Ella está allí, y mi mano abre la puerta y quisiera en realidad que esa puerta no se abriera nunca, quisiera vivir solo en la espera, en el conocimiento de que puedo abrir la puerta, sí, pero también en el hecho de que el momento de abrir la puerta se dilata en vastas cantidades de tiempo, en meses, en años, en siglos; estamos siglos uno al lado del otro, pero sin vernos, porque en el medio está la puerta.

Tres mil años uno al lado del otro, pero con una puerta en medio que impide que nos amemos.

Envejeciendo a cada lado de la puerta.

Y la puerta se va haciendo santa.

La santidad de las puertas.

Nos hemos dado un solo beso, pero ha sido directamente en la boca, y nos hemos cogido la mano.

Directamente en la boca, y la decisión ha sido mutua, como si fuese una decisión hija de un milagro, pero de qué milagro.

He dejado las rosquillas encima de la mesa, y la botella de vino blanco bien aparcada dentro de la nevera. No de cualquier manera, sino de una forma principal.

No puedo estar más feliz, más cómplice de la vida. La veo a ella y pienso que el milagro continúa. Cómo es posible, si no por obra de un milagro, que un hombre como yo, tan anodino y tan poca cosa, reciba la visita de esta mujer tan bella y tan llena de vida.

Estamos mudos los dos, mirándonos bajo el sol último de la tarde, intentando averiguar en nuestra mirada un camino que nos conduzca a la confianza, a la amistad plena, tal vez al amor.

Al final le he preguntado la edad.

Tengo cuarenta y cinco años, ha dicho Montserrat.

Me ha preguntado la mía.

Me he mirado a un espejo que hay encima de la mesa del comedor y he sopesado la idea de mentirle, pero al instante me he sentido mal.

Y en vez de decirle mi edad, he dicho lo siguiente mirándola a los ojos con ternura, casi como si lo estuviera leyendo en un libro: Cuarenta y cinco años es una edad importante, porque en esa edad ya sabes que el amor pleno entre un hombre y una mujer es una de las cosas más imposibles que hay en la vida. La gente debería pensar más en eso, en esa imposibilidad del amor absoluto entre un hombre y una mujer, o entre un hombre y un hombre, o entre una mujer y una mujer, y sin embargo la búsqueda de ese amor no cesa nunca. Es la gran aventura de la existencia, la única aventura que tiene sentido. En el Renacimiento creían en ese amor y divinizaban e idealizaban ese amor.

Cuando he acabado de decir esto he rozado los labios de Montserrat, que estaban húmedos, y en ese instante ya era Altisidora.

He hecho una pausa, y he mirado a Altisidora, cuyos ojos asentían, pero había una tristeza en su expresión, como si oyera desde la ausencia.

A veces es Montserrat, a veces es Altisidora, a veces es las dos a la vez.

Entonces, Montserrat/Altisidora ha dicho: Llega un momento en que una mujer dice «me conformo con esto y a esto consagraré mi inteligencia y mi fidelidad».

Y yo he dicho: Llega un momento en que un hombre dice «me conformo con esto y a esto consagraré mi inteligencia y mi fidelidad».

Nos hemos reído los dos.

Y he seguido hablando yo: Es a esa edad, a los cuarenta y cinco años, cuando ocurre esa frase de «me conformo con esto, no está mal, y podría ser mucho peor, y esto con lo que me conformo me dará momentos de alguna felicidad, y muchos momentos de serenidad, de simple calma, un poco de paz, un armisticio con la vida», que en cierto modo son pensamientos que proceden del cansancio que produce la búsqueda del amor absoluto. Porque los cuerpos se cansan en mitad del camino, se cansan de caminar buscando al hombre o a la mujer de sus sueños. Y entonces aceptamos lo que el azar nos da, pero no es porque hayamos encontrado el tesoro, sino porque el cansancio nos ha vencido. Y a nuestro cansancio, y esto es lo más importante, lo llamamos ternura.

Montserrat/Altisidora ha tocado mi mano y la ha llevado hasta sus labios.

Y yo le he dicho: Estas noches, cuando me acuesto, pienso en ti, pienso en que tú podrías ser el amor de mi vida, el gran amor, eres hermosa, eres bella, y necesito tanto amar.

Ahora me quedo en silencio y miro a los ojos de Altisidora. Hay una lágrima en su oscura mirada.

Miro cómo levanta la mano derecha y dirige esa mano hacia su lágrima. Quisiera que ese acto durase lo que me queda de vida, porque en ese levantamiento de una mano que se dirige a través del aire del atardecer hasta la lágrima candente, recién producida por un cuerpo en estado de líquida emoción, hay una verdad, hay otra dimensión de la vida, que se produce más allá de esta sociedad, esta cultura, esta civilización.

Y al final nos besamos con mucha pasión, con mucha urgencia, con muchos nervios, con zozobra.

Es un acto de fusión de voluntades. Descansa mi alma, mi inteligencia y voluntad, porque son un pacto estos besos.

Besos pactados.

35

Ha sido al notar su aliento, la carnosidad de su lengua, cuando he accedido a la parte invisible de Montserrat/Altisidora, al lugar en que ella habla consigo misma.

Y veo lo que es.

La veo por dentro.

Veo un castillo, un lago, veo a su madre y a su padre en el día en que ella fue concebida. Los veo hacer el amor, los estoy viendo, veo cómo fue engendrada, veo los chillidos y los gritos y el orgasmo que la creó.

Y también soy consciente de que estoy besando heridas. Besar las heridas de otro ser humano nos aterroriza. No son nuestras heridas, son las heridas de un tercero y de un cuarto, las heridas de un exmarido y de un hijo ausente. Las heridas de cualquier ser humano, no heridas procedentes de grandes batallas legendarias, sino heridas humildes, hijas de pequeñas decepciones, de fracasos cotidianos, hijas de una maternidad suspendida.

36

Quiéreme mucho, me dice Montserrat, y yo la beso, y en cada beso intento que haya solo ternura de la que no procede del cansancio. La ternura primitiva, la ancestral, la que no es social. Vamos a hacer el amor, pero todo es limpio y digno. Yo procuro que lo sea. Tal vez la mejor manera de que haya dignidad es evitando la imagen de cada uno de nosotros, como si fuésemos una sola persona, y no dos.

¿Estamos dentro del amor?

¿En esto consiste ser libre?

Ya no se oye el mundo, no se oyen las noticias, no habla la televisión. Hay un silencio cósmico.

Vamos a salir de nuestra identidad.

Vamos a hacerlo.

37

Nos hemos desnudado sin vernos, ¿por qué lo hemos hecho así?

Que predomine el silencio, eso es.

No quiero mirar su sexo, porque su sexo no tiene rostro. Y lo que no tiene rostro camina hacia la imperfección.

38

Quiero esto: la honestidad, la dignidad, el beso, el cariño, la caricia, el acompañamiento, la confianza, la amistad. Que se eleven las cosas, eso quiero, eso quise siempre. Que asciendan las cosas.

Todo en silencio, que no hablemos es lo más importante. Que no verbalicemos nada.

Que ascienda todo, que no haya remordimiento ni vanidad.

Que seamos como dos bailarines, que no haya saqueo de cuerpos, que no haya predominio de voluntades, que haya una igualación de voluntades, que haya igualación en la conquista de los cuerpos, que haya al fin caída de la soledad.

La soledad, ¿la venceremos haciendo el amor?

Esa enviada de la Oscuridad: la soledad, la imposibilidad de dejar de ser uno para ser dos.

39

Tal vez por eso enmudecí en mis clases: buscaba el silencio como quien busca un refugio para guarecerse de una tormenta de fuego.

De pronto, el silencio se quiebra.

¿Darías tu vida por mí?, me pregunta Altisidora mientras estamos desnudos sobre la cama.

Depende de cómo fuera la muerte que me dieran, te soy muy sincero. Si fuese una muerte sin sufrimiento, sí la daría. Si fuese una muerte con un sufrimiento extremo, mi cuerpo se negaría. Es una cuestión del cuerpo, no de la voluntad del alma. Pero comprendo perfectamente que, si fuese capaz de dar la vida por ti, mi vida se llenaría de sentido y se convertiría en belleza pura.

Prosigo hablando: Me has hecho la gran pregunta, la que decide el amor, la de dar mi vida por ti, esa es la única prueba memorable del amor, pero aún hay una prueba de rango superior, la de aceptar la muerte civil por ti, la muerte social por ti, la irrelevancia existencial y económica y laboral por ti; tal vez la laboral en mi caso fuese sencilla, y la económica también, tal vez eso sea lo único de bueno que te da la madurez cuando ya avisa de la llegada del envejecimiento. También está la máxima prueba: la de cargar con un crimen que no he cometido por ti. Por ejemplo, si aceptar una acusación de asesinato, de la que soy completamente inocente, significase que tú salvaras la vida. Eso es más que morir por ti. Hay unas cuantas pruebas del amor. En esas pruebas la vida se convierte en una obra de arte. Pero para el enamorado no son pruebas, ese es el enigma, son actos que hace sin dudar, pues no se puede dudar cuando estás verdaderamente enamorado. Si dudas, si piensas que no eres capaz de darlo todo, entonces no estás enamorado, y esto es lo más relevante que ocurre en la vida de la gente.

Ahora me callo.

Altisidora también entra en un silencio profundo, pues teme que yo revierta la pregunta sobre ella, cosa que no haré jamás, porque sé la respuesta, la sé porque su hijo Marc es más importante que yo, y eso también es una obra maestra de la vida, el hecho de que ella esté más enamorada de su hijo que de cualquier hombre que haya existido, exista o existirá. Los misterios son todos profundamente hermosos.

Me quedo mirando su cuerpo, y pienso: esto es la intimidad. La intimidad son los dedos de los pies, las piernas, las rodillas, los dientes, el culo, los ojos asustados, la cara sin pintura, las manos con las uñas desiguales, esto es la intimidad, un cuerpo sin envasar, sin envoltorio, sin caja, sin precio.

Miro su cuerpo y veo la piel, veo los hombros, las pecas sobre la piel, los pezones vulnerables, el pelo sobre la cara, las orejas ocultas bajo el pelo, la forma de las piernas, los pies a lo lejos, el vientre, el vello del pubis, ese vello que es la capital de la intimidad, no sé, tal vez como Nueva York es la capital del mundo.

Hace un poco de frío, comento mientras preparo la pregunta que me aterra.

¿Te vas a quedar a dormir conmigo?, digo al fin.

Dormir al lado de otra persona es un acto misterioso,

porque los cuerpos son imperfectos. La recompensa es desayunar juntos.

Tengo las pastas que me regalaste y naranjas y un exprimidor de naranjas, le digo.

Padezco insomnio, dice Montserrat/Altisidora.

Yo también, le digo, mientras cojo su mano.

El egoísmo no es maldad, es una debilidad, es una especie de deficiencia, es como una máquina mal construida, algo así, dice Montserrat/Altisidora mientras se viste y dice que prefiere dormir en su casa, porque en su casa conseguirá dormir y a mi lado tal vez no.

Y dormir es muy importante, concluyo yo.

Así es, sobre todo cuando ya tienes cuarenta y cinco años, confirma ella.

Miro cómo se sube los pantalones y pienso que lo hace como yo lo hago, como lo hace un hombre, pues subirse un pantalón es un acto que hombres y mujeres realizan de la misma forma, o tal vez no, creo que se pueden vislumbrar diferencias, por ejemplo a la hora de coger el pantalón por la cintura y subirlo desde los tobillos, allí hay una manera distinta de hacerlo. Acomodarlo a la cintura también es diferente. Menos mal, porque cuando descubres un comportamiento masculino en una mujer, el corazón se llena de melancolía.

Tal vez el sentido de este amor no lo sabré hasta dentro de diez años. ¿Seguiremos vivos? Ella seguro que sí. ¿Me recordará? Ojalá me olvide. Porque, si me olvida, mi melancolía será más sólida y completa.

Me he quedado mirando sus manos cuando se subía la bragueta, me ha parecido un enigma, he sentido como si eso ya hubiera pasado antes, en un pasado remoto, allá en la infancia, en mi infancia. He pensado en los enigmas de la Oscuridad.

40

A la media hora de haberse marchado comienzo a recibir wasaps de Montserrat/Altisidora.

Unos son mensajes de voz, otros mensajes dictados, otros tecleados. Todas las posibilidades de la tecnología al servicio de su corazón.

Nos decimos por WhatsApp cosas que no nos atrevemos a decirnos a la cara. Sé que ella está al otro lado del teléfono mirando mis palabras en su pantalla y yo mirando las suyas en la mía.

La elección que hace de las palabras que me envía casi es más importante que las palabras mismas. Elige cada una pensando en mí. Medita las palabras que me envía y en esa meditación yo reino.

En un wasap dice esto: «Llegué a creer que podía superar la separación de mi hijo pensando que nunca tuve un hijo, creyendo eso. Me pareció inhumano caer en esa idea, pero también me pareció inhumano morir de pena. ¿Qué duele más: negar que tuviste un hijo o morir de pena por no poder verlo?».

«Contéstame».

No le contesto.

Pero en mi interior sí le contesto: le digo que hay una gran belleza en las dos opciones porque las dos opciones proceden del desgarro. Y es inevitable para mí pensar que ese hijo me aleja de Montserrat, pues su hijo será siempre lo primero en su vida. Y ese hijo constata que Montserrat tuvo un pasado, un sólido pasado, en donde yo no estuve.

41

Llega otro wasap dictado, dice esto: «Muchas veces pienso en cuando Marc sea mayor y quiera ver a su madre, y me preparo para ese día. Otras veces pienso que es mejor que ese día no llegue nunca. Otras pienso en que mi muerte no llegará a importunarle lo más mínimo, bien porque no será informado de ella, bien porque la novia de su padre se convierta en su nueva madre, bien porque mi ausencia se haya convertido en un hecho inapelable, pero si mi muerte no le causa el más mínimo pesar, a mí su ausencia de pesar me causará el más hondo de los sufrimientos y la más terrible soledad y el más salvaje anonimato. Habré pasado por este mundo como una sombra».

Y yo no le contesto.

Intento no mirar el móvil al menos durante dos minutos y conecto la televisión.

Sale un noticiario con gente lavándose las manos.

Apago la tele.

Vuelvo a mirar el móvil, ya no hay más mensajes de Montserrat. Ya no la siento como Altisidora en este instante. La vacilación en el nombre me aturde.

Ahora recuerdo las manos de Montserrat. Y otra vez me vuelvo a dar cuenta de que he de agradecer al virus mi historia de amor. Pues mientras el virus humillaba la vida del mundo, regalaba a la mía una gran ilusión.

Mientras el mundo sufre de enfermedad, yo sufro de amor.

Sus grandes manos blancas, la emoción y la confusión e incluso esa mezcla de éxito y de terror al tenerla entre mis brazos, la desesperanza que me produjo no conocer de manera completa el interior de su alma, porque no podemos entrar en los pensamientos de nadie.

Podemos entrar en otro cuerpo, pero no en el alma.

La Oscuridad sí puede.

El alma no existe, me digo, y la Oscuridad tampoco.

La Oscuridad ahora se refugia en las mentes de los presidentes de Gobierno, de mandos militares, de los jueces, de la policía, del orden infernal de los Estados, la gran agresión del Estado hacia la libertad individual, allí está la Oscuridad.

La obediencia es la Oscuridad.

Miro el móvil otra vez.

Hay otro wasap de Montserrat.

«Te quiero», dice al fin.

«Yo también te quiero», contesto.

Son las cinco de la madrugada, no puedo dormirme y Montserrat tampoco, para eso se podía haber quedado junto a mí.

La imagino metida en su cama, con su larga melena colonizando la almohada, las sábanas, la imagino tecleando en su móvil, con la luz de la lámpara de la mesilla iluminando su habitación, en donde está sola. Cuándo podré conocer su pequeño apartamento, su cocina, su cuarto de baño, su cama.

No dormimos porque sentimos que la Tierra entera está en proceso de desintegración.

Acaricio con la mano la parte de la cama en donde ella ha estado.

Abro el *Quijote*.

Oigo, mientras cierro los ojos y me duermo, la voz de Sancho Panza, y me dice esto: «Los cuarenta y siete millones de españoles, todos menos medio millón, déjalo si quieres en cuarenta y seis millones y medio, son hijos míos, y no son hijos del loco de mi amo don Quijote, ni del loco infinitamente más peligroso que el loco de mi amo, ese al que llaman Miguel de Cervantes».

42

Me despierto a las ocho de la mañana y lo primero que hago es recordar el olor de Altisidora, su olor corporal, que se mezcla con el sol que inunda ya la casa del bosque. El olor de otro cuerpo es la derrota profunda de la soledad de tu propio cuerpo. El olor es importante. En el olor del cuerpo de Altisidora la vida se manifiesta. Pero cómo es ese olor. Simplemente, existe.

Si se ha fijado en mí es porque estábamos solos los dos, y eso ha sido gracias al virus. No había mucho donde elegir. No había en este pueblo hombres interesantes, guapos, atractivos, jóvenes, atléticos. Todos se quedaron en Madrid o todos están casados.

Nunca se fijó nadie en mí, no lo hizo nadie, nunca tuve una novia que me durara más de un año, cincuenta y ocho años sin amor, con relaciones esporádicas y eso cuando era joven, y la dedicación a mi trabajo, del trabajo a mi casa, alguna cena con los colegas, hijo único, el escaso cuidado y el escaso recuerdo de mi madre que murió hace tanto tiempo, y me tuvieron cuando ya eran mayores, vivíamos en Getafe, mi padre tenía cincuenta años y mi madre treinta y nueve, ellos se llevaban once años, y mi padre murió a los sesenta de una enfermedad isquémica del corazón, eso decía el certificado de defunción, y casi no me acuerdo de él, y mi madre murió cuando yo tenía veinte años, y ella cincuenta y nueve, atropellada por un conductor borracho que se dio a la fuga y a quien jamás encontró la policía. Me dejaron algunos ahorros, con ellos conseguí salir adelante, acabar una carrera, pagarme la estancia en la Academia, y luego sacar una oposición y llevar una vida discreta, pero no una mala vida, una vida sigilosa.

Una vida contemplativa.

Una vida enamorada.

Una vida, con eso basta.

Una vida esperando el amor, siempre a la espera del amor, de que llegara, y de que su llegada fuese el sol que ilumina mares y continentes.

Pero no vino.

Y sigo viviendo, a la espera de su llegada.

Porque para millones de seres humanos la vida en sí misma no necesita ni finalidad ni historia ni acabado ni principio ni argumento ni memoria.

Solo ella, la vida.

Y es mucha suerte seguir vivo, esperando amar.

Todo ser humano que viene a este mundo es afortunado. Nacer es la suerte. La palabra suerte, allí está todo.

He tenido suerte.

Todos cuantos estamos vivos tenemos una suerte inmensa. La palabra suerte: parece que me ha revelado la Oscuridad el entramado complejo que hay detrás de la suerte, una maquinaria de una tecnología que tal vez comprendamos dentro de quinientos años.

43

Cuando pongo el café en la cafetera detengo un momento en el aire la cuchara con el café dentro, y da el sol sobre el café; es este un acto completamente solitario, y en este acto mi vida debería lograr la plenitud. Somos seres sociales: sin los ojos de los demás no existimos.

Sí, me obsesiona la novela de Cervantes, porque parece que contenga una clave, un código secreto. Y ese código es la vida del propio Cervantes, que sabía que se iba a morir y volcó su sentido de la existencia y el sentido de su identidad en un libro, porque no encontró otra cosa en donde guarecerse.

Yo me quiero guarecer en el cuerpo de una mujer.

Cervantes lo hizo en un libro. Yo no tengo talento para hacerlo en un libro. Lo hice en el silencio.

En algún momento de su madurez, Cervantes tuvo que darse cuenta de que caminaba hacia la extinción, de que la religión era mentira, y de que el poder político era otra ilusión más; tuvo que darse cuenta del vacío general, de la insignificancia de su vida, pero también del misterio de esa insignificancia, y ese es un buen momento para prepararse un gran café, un excelente café, bien cargado, humeando, con el aroma escalando el aire hacia el cielo.

El éxtasis del café, la insignificancia, y su corona de humo.

44

Es de noche, y abro la ventana, y entra el viento, que siempre estuvo en el mundo, formando parte de lo indiferenciado.

Oh, viento, oh, carne, oh cuerpo humano, y el bosque al lado de mi casa, donde los virus no están, donde la luna y el sol se alternan sin escrúpulos políticos, donde la belleza persevera porque no sabe que es belleza, oh, memoria de ti, Rafael, que nunca supe quién fuiste, y adónde te marchaste, ni qué fue de tu vida, desapareciste, y no sé por qué casi cuarenta años después me acuerdo tanto de ti.

Tal vez ese recuerdo persistente sea mensajero de algo oscuro que no sé qué es, como no sabían qué clase de dioses crueles se cernían sobre ellos aquellos pueblos antiguos que vieron eclipses totales cuando no existía la palabra eclipse ni conocimientos astronómicos ni ciencia alguna.

Ni siquiera llevo una foto de mi madre en la cartera, ni siquiera tendría fuerza de voluntad para pedirle una foto de carnet a Altisidora y llevarla en mi cartera, como ella lleva una foto de su hijo Marc en la suya, porque yo se la he visto.

Hombre sin fotos en la cartera, pero hombre enamorado de Altisidora.

La Oscuridad no puede ni ofender ni atemorizar a los enamorados.

Hombres que llevan fotos de hijos y esposas en la cartera y hombres que no llevan foto alguna.

45

Una de esas noches de 1981 en que no me podía dormir y fui a charlar con él a su habitación, Rafael Puig me dijo que necesitamos que nos amen y nos seduzcan. Me resultó incómoda aquella declaración: por inesperada, por ser demasiado privada. Esa noche Rafael tenía un punto melancólico. No lucía un espíritu fuerte como otras veces.

Entonces me habló de Edurne, su novia, con la que había roto hacía casi un año. Ese día se había enterado de que ella salía con otro y que iba en serio, que era una relación importante. Su nuevo novio estaba a punto de terminar la especialidad de dentista. Edurne, al igual que yo, estudiaba Geografía e Historia.

Es verdad que el haberse enterado del compromiso de su exnovia le había impresionado, pero no creo que le hubiera causado un gran sufrimiento, sí un poco de dolor, sí mucha nostalgia.

Rafael tenía muchas ganas de contarme lo que pasó, por qué rompieron.

Yo estaba tan abducido con su amistad que le escuchaba con toda la educación y el cariño del mundo, si bien lo que me contó aquella noche desbarataba la comprensión generosa a que obliga la amistad. Tampoco pensé que Rafael estuviera delirando.

En otras charlas intensas que había tenido con él ya se había explayado con el asunto de sus poderes paranormales, pero en él este tipo de confesiones o de advertencias o de exhibiciones no eran pronunciadas con alarma, o no generaban alarma, sino una insólita ternura hacia su persona. Algo raro, sí, pero también algo que nacía de su personalidad original, en donde enseguida notabas que no había nada que temer y sí mucho que admirar o incluso querer, porque Rafael tenía el don de despertar afecto. A mí su clarividencia nunca dejó de incomodarme porque atacaba mi inteligencia. Pero ahora, tantos años después, debo admitir que la vida es puro misterio, y que las voces de los muertos se oyen si pones atención, y debo admitir que estamos insultando la vida, que alguien la insulta todo el rato, y no sé quién es; puede ser la Oscuridad quien la insulta, a través de sus fantasmas políticos, por eso el amor es tan importante, por eso mi Altisidora es el único refugio contra el mal político, contra el Estado, contra la alienación, contra las multas de la policía, contra todas las multas, contra tanta mierda que brilla en todas partes. Contra la historia, contra las leyes, contra el dinero, contra el poder, contra los fusilamientos. Se puede fusilar poco a poco a un ser humano, lentamente, ahora fusilan así, con una lentitud que dura treinta años. Antes fusilaba el Estado a sus enemigos en tres segundos, ahora en treinta años.

Por otra parte, los límites de la naturaleza no los conoce nadie, incluso podríamos afirmar que todo ser humano tiene derecho a toparse alguna vez con lo sobrenatural.

Esto fue lo que más o menos me dijo Rafael, según el leal entender de mi memoria: Hace unos meses quise demostrarle a Edurne que la quería y que por ella estaba dispuesto a hacer prodigios hermosos alrededor de nuestra identidad y nuestro equilibrio, cosas que podían matarme en el nivel psíquico, pero que estaban inspiradas en la devoción hacia su belleza. Tú no la has visto nunca, pero Edurne es una mujer de una belleza tremenda. Ella, como ya sabes, vive en el Colegio Mayor Duques de Ayerbe, que está relativamente cerca. Ese día habíamos discutido por una tontería, pero el orgullo impedía que uno de los dos fuera el primero en dar su brazo a torcer y decir, bueno, esto ha sido una tontería. Así que nos fuimos cada uno a su casa; ella al Ayerbe, y yo a la Academia.

Entré en mi habitación, en esta en la que estamos tú y yo ahora, y me puse a mirar los detalles de mi cuarto como tal vez no los había visto nunca; me puse a mirar mi habitación con cierta angustia, miré la lámpara, la mesa, la cama, la almohada, el armario, las baldosas del suelo, las zapatillas, el mechero, el cenicero, el manual de anatomía patológica, y toda mi alma fue entrando en una especie de trance, de clarividencia, de fuerza. Y entonces, desde mi habitación, desde el aprendizaje que había hecho de cómo era mi habitación, de los objetos que componían mi habitación y desde la vida invisible que tienen los objetos (porque los objetos también tienen una forma de vida), pasé a pensar en la habitación de Edurne, con tanta vehemencia que me desmayé sobre la cama, sobre esa cama que tienes ahí delante ahora mismo, y caí en un estado sonámbulo, ausente, y vi que mi persona espiritual salía de mi cuerpo material y orgánico, y abría la puerta de la terraza y miraba al horizonte lóbrego y me subía a la barandilla y saltaba al vacío desde este séptimo piso, pero no caía, sino que quedaba suspendido sobre el aire tibio, anaranjado, pacífico, como si el aire se hubiera transformado en decenas de manos que me sustentaban.

Recuerdo que Rafael hizo una pausa en ese momento.

Los dos encendimos sendos cigarros.

Me repetía a mí mismo que tenía que ser tolerante con estas extravagancias paranormales de Rafael, que las entendiera como simples cuentos de hadas, pero el fervor que ponía me asustaba tanto como me irritaba, y a veces incluso me convencía, tal vez allí estuviera el origen de mi disgusto, en sentirme inconscientemente convencido por los relatos sobrenaturales de esa inquietante criatura llamada Rafael Puig.

Continuó: Esas manos que me sostuvieron en el aire eran las manos de los difuntos, son las manos de las almas. Hay muchas teorías que explican este fenómeno, es una herejía para el cristianismo, yo creo que allí el cristianismo se equivoca; son las almas de los difuntos que están atrapados entre esta vida y la otra; su energía yerra en la Oscuridad, ese lugar que se alimenta de nuestra angustia y nos devuelve enigmas y preguntas; no saben quiénes son; alguno hay que recuerda vagamente escenas de su vida; de entre todos ellos, no obstante, siempre hay uno, el jefe, por así decirlo, que atesora mayor memoria de su vida, a este todos le tienen reverencia. Yo vi al jefe, fue él quien me acomodó sobre el aire, fue él quien anuló la gravedad de la Tierra, como si entablara una conversación con ella, a quien le dijo: «Tú eres la gravedad de la Tierra, no es bueno que te adentres en la gravedad de la muerte, déjanos volar y nosotros permitiremos que los vivos sigan creyendo en tu poder, sigan creyendo que la gravedad de la Tierra es ciencia y realidad».

Rafael encendió otro cigarrillo con la colilla del que estaba a punto de agotarse. Miró al techo, ese gesto tan suyo de elevar los ojos hacia lo alto, sin que allí a mi juicio hubiera nada digno de ser visto. Dio una profunda calada. Miró la resistencia con que calentaba agua o leche, y se levantó a calentarse un poco de agua en una taza blanca para echarle café soluble, no sin antes ofrecerme uno, pero decliné.

Empezó a hervir el agua.

Apagó la resistencia.

Se hizo su café.

Regresó a la silla con movimientos parsimoniosos, de cierta elegancia. Se volvió a encender otro cigarro, yo también esta vez.

La habitación estaba llena de humo, pero nosotros entonces no lo notábamos.

Por fin, reanudó la historia: Tenías que haber visto cómo ese jefe detenía la gravedad de la Tierra, cómo dejaba esa ley sin cumplimiento, porque en ese instante vi que las leyes de la física también son una ilusión más. Y yo oí esa conversación, y entreví el alma de ese jefe, alguien, como te digo, oscilando, bailando entre la vida y la muerte, alguien que murió con acciones pendientes. Un bailarín impertérrito. Lo entendí al verle, no es fácil de comprender, te lo explico: imagínate un padre y un hijo que no se hablan, pero no se hablan porque saben que tarde o temprano acabarán hablándose, y posponen la acción de levantar un teléfono, ignoran la fuerza del vínculo porque están apresados en el día a día de sus vidas, cada día que pasa posponen el momento de la reconciliación porque piensan que lo harán mañana o dentro de una semana o dentro de un mes; transcurren los años, y siguen demorando el encuentro, lo aplazan tanto que llega el día en que a uno de los dos lo ingresan de urgencia en un hospital y al poco muere de cualquier enfermedad, da lo mismo; entonces aparece el vínculo desnudo, y es desgarrador, porque ese vínculo crea gravedad, crea fuerza gravitatoria, y el que queda vivo se da cuenta de que jamás podrá volver a hablar con el que ha muerto y entonces no lo acepta, y al no aceptarlo crea una energía de color anaranjado que impide que quien ha muerto se marche para siempre y le obliga a quedarse por amor, se queda por amor en una especie de suspensión entre la vida y la muerte, pero todo ocurre por amor, que es la fuerza mayor, la que puede dar órdenes a los estados gravitatorios de la materia y de la realidad, incluso a la Oscuridad. Y hay mucha belleza en todo esto, porque el amor siempre deja rastros de belleza allí donde ha estado, deja manchas, quemaduras, huellas. No sé, tal vez dentro de quinientos años consigan crear una ecuación matemática que explique esta fuerza a la que yo, como miles antes que yo, llamamos amor. Tal vez sea una ley de la física que aún no comprendemos. El mundo está lleno de rastros del amor, en todas partes: en las casas, en las camas, en las calles, en las catedrales, en las cárceles, en los ríos, en las cabañas derruidas de los campos, en los cementerios, en las ruinas, en los puentes, en las piedras, en las cuevas, en todas partes.

Entonces interrumpí a Rafael preguntándole si no cabía la posibilidad de que todo fuese un sueño, porque vi que estaba llorando, y porque además yo me estaba asustando y ya no me cabía más humo de tabaco en los pulmones.

Se quitó la lágrima del rostro.

Es una lágrima testaruda, dijo Rafael, y si fue un sueño yo lo viví con la misma claridad con la que te estoy viendo ahora mismo, y prosiguió su relato.

Dijo: No me dejaron caer al vacío, me cogieron en sus manos, en sus manos invisibles, y caminé por el aire hasta el Colegio Mayor Duques de Ayerbe. Con la fuerza del pensamiento entré en la habitación de Edurne, atravesé su ventana, todo era para pedirle perdón, para decirle que nuestra discusión había sido una tontería, que le pedía disculpas, que la amaba. Y entonces sentí que mi pensamiento se adueñaba de la materia, iba transformándose en cuerpo, y de repente hubo como una luz sobre mi cabeza y pude ver lo que ocurría a mi alrededor y vi a Edurne sentada en su mesa de trabajo, debajo del flexo iluminando un manual de geografía de Europa, y ella, al ver una luz en la ventana, junto a las cortinas, al ver esa extraña luz, giró la mirada hacia donde yo estaba y vio mi rostro, lo vio un segundo y después la visión se desvaneció.

Y en ese momento yo desperté en mi habitación de la Academia. Me dolía muchísimo el cuerpo, tenía fiebre y mareos, el techo se movía, la cama se movía, me miraba las manos y veía sombras.

Poco a poco me fui calmando.

Estaba agotado, y tras calmarme, un sueño raro me venció.

Al día siguiente, Edurne, aterrorizada, me telefoneó y me dijo que no quería volver a verme en la vida. Su voz era de gran angustia y miedo. Me dijo que no había dormido en toda la noche, que tuvo que despertar a una amiga y pedirle que la dejara dormir a su lado del terror que se adueñó de ella. Pero la conversación fue muy breve. Porque ella solo buscaba una cosa, que a su juicio era lo fundamental: que le prometiera que nunca más volvería a verla, que le diera mi palabra de que salía de su vida para siempre. No solo que habíamos terminado, eso se daba por descontado, sino que jamás en la vida volvería a hacer lo que hice esa noche. Me amenazó con llamar a mi padre y a la policía.

Lo que al principio pensé que era un acto de amor acabó convertido en un acto de terror. Yo comprendí perfectamente la situación de Edurne, pues yo mismo también estaba estupefacto y asustado.

Poco a poco fue pasando.

Eres la primera persona a quien se lo cuento, concluyó.

Nos fumamos un cigarro más, casi en silencio, y me volví a mi habitación. No tenía miedo, pero sí estaba impresionado, de modo que cuando me metí en la cama me quedé mirando la ventana esperando que el rostro de Rafael se materializara, como por obra de encantamiento.

Treinta y nueve años después de esta conversación, pienso que Rafael, como don Quijote, debió de ser víctima del sabio Frestón.

La vanidad de Rafael era inconmensurable. Yo creo que su novia lo dejó, y él se inventó toda esta historia, pero es hermoso. Se lo inventó todo por amor.

En resumen: Edurne abandonó a Rafael, ella se fue con otro y él se convirtió en un iluminado.

Cuando Montserrat/Altisidora me deje, tal vez yo haga lo mismo, tal vez me invente una historia de encantamientos. Al fin y al cabo, Rafael era alto, huesudo, extremadamente delgado, tenía barba, una mirada abrasadora, encendida, y creía en el amor.

Solo le faltaba la lanza, Rocinante y el yelmo de Mambrino, pues Dulcinea sí tenía.

46

Hoy he ido a comprar, pero no a Sotopeña, no a la tienda de Montserrat. He tomado la autovía hacia Madrid y he parado en un Aldi. Tenía ganas de entrar en un supermercado.

Un chico en la puerta me ha pedido mis manos.

Sus manos, por favor, me ha dicho.

Le he enseñado mis manos y ha vertido gel desinfectante sobre ellas. No sabía el chico en qué momento debía terminar la ducha de mis manos. No había protocolo sobre la duración de ese vertido. Me ha parecido una unción mística, yo he querido que lo fuera, para embellecer un poco el mundo. No era ninguna unción mística, ya casi me estoy volviendo una especie de don Quijote de la pandemia. ¿A quién se le ocurriría ver una unción mística en el lavado de manos con hidrogel a la entrada de un supermercado?

Me he sentido antisocial y extravagante por tener esa clase de pensamientos.

Se lo he agradecido de todo corazón, el lavado de manos, digo. No por miedo al virus, sino por la belleza que he sentido en el hecho de que un desconocido ungiera mis manos. En el hecho de que un desconocido quiera proteger la salud del mundo.

Detesto la mascarilla, porque el rostro humano no debe padecer ocultamiento. Digo eso, con lenguaje antiguo, como si saliera de la novela de Cervantes: El rostro humano no debe sufrir ocultamiento, pues es imagen de la claridad del mundo, del asombroso viento, de la afamada luz del sol, de la generosidad virtuosa de nuestro Creador.

No puedo tenerle miedo al virus, y ojalá pudiera temerlo con todas mis fuerzas, ojalá pudiera convertirme en un hipocondriaco con causa.

No puedo tenerle miedo al virus porque me he enamorado de Altisidora.

Todo el mundo lleva mascarilla y se palpa el miedo, se palpa la llegada de acontecimientos extraordinarios, todo se está distorsionando. El mundo occidental creía haber logrado una sociedad y un mundo en donde los acontecimientos extraordinarios eran siempre avances y progreso. No estaba prevista la llegada de una enfermedad planetaria que enmudece a los Gobiernos, no estaba previsto que la Oscuridad tuviera un capricho. No se puede contemplar como un simple accidente, es más que eso. Es una manifestación de la Historia. ¿Es un ser inteligente la Historia? ¿Es posible que a través de la Historia nos hable alguien? ¿Quién? ¿Nosotros mismos? ¿Somos nosotros que hablamos al nosotros del futuro?

La Historia ha sido un hablar entre nosotros: seres humanos del ayer hablando con seres humanos del presente. Así el virus nos ayudará a hablar a seres humanos del futuro. Les estamos hablando a gente que acaba de nacer, a niños y niñas, a ellos les hablamos. Porque esos niños de siete u ocho años, cuando tengan setenta u ochenta, hablarán a otros niños y les dirán «yo era un niño cuando ocurrió aquello de la pandemia de covid-19, pero me acuerdo muy bien, me acuerdo de que no había colegio y de que me pasé tres o seis o doce meses jugando con mi madre y mi padre, sin salir de casa, bueno, ahora no podéis entender una cosa como esa, una cosa como esa ya no puede ocurrir, gracias a Dios, y gracias a los avances de la ciencia».

Los seres humanos llevamos siglos intentando agarrarnos a las pruebas de nuestra existencia, a los espejos que demuestran que somos una especie inteligente, capaz de modificar el mundo. Uno de los grandes espejos de la Historia fueron las guerras. Allí nos mirábamos todos, y de ese mirarnos surgían las cronologías, los periodos, el paso del tiempo, la revolución, la existencia.

Ahora todos los seres humanos del planeta están hablando del virus, porque al hablar del virus se confirma la tesis de nuestra existencia.

Eso filtra en nuestras almas un poco de alegría; es la alegría de los espejos, radiante al principio, luego más tenue y acaso siniestra al final, ese es el momento de oro de la Oscuridad.

La gente insulta al virus, le dicen «virus cabrón», o «ese maldito hijoputa de virus», y cuando oigo cómo la gente insulta al virus me estremezco, me conmuevo, porque la gente necesita humanizar el virus. Como si el virus fuese inteligente y tuviera un sentido moral. Al insultar al virus confirman su existencia, su entramado, su mecánica, su finalidad.

Es como insultar al universo o a las estaciones, o al mar, o a una flor, o a una montaña. ¿Qué clase de criaturas somos que insultamos a seres y cosas que jamás conocerán nuestros insultos? Nunca oirá el virus lo que decimos de él. Tampoco Dios oyó nunca nuestras oraciones. Tampoco Dulcinea oyó nunca las oraciones de don Quijote. Tampoco Altisidora oye mis celebraciones de su belleza.

¿A quién se lo decimos, entonces?

Se lo decimos a la nada.

Tal vez a la Oscuridad, sin que lo sepamos nosotros mismos.

Es hermoso.

Me exalta esa obsesión humana por certificar y demostrar que no somos una ficción.

Telefoneo a Montserrat/Altisidora, a ver quién me contesta, si Montserrat o Altisidora.

Me coge el teléfono al segundo pitido, y me aclara de inmediato que no lo ha podido coger al primer pitido porque estaba trabajando. Si estaba trabajando, está claro que es Montserrat; pero si quería cogérmelo al primer pitido, es Altisidora.

Te he sido infiel, le digo, me he ido a comprar a otra tienda.

Se ha reído.

Te quiero, le he dicho.

Ha habido un silencio.

Y he colgado.

Ojalá fuera verdad que la quiero, eso también es un acto desesperado por corroborar mi existencia.

Al segundo Montserrat/Altisidora me manda seis emoticonos con corazones. Dudo: ¿quién es capaz de mandarme emoticonos: Montserrat o Altisidora?

Los emoticonos son el resumen de dos mil años de filosofía, de ética, de arte, de sociología, de ciencia.

Dos mil años en dos mil emoticonos.

47

Veo los precios de las cosas. Los cruasanes recién hechos cuestan 0,29 la unidad. Pregunto al dependiente si están recién hechos y me dice que sí y que son buenísimos porque están hechos con buena mantequilla. Se ha quitado la mascarilla para hablarme. Quizá lo haya hecho porque sabe que estoy enamorado y que los enamorados son inmunes al virus. Yo me quedo mirando el misterio de ese precio. Y no me doy cuenta de que llevo ya un minuto mirando el cruasán. Una señora al final interviene y me pregunta malhumorada si le permito pasar para coger sus cruasanes, pero sus palabras me llegan distorsionadas por culpa de la mascarilla.

Compro unas cuantas cosas: agua mineral, café, leche, pescado congelado. No me gusta comprar el pescado fresco porque el olor es demasiado intenso y no es fácil quitárselo de encima. Compro unas galletas de chocolate. Y luego me quedo asombrado ante la fruta. Hay que tocarlo todo con guantes. La gente elige manzanas, peras, kiwis, con sus guantes de plástico.

También hay pomelos.

¿De dónde traen toda esta fruta?

¿Quién la cultiva?

¿Piensa la gente que lo normal es esto? ¿Disponer de esta abundancia de todas las frutas de la tierra?

Melones, sandías, fresas, naranjas, mandarinas, plátanos, piñas, nectarinas, albaricoques.

En la tienda de Montserrat no hay tantas cosas.

Este desfile imponente de todas las frutas del mundo es un espectáculo que la gente no sabe ver. La gente no sabe ver nada, por eso es tan infeliz, ya no se asombran ante la belleza de todas las cosas. No saben caer de rodillas ante tantos kilos de fruta, no saben ver la fruta.

No puedes tratar así el milagro de la fruta, no puedes meter la fruta en cajas feas, tratarla como si fuese mercancía, porque la fruta no es mercancía.

Hay melones y sandías partidos por la mitad, debidamente embalados en plásticos transparentes, con una pegatina en donde se aclara el peso y el precio de la pieza, junto a la procedencia.

Hay una máquina que fabrica delante de tus ojos zumo de naranja. Coges tu botella de plástico (las hay de 1 litro, de medio y de un cuarto) y la colocas en el orificio de salida y aprietas un botón y comienza a ser triturado un gran ejército de naranjas que van cayendo una a una, víctimas del garrote vil de semejante máquina, que es obra del mismísimo Frestón.

Así que me quedo al lado de la infernal máquina y voy viendo a distintos siervos que van a por el oro naranja. Parece un Waterloo de las naranjas, de repente me acuerdo de Napoleón.

Los consumidores se llevan su botín.

Le toca a usted, me dice un consumidor.

Es su turno.

¿Dónde van los deshechos?, le pregunto.

No me contesta y se marcha.

Abandono la cola y detrás de mí una señora se sirve medio litro de la sangre dulce de la tierra.

Salgo de la tienda. Vuelvo a mi coche y enfilo camino de mi casa. Pongo la radio. Hablan otra vez de si el virus es inteligente. Qué horror. Apago la radio y cambio al cedé y suena John Coltrane.

Me río.

El virus no es inteligente.

La construcción de la idea de la inteligencia viene de nuestra indigencia existencial. Pensamos que la inteligencia es una prueba de que existimos. Pero el covid-19 no funda familias ni naciones, no contrae matrimonio, no existe una historia de su civilización, no hay un coronavirus llamado Cristo, otro llamado Napoleón, es simplemente un aliento perdido en la noche de todas las aberraciones que rondan este misterioso universo, lleno de malignos encantamientos.

Todo eso lo dijo ya Cervantes, pero hay que recordarlo.

Incluso dijo el nombre de la vacuna, pues qué bien nos vendría a todos un poco del bálsamo de Fierabrás, bálsamo que según don Quijote cura cualquier enfermedad; así que si tomáramos ese bálsamo, el virus se volvería inofensivo.

La fruta tratada como mercancía, allí está el origen de la fealdad del mundo.

48

Por la noche viene Montserrat a verme. Le he preparado una ensalada de frutas: hay sandía, fresas, naranjas, kiwi, pera, todo mezclado. Me parece que ha quedado muy bien. Nos hemos prohibido las mascarillas. Ella deja la suya en el Opel Astra. Yo escondo la mía en un cajón para que no la vea. No ver ninguna mascarilla cerca es una forma de respetarnos. Cuando Altisidora ve mi ensalada, se ríe y me da un beso en la boca, pero no es un beso profundo. La profundidad de esos besos en teoría la decidimos entre los dos, pero se supone que yo siempre estoy disponible para alcanzar la máxima profundidad, y eso es un mandato genético.

¿Disponible?

No, no es eso, no es esa la palabra. No existen palabras, simplemente son los besos, esas luces intensas en el camino de la vida, esas luces cegadoras tras de las cuales está otro ser humano esperándote en un acto de eternidad consentida por la muerte.

Eso son los besos.

Al fin sé qué son los besos.

Y sé que ella me mira con deseo, porque se crecen sus ojos al mirarme.

Después de bebernos unas tres copas de vino blanco

con la ensalada de frutas, de la que ya solo queda algún gajo de naranja apachurrado y perdido, me dice esto:

Tuve un sueño anoche, y soñé con un antiguo novio mío, un novio de cuando yo tenía veintisiete años, y él treinta; creo que nos quisimos mucho, pero al final lo dejamos; creo que fui yo la que precipitó la ruptura. El caso es que soñé con él ayer, y lo que me perturbó es que en el sueño ocurrían cosas que no ocurrieron nunca en el tiempo en el que fuimos novios, que no llegó a un año. Claro que todo esto pasó hace casi dos décadas, y desde que rompimos no he vuelto a saber de él. En el sueño nuestro noviazgo continuaba y seguíamos haciendo cosas, como cuando estuvimos juntos. Y entonces en mi sueño cenábamos con otras parejas, y yo le acompañaba a su centro de trabajo, porque él era informático en una empresa extranjera, y me presentaba a sus compañeros de trabajo, y yo los iba viendo uno por uno en el sueño.

Y entonces el amor que nos tuvimos regresaba.

¿No es alucinante?

Me he despertado con una sensación honda de enamoramiento, en un estado de plenitud, pero al poco se ha ido marchando esa sensación, hasta que ha quedado en nada.

Luego he ido a trabajar a la tienda, y todo el rato venían escenas del sueño, pero ese sueño era muy complejo y se alimentaba de algo que sí fue real: yo amé a ese hombre, era un buen tipo, y guapo, y en el sueño ese amor continuaba y era correspondido.

¿Por qué nos dejamos?, esa ha sido la pregunta que me ha invadido todo el rato. Al salir del trabajo, he rebuscado en una libreta vieja, que guardaba en una caja junto con fotos y recuerdos, en donde tenía direcciones y teléfonos, y allí estaba el suyo: un viejo número de teléfono móvil, apuntado con un lápiz, con números desvaídos.

Uno no suele cambiar de número de teléfono móvil, he pensado. Cambias de casa, de ciudad, de pareja, de banco, de coche, de peinado, de talla de bragas, incluso de país, pero conservas tu viejo número de teléfono móvil por la simple razón de que las compañías de telefonía móvil permiten esta fidelidad a un número.

Entonces la interrumpo, para que coja aire, y digo esto: Al capitalismo tecnológico le parece bien que mantengas tu número durante décadas, bueno, dos décadas más o menos, que es lo que llevan los teléfonos móviles entre nosotros. Parece que llevan una eternidad y solo llevan veinte años, veinticinco a lo sumo. Te dejan cambiar de compañía, pero mantienes tu número. Te dejan cambiar de modelo, cambiamos los viejos teléfonos por los *smartphones*, pero conservamos el mismo número. Aún me acuerdo de los viejos teléfonos móviles: eran voluminosos, pero la pantalla ocupaba menos de la mitad, luego se hicieron pequeños, luego volvieron a hacerse grandes pero planos y la pantalla ocupaba el teléfono entero; si piensas en esa evolución, te acaba entrando la risa, porque tiene un punto cómico.

Si te fijas, prosigo hablando, mirando los ojos de Montserrat/Altisidora, son los números los que nos están siendo más fieles: el número del teléfono móvil junto al número de nuestro DNI. Esas dos series numéricas todo el mundo las sabe de memoria, porque sabemos que vale la pena aprenderse esos números pues nunca cambiarán.

Todo cambia menos tu número de móvil y tu DNI, y te acabas aprendiendo esos números como si fuesen un conjuro mágico. Le eres fiel a tu pasado a través de esos números, que acaban siendo tus números secretos, números que recordarás hasta que el alzhéimer aplaste tus neuronas.

Me callo, porque veo que Montserrat/Altisidora tiene algo urgente que decirme.

Espera, no te he contado lo más importante, dice Montserrat/Altisidora.

Cambia la mirada de los ojos, que se vuelve intensa y algo sombría, y me dice esto: He marcado su número, el de mi antiguo novio, y al tercer tono lo ha cogido.

Hola, Francisco, le he dicho, así se llama.

Soy Montserrat.

Ha habido un silencio.

¿Qué decir?, he pensado yo.

He soñado contigo y me ha apetecido llamarte.

Hola, Montserrat, ha dicho él con una voz quebrada, débil, como de enfermo. No puedo creer que seas tú, parece una broma, una equivocación. Cuánto tiempo, y sin embargo no me resulta extraña tu llamada. Han pasado casi veinte años, exactamente dieciocho. ¿Cómo te ha ido en la vida?

Bien, le he dicho, ¿y a ti?

Ahora mal, Montserrat, ahora mal, estoy ingresado en el Clínico de Barcelona, tengo el virus, tengo neumonía y estoy grave. ¿Lo sabías?

No, no lo sabía. Te he llamado porque anoche soñé contigo, y conservaba tu número de teléfono. No tenía ni la más remota idea. Te llamo por mi sueño, no sé a lo mejor eso significa algo, igual fuiste tú quien me pedía que te llamara colándote en mi sueño; el mundo se ha vuelto muy misterioso, muy mágico, pero, dime, ¿tienes familia?

Tengo un hijo de quince años. Estoy divorciado. Ni mi exmujer ni mi hijo pueden venir a verme. Bueno, mi ex no vendría, y probablemente mi hijo tampoco, solo he hablado con él dos veces y llevo aquí tres semanas.

¿Quieres que vaya yo?

No te dejarían verme, pero gracias. Casi me has hecho reír. Es increíble esta conversación, quién me iba a decir que me llamarías después de tanto tiempo, igual estoy alucinando y nada de esto es real. El teléfono móvil es lo único que me dejan tener en la mesilla, yo lo tengo además todo el rato en la mano, a veces lo pierdo entre las sábanas o debajo de la almohada. ¿Desde dónde me llamas?

Desde un pueblo a 40 kilómetros de Madrid.

Tampoco te dejarían viajar de Madrid a Barcelona.

¿Qué te dicen los médicos?

Que estoy mal, eso me dicen, son muy amables, pero no se andan con paños calientes. Dicen palabras muy bonitas, pero preferiría que me insultaran y verles la cara, porque vienen con máscaras; a veces utilizan un diminutivo y dicen que estoy «muy malito», cuando alguien te dice cosas cariñosas detrás de una máscara se te viene encima toda la hipocresía del mundo, la máscara lo invade todo, así que la cordialidad es hipocresía, ¿sabes?, aquí tengo muchas horas para pensar en todo. Me contagié en el restaurante, sí, dejé la informática, o más bien la informática me dejó a mí, mi empresa quebró, y me quedé en la calle, con una mano delante y otra detrás, de repente todo lo que yo sabía de informática no valía un duro, eso casi me convirtió en un filósofo, ay, casi me entran ganas de reírme, así que tuve que coger lo que me salió, y la crisis me llevó a la hostelería. Comencé trabajando de camarero, pero ascendí y ahora era ya *maître* en un buen restaurante de Barcelona, el dueño llama casi todos los días a ver cómo estoy; hoy creo que me llamará, por eso es mejor que cuelgue ahora. Me alegro de que estés bien.

Más o menos esa fue la conversación, concluye Montserrat. Bueno, insistió mucho en la sorpresa de la llamada, sí, eso le descolocó mucho, temía incluso que le estuviera gastando una broma, pero se fue tranquilizando, y al final tampoco le importó confesar que no le había ido muy bien en la vida, y eso siempre cuesta reconocérselo a alguien con quien compartiste cama y sexo.

Entonces hablo yo: Creo que Francisco no estaba en el mismo plano que tú a la hora de descender al pasado, a la hora de recordar. Porque es como un descenso, como bajar a las profundidades oceánicas, y él estaba arriba, en la superficie, en un barco, y tú estabas a 4.000 metros de ese barco, que es donde dicen que está aquel famoso trasatlántico, el Titanic, y tú estabas custodiando tu propio Titanic. Las cosas que se hunden en el mar son como los sentimientos que se pierden en nuestra memoria insondable o profunda, eso que se llamó el inconsciente, pero es más bonito el nombre de la memoria profunda. Esas cosas permanecen allí como fueron, tal como fueron. Indemnes. Inmutables. Lo que se hunde en el mar, a 4.000 metros de profundidad, pervive allá abajo tal como fue en su día. Es un misterio, otro más.

Sí, es un misterio. Me tengo que marchar ahora, dice Montserrat. Me encantan las cosas que dices, me casaría contigo, pero no hoy. Me marcho, huyo de tu embrujo.

Se ríe.

Al instante coge su bolso y sale por la puerta, oigo el motor de su Opel Astra y sus luces iluminan el porche de la casa, iluminan la cama y especialmente un cojín de color azul, un cojín al que no había prestado importancia.

Salgo al bosque y camino con la linterna del móvil, me gustaría llegar otra vez hasta el río Eresma. Me siento debajo de un árbol. La noche está llena de estrellas. Tantas estrellas causan sufrimiento a quien las mira. Inalterable vive el cielo por los siglos de los siglos. Ha refrescado mucho. Los árboles, las estrellas, las piedras del camino siguen allí, no les preocupa que un virus domine la civilización. Nada alcanza su imperturbable estar.

Parece envidiable.

Vuelvo a casa y pongo la televisión.

De repente me acuerdo de que tengo una colada en la lavadora. Saco rápidamente la ropa. Poca ropa es, pues poca ropa uso. La tiendo dentro de casa, y el tendedor con la ropa interior colgando le da a la casa un aire de miseria y de posguerra que no me gusta nada. Saco el tendedor al porche, pero el porche es muy pequeño, allí no cabe. Lo vuelvo a meter en casa y me desespero porque choco con las puertas y maldigo el tendedor. Están sin recoger las copas y la botella de vino vacía y los platos de la ensalada de frutas.

Todo parece un ejército contra mí, capitaneado por el tendedor.

A la gente le entran ganas de llorar cuando piensa que su vida tendría que ser mejor de lo que está siendo, pero este juicio es consecuencia tan solo de los valores convencionales de una sociedad y de una cultura. No creo que le ocurra a las criaturas del bosque.

Mientras tanto en la televisión dicen que va a seguir dos semanas más el confinamiento, la emergencia sanitaria.

Todas las cautelas son pocas, dice un virólogo.

Y al oír eso siento nostalgia de Platón y de Aristóteles, porque pienso que Platón y Aristóteles serían capaces de articular algo más interesante que «todas las cautelas son pocas», y la verdad es que me vendría muy bien que me dijeran algo más refinado, más elaborado, más preciso, más sofisticado, más interesante que «todas las cautelas son pocas».

49

Durante estos días he visto en la televisión la decadencia política y moral y mental de todo un país, o mejor aún: de toda una civilización. Un estado de postración general. Incluso planetaria. Sociedades cansadas de sí mismas, con ganas de morir o con ganas de vivir en las existencias más planas que uno pueda imaginar. Por eso se ha plantado el virus ante nosotros, porque necesitábamos un espejo; es como si lo hubiéramos llamado. No tenemos todavía capacidad para pensarnos como especie, y el virus apela a esa incapacidad, pues nos ataca a todos. Somos sociedades llenas de ancianos, en España los ancianos son millones. Lo llaman envejecimiento de la población, que es un eufemismo.

Nadie quiere concebir hijos, y eso es tan monstruoso como probablemente necesario.

Millones y millones de ancianos en residencias de la tercera edad esparcidos por el primer mundo, porque en el tercer mundo la ancianidad no existe, solo existe la muerte. La invención de la ancianidad es la esencia de Europa.

La tercera edad es un invento del capitalismo social.

A veces pienso que el capitalismo tiene sentido del humor.

El capitalismo tiene un fino sentido del humor: más que un engranaje complejo de intereses económicos es un aliento irónico y mordaz que recorre el mundo. El capitalismo parece un poema épico escrito por la Oscuridad.

Jesucristo ahora tendría que convertirse cuando menos en un octogenario si quisiera ser representativo de la condición humana, si quisiera parecer creíble, si quisiera acomodarse a la verdad biológica de este tiempo. Porque sus treinta años de hace dos milenios equivalen a los ochenta de ahora.

La prosperidad lleva a no procrear.

No hay hijos.

Solo ancianos.

Y ser un anciano es mi destino, y es un buen destino, también es el destino de Montserrat.

La ancianidad es un nuevo estado, una inédita dimensión del ser humano provocada por el avance de la ciencia y de la historia.

Los ángeles ya no serán criaturas renacentistas de veinte años, sino ancianos octogenarios, con alas arrugadas, amarillas, con olor a humedad y piel muerta.

Lo normal sería que hubiera ancianos y jóvenes en proporciones similares, pero solo hay ancianos. Por eso ha venido el virus, por pura decantación de la naturaleza. Hay una ancianidad metafísica que se cuela en las arterias y en la sangre de la civilización. La reina de Inglaterra y el nuevo candidato a presidente de los Estados Unidos son ancianos; la ancianidad antes era sabiduría y transmisión de la experiencia; ahora es codicia de seguir un día más en este mundo, una codicia en sí misma, no es un dar a otros conocimiento, ahora la ancianidad es un espejo en donde nos miramos: queremos que los ancianos estén bien tratados, que sean objeto de ilimitadas atenciones médicas, psicológicas, de bienestar sólido, que sean espejo de nuestra alta civilización, y ellos, los ancianos, perseveran, se agarran a la vida como yo me agarraré, como se agarrará Montserrat, como nunca se agarraría Altisidora, el ser fabuloso que sale de la entraña de un ser real, el ser donde belleza y pasión aún tienen arraigo, mientras el mundo se desmorona en una ceremonia de ancianidad y obediencia.

Pero la noche allí afuera, con sus árboles y su aire húmedo, parece seguir afirmando la vida en la Tierra. ¿Tendría que convertirme en un asceta para comprender así la vida en todo su silencio? ¿Fue eso lo que me pasó? ¿Por eso enmudecí? ¿Enmudecí porque el mundo ya no quería recibir palabras? ¿El enmudecimiento fue mi forma de protestar o mi forma de amar o mi forma de renunciar?

Los chicos en clase al final acabaron entendiéndolo, eso fue hermoso. Acabaron respetando mi silencio. Se me quedaban mirando y pensaban «este tío se ha roto», me veían como una lavadora quemada, pero no me insultaban; a otros, a quienes les pasó lo mismo, sí los insultaron, sí les dijeron de todo: «pirao», «colgao», «matusalén radioactivo», «empanao», porque yo lo oía cuando era joven y pensaba que a mí eso no me pasaría, y acabó por pasarme, porque todos pensamos que el deterioro del cuerpo ocurre a otros cuerpos, no al nuestro. Somos así de crédulos.

Pienso ahora que Rafael tenía mucho de asceta silencioso. Él hacía milagros que procedían de las paredes de su alma rocosa y desolada y a la vez iluminada. Podría intentar materializar mi cabeza en las cortinas de la ventana del dormitorio de Montserrat. Rafael también era una criatura quijotesca.

Y el nombre de Montserrat, qué enigmático. ¿Por qué la llamaron así?

No se lo he preguntado nunca.

Montserrat es un nombre de gran tradición en Cataluña. Parece que detrás de ciertos nombres anida una férrea voluntad de los antepasados, y esa voluntad llega a nosotros ya sin fuerza, es triste eso. Es triste que aquella alegría de los abuelos al ver que bautizaban al nieto con el nombre de alguno de ellos acabe resultando una alegría residual, muerta o vacía o inexistente o inaprensible o momificada.

50

Temo meterme en la cama, y no dormirme, como cuando estaba en la Academia, que me metía en la cama y el sueño no venía y me entraba una angustia espantosa, heredada de la muerte de mi padre y acrecentada por la soledad en que vivía mi madre, y me quedaba mirando los huecos de la oscuridad o los ruidos lejanos de algún tren. Recuerdo el ruido en la lejanía de un tren, un tren de 1981. Nunca intenté averiguar de dónde procedía ese ruido ferroviario, pero recuerdo que me calmaba, que el ruido de los trenes es bueno para el alma humana. Igual era un ruido inventado, porque ya he llegado a ese gran momento de los seres humanos en donde se iguala lo que fue con lo que nos parece que fue, en un gran incendio mental, lleno de olvidos, lleno de deterioros cognitivos. Qué bonito es ese eufemismo: deterioro cognitivo. Con él llamamos a la puerta de la muerte, pero lo hacemos de una manera educada, con garantías sanitarias. Las garantías sanitarias también son hermosas, pero no tanto como las nubes o las olas del mar o los pájaros en el cielo.

El ruido de los trenes recuerda al batir de las alas de los ángeles en el universo, al lado de la Oscuridad total.

¿Y si Dios fuera la Oscuridad total, la ausencia absoluta de todo?

¿Y si fuéramos a ese encuentro sin saberlo?

No, no me duermo.

Pienso en Montserrat y la transformo, en este duermevela, en Altisidora, y caigo en una cosa que no había tenido en cuenta: en ningún momento ni ella ni yo tuvimos presente en nuestros pensamientos el virus a la hora de tocarnos, de besarnos, de hacer el amor.

Ni se nos pasó por la cabeza.

La salud procede del amor, no de la medicina.

Ni remotamente nos pusimos nunca la mascarilla entre nosotros, ni siquiera al principio, y veo en ello una prueba de que aún puede existir el amor como fuerza, como principio de salud omnipotente.

Hablo por mí, quizá no debería hablar por ella, pero eso se nota. Yo no noté nada. Y veo en esa ignorancia del virus a la hora de tocarnos una especie de maravilloso destino, porque esa humillación del virus ni siquiera rozó nuestros pensamientos. Nuestra pasión, nuestras ganas de hacer el amor ni siquiera repararon en la existencia del virus. Ni nos acordamos.

Porque lo importante es inalterable.

El sexo es inalterable.

Todo un planeta ha decidido no tocarse. Pero el sexo permanece. Y en realidad quienes no se tocan es porque antes del virus ya no se tocaban. Millones y millones de matrimonios que no se tocaban antes del virus ahora casi pueden respirar porque el virus les está dando la razón. Ya no tienen por qué sentir vergüenza. Ya tienen coartada para seguir sin tocarse.

No me duermo.

No me duermo, doy vueltas en la cama, y caigo en la cuenta de que hace más de diez días que no he cambiado las sábanas. Recuerdo que en la Academia nos obligaban a cambiar las sábanas cada semana, y teníamos sábanas de repuesto.

Le entregábamos las sábanas a doña Matilde, y ella, al cabo de dos o tres días, nos las devolvía limpias y planchadas.

Entonces no supe valorar esa comodidad.

Lo que sí recuerdo es que yo observaba mucho a esa mujer, a doña Matilde. Porque era una mujer silenciosa, tan silenciosa como trabajadora.

No me duermo.

Enciendo la luz y me pongo a leer el *Quijote*.

En una nota a pie de página, el editor afirma que las abundantes contradicciones en las que cae Cervantes se deben a que no releyó su libro. Esa idea me produce mucha ternura.

Por ejemplo, hay un momento en que se dice que un personaje se marcha, y dos párrafos más adelante resulta que el personaje no se ha marchado. Es bonito eso, como si diera igual irse o quedarse, y puede que sea así, que dé igual.

Hay otro en el que se dice que hay dos guardas (la forma antigua de guardia) con escopetas, y líneas más adelante resulta que solo hay un guarda con escopeta.

No me duermo.

Veo a Cervantes sin ganas de releer lo que ha escrito. Lo veo diciendo «menudo coñazo si me tengo que volver a leer todo este manuscrito, menudo aburrimiento, bastante he hecho con escribirlo, si hay errores, que los haya, da igual, porque todo da igual si en lo escrito hay gracia y vida, y tengo sueño, estoy cansado, muy cansado, yo no me vuelvo a leer este ladrillo, me gustaría beberme un vaso de vino, o tal vez dos o tal vez tres, y sentir un poco de paz y felicidad en mi corazón».

Hay gracia y vida en la novela de Cervantes. Hasta los errores que contiene son graciosos. Y en vez de dedicar horas y horas a corregir esos errores, me pienso que Cervantes gastó ese tiempo mirando la luz del sol o mirando las ramas de un árbol desde la ventana de su habitación o tumbado en la cama, pensando en nada. O pensando en la Oscuridad. Cómo serían los colchones en la época de Cervantes. Cómo las sábanas. Cómo las zapatillas de ir por casa. Qué sería de mí sin el libro de Cervantes, porque ese libro, y todos los libros, son guaridas contra los lobos del abatimiento y la depresión. Un libro es una propuesta de futuro, igual que un amor, porque un libro te dice «no me has leído, no me conoces, si has decidido suicidarte, has de saber que te morirás sin saber quién soy». Por tanto, esa propuesta de futuro que contiene un libro es, en realidad, una perversa razón para seguir vivo. Y si te pones a leer un libro, comienzas a andar un camino, y cuando llevas un rato, dices «vaya, no voy a volverme ahora por donde he venido», así que sigues caminando, y cuando estás a la mitad del camino, te dices «vaya, con un poco más de esfuerzo llego a la meta y será una maravilla llegar a la meta como si fuese un campeón, como si hubiera logrado una proeza de la que sentirme orgulloso», y así la vida pasa y se llena de lo que buenamente va cayendo.

Lo mismo ocurre con las historias de amor: si comienzan con un beso, hay que saber cómo terminan.

Las historias de amor son como los libros, comienzan y terminan.

51

Nunca supimos mucho de ella, porque cuando tienes dieciocho o diecinueve años no te fijas en quien tiene más de cuarenta. No sé cuántos años tenía la señora Matilde. Tal vez cuarenta. Tal vez menos. Tal vez más. Ni siquiera recuerdo cómo la llamábamos, si señora Matilde o doña Matilde, o Matilde a secas, o puede que nunca dijéramos su nombre.

Creo que lo único que decíamos cuando la veíamos era «buenos días», y eso era todo. Ella trabajaba muchísimo. Era una mujer pequeña, delgada, con melena corta, con gafas, nunca conseguías verle el rostro porque parecía como si lo escondiera, como si renunciara a tener rostro, tal vez porque su humildad le impedía afirmar un rostro. O tal vez porque huyera de su rostro. Vestía de manera anodina. Aunque se ponía un poco de carmín, o algo brillaba vagamente en sus labios, pero puede que esto sea un recuerdo inventado. Vestía una blusa de color marrón. Creo que tenía el pelo castaño. No era atractiva. Nunca nos inspiró ningún comentario de carácter erótico. La veíamos como una especie de monja. Nunca supimos si tenía familia. Creo que alguien dijo que tenía un hijo, no supimos si hijo o hija. Y sin embargo, ahora la recuerdo con una gran ternura y me duele no haberle prestado más atención, haberla tratado con más cariño, con más dulzura.

Ella, por otro lado, no hablaba nunca. No decía nada. Se limitaba a trabajar de una forma concienzuda y entregada: limpiaba, hacía la comida, dejaba preparada la cena, hacía la colada y planchaba.

Entraba por la puerta de servicio, porque la Academia tenía dos puertas, aunque en un principio la puerta por la que entraba Matilde era simplemente otra puerta más, dado que la Academia era una remodelación de unas diez viviendas, es decir, de diez pisos. ¿Cómo se hizo esa remodelación? Eso ya no lo sé. Nunca lo preguntó nadie, porque cuando tienes dieciocho años no preguntas nada y tu grado de curiosidad es cero o menos que cero. También hay que decir que no te sientes con derecho a preguntar, tal vez por miedo, tal vez porque tu posición en el mundo es de una evidente inferioridad, tal vez porque ni siquiera sabes qué palabras utilizar para formular preguntas relevantes.

Nada más entrar por la puerta de servicio, Matilde disponía de un pequeño cuarto, con cama y armario, en donde ella dejaba sus cosas y se cambiaba y se ponía ropa de trabajo para hacer las faenas de la casa.

Recuerdo su bolso negro.

Su abrigo, negro también, con botones negros y grandes.

Creo que una vez oí decir que su sueldo era de cuarenta mil pesetas. En 1981, un sueldo de cuarenta mil pesetas era lo habitual. Pero en 1981 cuarenta mil pesetas daban mucho de sí, porque el consumismo entonces estaba en pañales, y la gente no se sentía fracasada por tener un solo abrigo, un solo par de zapatos, un solo televisor, un solo jersey, un solo pijama, un solo cuarto de baño, un solo reloj, un solo bolígrafo, etcétera.

Venía prontísimo, a las siete y media de la mañana, y

se iba a las dos. Preparaba la comida para más de veinte personas. Recuerdo que le salían bien los canelones, las lentejas con chorizo, las patatas fritas. A veces hacía flanes. La mesa la poníamos nosotros. Había una buena división de las tareas. La cocina era profesional. Yo nunca había visto una cocina así, tan grande, con fuegos de gas tan potentes. Aún puedo oír el zumbido de las llamas de gas al contacto con el encendedor. Casi me daba miedo, me deslumbró la existencia de esas cocinas profesionales si la comparaba con la de mi madre. Eso me advertía ya de que el mundo estaba lleno de cosas desconocidas.

Pudiera ser que doña Matilde aún viva. Puede tener ahora unos ochenta años, quizá ochenta y cinco. También es posible que haya muerto. Sé que vivía en Carabanchel. Imposible encontrarla. Me gustaría saber qué recuerdos guarda de aquel tiempo, si ese trabajo le gustaba, cuántos años estuvo trabajando allí, si se acuerda de nosotros alguna vez, si se acuerda de mí, si les habló de nosotros a su hijo o a su hija alguna vez, si fuimos propulsados hacia el futuro, a través de la memoria de su hijo o de su hija.

Me arrepiento tanto de no haberme interesado más por ella. Pero sí advertí que en su hondo silencio había alguna pena, alguna adversidad, alguna desgracia, que ahora necesitaría conocer. Es decir, si hubo algún amor. De modo que en realidad sí me interesé por ella, pero no era consciente de que lo estaba haciendo. Estaba construyendo un interés por ella que se iba a revelar casi cuarenta años después. La Oscuridad, allí está de nuevo haciendo de las suyas. No soy tan mala persona, entonces. Hay bondad en mí, tiene que haberla si fui capaz de ver con dieciocho años el esfuerzo titánico que hacía esa mujer por llevar un sueldo a su casa. Eso me reconcilia con la vida ahora mismo.

Yo me acostumbré a sus canelones. Creo que podría caracterizarlos como los canelones más humildes que he comido en mi vida. Tenían un aspecto grisáceo, y todos sabían igual, todos tenían la misma cantidad de relleno de carne, esa uniformidad parecía hija de algún modo de justicia social. Por dentro tenían carne de cerdo mezclada con foie gras, y esa mezcla la hacía ella, según su entender, según su ciencia. Creo, eso sí, que los canelones que me trajo Montserrat/Altisidora el otro día eran mejores, claro. Mucho mejores, más avanzados, cuarenta años de avances en todos los ámbitos, incluido los canelones. Increíble, recuerdo algo ahora mismo: ella no decía canelones, sino «canalones», cometía un error, un maravilloso error que comunica dos palabras: canelón con canal, porque eran canales de carne, al fin y al cabo, estrechos canales de carne olvidada.

Nunca protestó por nada, ni por el exceso de trabajo ni por tener que hacer frente a más de veinte hombres jóvenes que lo ensuciaban todo.

Alguna vez le vi preparar la comida. Iba deprisa, porque lo tenía todo cronometrado. Siempre la veías trabajar veloz, como un rayo, como si tuviera una urgencia demoledora, de razón desconocida. Me fijé en ella, pero no lo suficiente. Tenía que haber prestado más atención a cómo era su jornada laboral. Tenía que haberle sonreído más. Haberle preguntado por su familia. Pero ¿tenía familia? ¿Tenía marido? No lo sé. Pienso que tenía un hijo o una hija y una madre, y que los tres vivían de su sueldo, pero no tenía marido.

Si lo tuvo, la abandonó.

Creo que esa era su tragedia íntima, que su marido la abandonó, porque no existía el divorcio en España, no llegaría hasta el 81. Un país que no tenía ni ley de divorcio, eso fue España, un país donde no te podías ni divorciar.

Podría intentar localizarla.

Para decirle que me acuerdo de ella.

Pero sé que nadie entendería lo que ando buscando, porque lo que ando buscando solo existe en mi cabeza, porque lo que ando buscando es el significado del tiempo, o más bien encontrar las puertas del tiempo, esas puertas que comunican el pasado con el presente y abren la posibilidad de que existan las puertas del futuro.

La cena nos la dejaba preparada y solo teníamos que calentarla, de eso me acuerdo bien. Quedaba casi siempre limitada a tortillas de patatas y salchichas. O tortillas de espinacas. O hamburguesas. O empanadillas. O croquetas. La comida siempre recién hecha, pero la cena había que recalentarla. Comíamos a las dos y cuarto y la cena era a las nueve. Me parece un horario perfecto. Don Carlos, el director de la Academia, exigía que ese horario se cumpliera a rajatabla, y así lo hacíamos. Siempre estábamos todos cinco o diez minutos antes, salvo que alguno tuviera clase a esas horas, en cuyo caso estaba dispensado.

Don Carlos se sentaba en la mesa principal, centro del comedor. Eran unas cinco mesas rectangulares, de seis personas. Los muebles eran básicos, tristones, funcionales, de fórmica marrón. Siempre sobraba pan en las paneras porque cortábamos demasiado. El pan lo cortábamos nosotros. Había un par de cuchillos paneros. Nos gustaba cortar pan, era fácil y daba sensación de poder.

Cortar pan a toda velocidad.

Cortar pan como quien desmiembra la vida.

Cortar pan, ocio de pobres.

52

Don Carlos bendecía la mesa. Lo hacía muy brevemente, decía «bendice, Señor, estos alimentos que vamos a tomar, amén», ahora ya nadie bendice la mesa en España, y me imagino que es mejor así, que nadie bendiga nada. Pero el rito de bendecir una mesa es bonito. Se podría cambiar si se quiere la frase, podría ser «bendice, ciencia y progreso, los alimentos ecológicos que vamos a comer con moderación sostenible, salud», cosas así.

Los ritos son adornos.

Van y vienen, cambian según los tiempos.

Los adornos, bien hechos, ayudan a vivir.

No sé de qué hablábamos mientras comíamos.

Me resulta absolutamente imposible recordar esas conversaciones. Dominaría el fútbol, me imagino.

Entre los platos frecuentes de la señora Matilde también estaba el arroz a la cubana. A mí me gustaba mucho porque tenía ese lujo añadido del huevo frito. Matilde colocaba el arroz con tomate en grandes fuentes, y los huevos fritos iban en bandejas más pequeñas. Había una cosa que me entristecía, y era que el huevo frito se enfriara o que llegara roto a mi plato. Pero casi siempre tenía suerte y conseguía hacerme con uno de buena apariencia y que no se hubiera quedado frío.

Si no lo conseguía, el disgusto me duraba varias horas.

Dediqué mucho tiempo en mi vida posterior a la Academia a reflexionar sobre el arroz a la cubana, especialmente sobre ese adorno inesperado que era el huevo frito coronando la torre de arroz y tomate. Sí, ese fue el adorno gastronómico de las clases medias bajas españolas, por tanto había en él un enorme misterio. Nunca sabías si acertabas del todo cuando elegías tu huevo frito, te guiabas por la apariencia, había allí un azar, un cruel azar. Si la yema estaba jugosa, habías acertado, y el corazón se llenaba de júbilo, así iba a ser luego en la vida. Pero a lo mejor la yema estaba completamente dura, y entonces no habías acertado, y aquello era una masa amarillenta; en esos casos yo mezclaba rápidamente el huevo con el arroz, para olvidar el fracaso. Luego en la vida haría lo mismo.

Otra veces doña Matilde cocinaba garbanzos, ese era un día normal, tirando a triste.

Otras veces había macarrones, que no estaban mal, pero Matilde los condimentaba con chorizo y cebolla. El chorizo no me importaba, pero la cebolla sí; era desagradable y chapucero encontrarte pequeños trozos de cebolla entre los macarrones. Yo creo que esa cebolla mal triturada representaba posguerra y subdesarrollo.

Después de comer, don Carlos organizaba una partida de guiñote, y también en el guiñote estaba agazapado, escondido, el subdesarrollo. Yo nunca participé. Don Carlos dispensaba trato de favor a quienes le acompañaban en el rito de jugar a las cartas en la sobremesa. Era un trato de favor más bien simple: una sonrisa más grande al pronunciar el nombre de alguno de ellos, un sentido de la aprobación, pero que en mí levantaban cierto aire de culpabilidad. Me acuerdo del entusiasmo de José Luis Bescós, estudiante de Químicas, a la hora de jugar. Después suspendió todos los primeros parciales. También Jesús Mariano Conde, estudiante de Arquitectura, participaba en esas partidas. Y también fracasó en sus estudios. Fui viendo una misteriosa relación entre el guiñote y el fracaso.

Jesusma, así lo llamábamos, no entendió por qué le suspendieron todos los primeros parciales de todas las materias.

Yo le tenía cariño. Recuerdo su rostro descompuesto una noche en su habitación cuando acababa de saber el resultado de tres exámenes parciales en el mismo día porque los había suspendido con notas ínfimas, vergonzantes. Empezó a blasfemar. El 0,25 es una nota terrible, casi es preferible el cero absoluto. Necesitaba ridiculizar a la institución que le había humillado: la universidad. No lo supe entonces, lo sé ahora, sé la gran distancia que hay entre quienes creemos ser y quienes en verdad somos. Durante el bachillerato, a Jesusma le hicieron creer que era un estudiante brillante. Se lo hicieron creer porque estudiaba en un colegio privado y su padre era un empresario rico, del sector de la construcción.

Me acuerdo de sus palabras de aquella noche: Mi padre tiene mucho más dinero que todos esos profesores de mierda que me han suspendido.

Pobre Jesusma, encima cargando con ese nombre de santo raro, una veleidad beatífica de su abuela, según contaba el propio Jesusma.

Estaba sufriendo mucho, Jesusma.

Pero hubo una cosa que me emocionó. En realidad, Jesús Mariano, en aquella noche, estaba sintiendo un miedo aniquilador al fracaso en la vida. Estaba interiorizando los exámenes suspendidos como un no radical a su persona, por eso me caía bien Jesusma, por ser tan vulnerable aunque su padre tuviese mucho dinero. La vulnerabilidad de Jesusma aquella noche se transformó en belleza, en indigencia, en infancia amenazada. Jesús Mariano se convirtió en un niño, algo de eso veo todo el rato en Montserrat.

Era un niño asustado, cargando con un nombre espantoso.

Entonces Jesusma dijo una cosa inolvidable, dijo que podía llamar a su padre a Valencia, de donde era su familia, y que su padre vendría a recogerlo con un Mercedes, acompañado de su tío. No le bastaba con que viniera su padre, lo haría escoltado por su tío, que era secretario del ayuntamiento de Játiva, y era abogado, y en la mente de Jesusma su tío se convertía en un héroe protector.

En cuatro horas se plantan aquí con el Mercedes, que se pone a 180 como el que lava, dijo Jesusma.

Era un niño acorralado, y necesitaba sentirse protegido.

Yo me quedé pensando en ese viaje de cuatro horas, y en la velocidad del Mercedes, porque era poco tiempo, más bien se iría a cinco horas, o incluso cinco horas y media si tenían que parar a comer algo o echar gasolina. Porque no creo que fueran a 180, eso era una exageración de Jesusma, como mucho yo los imaginaba ir a 120, en alguna recta quizá 130, pero nunca más, tal vez en una recta ancha y larguísima alcanzaran los 140. Se me grabó en la memoria esa rara idea de que la salvación de una persona dependiera de una espera de solo cuatro horas; y de alguna forma saber que en tan poco tiempo Jesusma podía ser rescatado de esa enorme adversidad me ponía alegre, de buen humor, casi eufórico, porque cualquier desgracia que nos pasase en la Academia se resolvía con una espera de cuatro horas, y cuatro horas pasan volando.

Cuatro horas de calabozo y la salvación, era bonito pensar así.

Jesusma se movía nerviosamente por la habitación. Se sentaba en la cama, se levantaba, abría la ventana, la cerraba, se bebía un vaso de Coca-Cola que tenía en la terraza, se encendía un cigarro, se sentaba en la silla de estudio, se soplaba el flequillo que le caía sobre la frente, era un manojo de nervios. Era evidente que iba encaminado hacia el fracaso a una velocidad temeraria, a mucho más de 180, y que allí adonde iba ni su padre ni su tío podrían ayudarle para nada, y él comenzaba a saberlo.

Comenzaba a saber que su vida era su vida, y no la de su padre o la de su tío, aunque estuvieran a cuatro horas de distancia.

Eso era lo que estábamos aprendiendo todos en la Academia. Y en ese proceso de vida nos estábamos dando de bruces con la humillación.

Fue de las primeras veces que la vi a ella, a la humillación. Ahora la veo por todas partes, ahora reina en el mundo. El virus humilla la vida. Todo se ha hecho como la razón y la ciencia y la política mandaban, pero el resultado ha traído humillación, como aquellos suspensos devastaron el corazón del pobre Jesusma, que no tardó en morir, pues acabó metido en drogas, desorientado, perdido en esa vasta región de la Oscuridad, allí donde ya ni su padre ni su tío podían acudir a salvarlo, y solo cinco años después se arrojó de un undécimo piso de una de esas torres de Benidorm, en donde sus padres tenían un bonito apartamento que le habían regalado, un apartamento con vistas al mar que a Jesusma no le sirvieron de nada.

La humillación suele esconderse, se camufla, parece otra cosa. Es como pequeñas goteras, que enseguida uno piensa que el arreglo será coser y cantar. La forma que la humillación tiene de erosionarnos es sigilosa, silenciosa, oscura.

La humillación solo se cura con los besos profundos.

53

No quiere reconocerlo nadie, pero lo que se prolonga es nuestra ausencia de sexo. Aun cuando la gente haga el amor hay una pérdida de sintonía con el entorno. Adán y Eva no sabían que estaban haciendo el amor porque no existían los demás. Si hacemos el amor es para comunicárselo a los otros, por eso los amantes furtivos tienen esa sensación de melancolía irredimible.

Narciso está en la tele de nuevo.

Yo creo que le gusta. Mueve las manos en señal de una nueva liturgia en donde se comprometen la solidaridad, la eficacia gubernamental, la invocación igualitaria a todos y todas, pero también el filo cortante de esos valores, el señalamiento de que fuera de esos valores solo habrá intemperie y marginación.

Narciso es el nombre que le doy al presidente del Gobierno de España. Pero imagino que pasará lo mismo en todas partes. Todos son Narcisos, y debe de haber placer en el ejercicio del poder.

Narciso está gozando.

Ha llegado allí donde quería, lo que dice es simplemente una metáfora de lo que siente. Lo que siente es orgullo por estar allí, en el sitio de los elegidos. Lo que dice es una aguachirle de tópicos banales, pero muy aplaudidos.

El virus trae la muerte presente, pero la inactividad económica traerá la muerte futura, y este es el gran debate que no se verbaliza, porque políticamente es destructivo. Hoy solo he aguantado diez minutos de las noticias que traía Narciso. Por aburrimiento, porque Narciso es profundamente aburrido. No tiene nada que decir salvo que lo ha conseguido, que al fin ha llegado a ser el presidente, pero eso, que sería muy interesante de escuchar, no lo dice.

Narciso parecía un niño de 1,90. El rey de España, otro niño de 1,98. Puede que sean los dos gobernantes más altos del mundo. No sé por qué los veo como niños, pues por edad son hombres. Y sin embargo, a mí me parecen niños.

Agujero negro de la historia de España: allí están esos dos infantes altísimos y es de suponer que bienintencionados, a uno de ellos lo socorren casi siete millones de votos de españoles atemorizados ante el crecimiento del fascismo, al otro le auxilian una docena de tradiciones y adornos y florituras de la historia, pero ninguno de los dos representa la vida en libertad, porque la vida en libertad ya no existe en estos momentos.

Los dos dan miedo.

En alguna medida, los dos tienen algún pacto con la Oscuridad, aunque ellos no sean conscientes de ese pacto.

España sigue siendo un país religioso, por eso Narciso lo es todo ahora en España. Y se nota que está orgulloso de sí mismo. Cada vez que lo veo en la tele puedo leerle el pensamiento, y lo que hay allí es narcisismo y catolicismo.

Quien nos habla es siempre el mismo dios: el dios del subdesarrollo.

Esa insistencia en el subdesarrollo es litúrgica.

Es el sur de Europa, lleno de calor, moscas y lagartijas.

Pero quiero disfrutar de la luz de mi casa y olvidarme del virus y de sus consecuencias políticas.

Además, yo no soy un analista político, no tengo conocimientos, solo soy un ignorante, no sé nada, solo soy un profesor jubilado por enmudecimiento, un «jubilata» contemplativo, desmemoriado e insignificante.

Solo me debo a Montserrat/Altisidora, me digo a mí mismo, lo demás no existe. Hay gente que deja de hablarse con otra gente por cuestiones políticas, como si la ideología política fuese algo sólido, comparable a las piedras, a las montañas, a la luna, al sol, al mar, a los barcos, a la tierra, a los árboles.

Me gustaría estar enamorado de estos árboles que cercan mi casa y que ese sentimiento llenara mi existencia y no hubiera en mí necesidad de más.

54

Ayer volví al supermercado en vez de ir a la tienda de Montserrat. Hice algo extravagante, pero que, al recordarlo ahora, me ha puesto de un excelente humor. Yo llevaba un par de bolsas de tela, para evitar que me dieran bolsas de plástico y tener que pagarlas, y sobre todo por responsabilidad ecológica, pues los océanos se están llenando de bolsas de plástico, ahora también de mascarillas.

Llevaba en mi carro, además de comida, unas cuchillas de afeitar que costaban 6,80 euros. Como en una iluminación, me di cuenta de que carecía de sentido pagarlas, que era un error pagarlas, que el esfuerzo de sacar las cuchillas de afeitar de la bolsa, ponerlas en la cinta, y que la cajera incluyera su precio en la suma final era innecesario, algo gratuito e incómodo.

Era un acto plenamente prescindible, redundante, lo vi con una claridad cegadora. Para qué desgastar aún más la abnegación laboral de la cajera, de mis manos y de la tinta y del papel de la impresora de la caja registradora. Para qué tanto trabajo si bastante esfuerzo había ya en haber producido esas cuchillas de afeitar y en haberlas traído desde donde fueron fabricadas hasta este supermercado.

Había que detener tanto sacrificio, tanta fatiga industrial, tanta penalidad laboral.

Había que encontrar un momento de descanso, un oasis de inactividad, un respiro en la producción.

Y eso fue lo que hice.

Fue como si el mismísimo Cervantes descendiera de las nubes y me dijese «no pagues eso, pagar es un acto de villanos, coge lo que quieras, la vida es tuya, siéntete libre, la vida no puede tener precio, no pierdas el tiempo en tanto trámite, tanta burocracia te va a matar, no pierdas el tiempo en pagar, en tantas labores decrépitas, pagar las cosas pertenece a eras remotas, tú ya estás en la vanguardia, tú ya eres un ser del futuro, además estás enamorado de una mujer, y los enamorados no deben pensar en algo tan vulgar y ordinario como el dinero, solo tienen que pensar en vivir su amor, porque un enamorado que piensa en el dinero pronto dejará de estar enamorado».

De modo que oculté dentro de las bolsas de tela las cuchillas de afeitar y pagué lo demás.

Me pareció un trato justo.

No pasó nada.

Nadie se dio cuenta de nada.

Y yo fui tan feliz, me puso de tan buen humor haberme ahorrado ese trámite, vi en ello también un acto de protesta contra Narciso, el ser que gobierna este país, si es que lo gobierna alguien y no el caos.

Veo ahora la caja con las cuchillas de afeitar encima de la mesa de la televisión, y pienso en lo fácil que resultó; y me apetece volver a intentarlo con otras cosas, no se me ocurre cuáles.

Será mi forma de luchar contra Narciso, contra los miles de Narcisos que crecen en el mundo. Porque cada país tiene su Narciso. Al menos, el nuestro es alto y atlético.

Me levanto de la silla.

Me calzo.

Me peino, subo al coche y en veinte minutos estoy delante del supermercado. Comienza la ceremonia: un dependiente me pide las manos, se las enseño y me echa desinfectante, luego me pongo unos guantes y cojo un carro.

Compro una sandía.

Hay de dos precios.

Escojo la de precio más barato, y una de tamaño pequeño.

La peso.

Sale un tique adhesivo con el peso y el precio, pero no se la coloco a esa sandía. Voy con la sandía en una mano y el adhesivo en otra.

Y coloco el tique adhesivo sobre una sandía enorme y de las de categoría superior. Es imposible que nadie pueda controlar una cosa así. Porque hay muchas cosas que solo puede controlarlas Dios mismo, o ni eso. Encontrar una de esas grietas que escapan al control y la contabilidad y la medición es encontrar un tesoro. Nadie puede controlar la laboriosidad y el talento tan inesperado como ocioso y absurdo de un consumidor que coloca una etiqueta adhesiva de una sandía de categoría inferior a una de categoría superior. El virus es igual: una existencia de una criatura cuya contabilidad y medición son imposibles. Solo cabe esperar lo mismo que de mi sandía: que el comprador pase por caja, cometa su pequeño hurto indescifrable e indetectable y se marche lejos y no vuelva nunca más, como esperamos que ocurra con el virus.

Calculo que esta sandía debe de pesar medio kilo más que la otra. Lo compruebo. Pesa 900 gramos más. Es increíble, porque esos 900 gramos representan la invisibilidad, representan algo que no va a ser pagado, ni contabilizado, un agujero negro en la contabilidad de esa empresa, una disfuncionalidad errática, una parada del sistema, que seguramente tendrá nombre, un nombre técnico que invoque la permisividad en los pequeños errores de cálculo.

Añado a mi bolsa una pera, un kiwi y una manzana. ¿Quién en este mundo puede robar una pera, un kiwi y una manzana?

Solo el virus, que roba una célula, una molécula, una proteína.

Añado al carro cosas que sí voy a pagar: carne, café, pescado congelado, yogures, leche. Y me pongo a hacer la fila para pagar. Estoy muy nervioso, pero feliz. En el último momento decido que tampoco voy a pagar el café, porque he elegido un café italiano de marca Illy de 7,50 euros, y me parece muy caro. Así que escondo el café dentro de la bolsa de tela. Me subo bien la mascarilla hasta casi los ojos, y me doy cuenta de que con la mascarilla ya parezco un forajido.

Ningún problema.

Un forajido de leyenda, un Henry Fonda, por lo menos.

Subo a mi coche lleno de felicidad.

Y me vuelvo a casa.

Y llamo a Montserrat/Altisidora y la invito a tomar un café Illy. Los dos estamos de buen humor.

55

Montserrat acepta la invitación y al rato está en mi casa. Llega sobre las seis de la tarde.

Me dice hola, nos besamos en la boca, y se sienta.

Me la quedo mirando y, después del beso abierto a los órganos internos (lengua, garganta, corazón) que nos hemos dado, pienso que ya es completamente Altisidora, que me tengo que decidir, pero no puedo hacerlo sin su consentimiento.

Ha llegado el momento del bautismo.

Le digo esto: Hay un personaje en la novela de Cervantes que se llama Altisidora. Es una doncella inteligente y enigmática, muy joven, pero no lo aparenta, ella dice que tiene menos de quince años, pero miente, yo creo que tiene más; engaña a don Quijote, haciéndole creer que se ha enamorado de él. Don Quijote está perplejo, asustado, pero también con la vanidad satisfecha. Ninguna mujer se le ha declarado en la vida. Ella aparece en la segunda parte de la novela, es por tanto un personaje cocido en la madurez de Cervantes. Tiene fama de intrigante e incluso de mujer cruel, pero a mí no me lo parece. A mí me parece adorable. Me parece un símbolo del poder de la vida. Sí que es un poco transgresora, rebelde también. Y tiene un nombre hermosísimo. Me gusta la fuerza del nombre, su sonoridad. Y me gustaría llamarte así: Altisidora. Quiero decir que me gustaría que seas solo para mí Altisidora. No te alarmes, no te llamaré así en público, aunque ahora que lo pienso nunca nos ha visto nadie en público, y eso me entristece. Déjame que te llame Altisidora, por favor.

Montserrat/Altisidora se ríe, se emociona también, y me dice: Claro que sí, es un nombre hermoso. Bien, ya soy Altisidora. Estás completamente loco, pero mientras no seas el Anthony Perkins de *Psicosis* me conformo. Porque no estás loco, ¿no?

Entonces la beso, para que vea que no estoy loco. En la forma de besar se sabe todo.

Nos quedamos un rato en silencio.

Creo que le ilusionan estas formas de adoración, estos juegos, esta celebración de su presencia. La veo sonreír. Le ha hecho gracia lo de Altisidora.

Nos besamos otra vez.

No puedo creer que sus manos toquen mi cara.

Esas manos grandes, románticas. Mira que llamar románticas a unas manos, pero son tan importantes las manos.

Altisidora dice: ¿Quién te acaba de besar, Montserrat o Altisidora?

Respondo: Altisidora.

¿Cómo sabes distinguir un beso de Montserrat de otro de Altisidora?, me pregunta.

Los besos de Montserrat son en la mejilla, contesto. Además, Montserrat tiene que ponerse de vez en cuando la mascarilla y Altisidora nunca.

Hablamos de Cervantes a propósito de su cambio de nombre. Altisidora dice que estudió una diplomatura de humanidades, aunque le faltan algunas asignaturas. Pero no le sirvió de nada.

Altisidora dice que no deberíamos emplear la palabra confinamiento, porque ya llevamos casi dos meses así, que la palabra confinamiento debería ceder paso a la palabra reclusión o encarcelamiento o encierro.

Nos reímos un poco, pero no mucho.

Yo le digo esto: Y a nosotros qué nos importa lo que pase allí afuera si nos tenemos el uno al otro, como si desaparece el mundo. Tú ya eres Altisidora, y estás por encima del bien y del mal.

Altisidora ha traído de la tienda una botella de Johnny Walker, y pasamos del café a unos chupitos de whisky. Nos sentamos juntos en el sofá, y yo me la quedo mirando. Espera que la bese otra vez. Por nada del mundo querría que ese beso que se acerca fuese frívolo, insignificante, pasajero, impuesto, fruto de la insolencia del presente, de la absurda compostura de este tiempo presente.

Me pongo nervioso, porque tal vez la historia del cambio de nombre le haya parecido una payasada.

Como si hubiera oído mi remordimiento, dice que si Marc hubiera sido una niña y hubiera conocido ese nombre de Altisidora, lo habría elegido, porque es simplemente un nombre hermoso.

Digo esto: Para mí es mucho más hermoso que Dulcinea, incluso más hermoso que el nombre de Rita Hayworth o Marilyn Monroe.

Reímos.

Volvemos a besarnos, y ahora nos acariciamos la cara con las manos.

Hay una horrible maldición atávica, hija de la noche de los tiempos y de la especie, que consiente la idea de que un hombre impone su presencia erótica ante una mujer, aunque esa mujer esté deseando ese encuentro sexual. Y esa maldición llega a mí, y por eso me pongo nervioso y me angustio, porque desearía cambiar para siempre esa ley, pues carece de belleza.

Soy ajeno a mi condición de hombre, o esa condición en mí deja paso a la condición de un ser humano asustado ante el misterio de la existencia y a la vez arrebatado y enamorado de ese misterio.

Yo deseo besarla sin que mi beso contenga la historia de los millones de besos sin fortuna y sin elegancia y sin ternura y sin bondad que se han dado en cinco mil años de historia amorosa ente hombres y mujeres.

Los besos inelegantes e insanos conforman una historia de la humanidad también, tal vez la más expresiva historia de la humanidad.

La beso por sexta o séptima vez, en realidad no hacemos otra cosa, y ella toca mi cara con ternura, y es más bella su caricia que mi beso, al que intento despojar de la lujuria y de sexo apremiante, y si despojas a un beso de sexo y morbo, qué queda, ¿un beso fraternal?, pero si el beso contiene lascivia, ¿qué estás proclamando sino la intención de perseverar en la carne, en un cuerpo, en un botín de guerra?

Cómo besar con la ternura justa y el erotismo justo. ¿Cuáles son las medidas perfectas de un beso entre un hombre y una mujer para que sea el mejor beso de la historia del beso?

Altisidora lo resuelve sin contemplaciones: su lengua ha cazado la mía, y se la lleva derrotada al castillo de su alma.

Los besos que nos damos ahora son pura lujuria, qué palabra más vieja, besos llenos de fluidos, de saliva, de dientes que contemplan toda esta novedad de encontronazos de los labios, y los labios que se agrietan, y que se convierten en símbolos de la identidad.

Los besos están saliendo a borbotones, como hacen los adolescentes que se dan besos que duran horas.

56

Cuando el beso termina, Altisidora me dice lo siguiente: He vuelto a hablar con mi antiguo novio, con Francisco, lo he llamado hoy; está peor, y teme que pronto ya no podrá ni hablar por teléfono. Ha sido una conversación larguísima, llena de suspiros, lenta por culpa del sobreesfuerzo que Francisco ha tenido que hacer. Me ha hablado de su hijo. Me ha dicho que había soñado que su hijo se hacía un hombre mayor y que decidía intentar averiguar quién fue su padre. Que todo eso ocurría en su sueño. Y que él no había dejado nada para que su hijo pudiera llegar hasta él. Y que por eso había pensado en mí. En escribirme una carta a mí para que dentro de veinte años busque a su hijo y se la entregue. Pero no tenía fuerzas para escribir esa carta, y tampoco sabía qué contarle en esa carta a su hijo salvo decirle que le quiere con todas sus fuerzas. Me he echado a llorar cuando me ha dicho eso. Es verdad que muchas veces no sabemos contar nada a quienes amamos, no sabemos narrar lo que nos pasa, y decimos todo el rato «te quiero mucho», como si eso fuese una fórmula matemática que lo contuviera todo, como esa de Einstein, la de E = mc2. Creo que no le he ayudado en nada con mi llanto, pero es que he pensado en Marc, y a la vez me he dado cuenta de lo egoísta que es la condición humana, pues me afectaba lo que Francisco me decía, no por él, sino por lo que podía implicar a mi propia vida; no sé, el caso es que ha sido una conversación triste de padres fracasados, entonces sí que he odiado el virus, porque he pensado que el virus en realidad había venido al mundo para que hijos y padres tuvieran la coartada perfecta para no verse en el momento de la verdad. Hijos que no se hablaban con sus padres o se hablaban poco han tenido el pretexto ideal para no enfrentarse a ese espejo del pasado. El virus da impunidad diplomática o algo así. Y no tener que ir a cogerle la mano a tu padre o a tu madre moribunda suponía una especie de absolución, y el hijo se quedaba tranquilo; e incluso la indiferencia, e incluso el asco hacia sus progenitores se convertía en amor puro. El hijo de Francisco ya no es culpable, el virus le ha quitado toda la culpa, su ex-mujer tampoco es culpable.

Es maravilloso.

Cuánta gente se habrá sentido liberada y feliz al no tener obligación de ir a ningún entierro, de asistir a ninguna agonía, gracias al virus.

No hay culpables, ha concluido Altisidora.

Me parece terrible, también hermoso, he dicho yo, y hay mucha ironía amarga en todo esto que me cuentas.

Demasiada hermosura ves tú por todas partes, todo el rato ves cosas bellas, gastas la palabra belleza, me censura Altisidora.

Soy un romántico absurdo, me he defendido sin armas.

Lo que he visto es mucho amor de Francisco hacia su hijo, ha proseguido ella. Me ha dicho que lo mejor sería que le cuente a su hijo cómo fue su padre tal como yo quiera, porque esa carta no la iba a escribir él. Entonces, fíjate, yo creo que Francisco ha tenido una iluminación, porque ha querido que yo me invente su vida, porque me ha dicho esto: «Todo lo que descubras de bondadoso en los años que te quedan a ti por vivir, que serán muchos, transfórmalo en cosas de mi vida que habrás de contar a mi hijo, todas aquellas cosas buenas que te vayan a pasar a ti se las cuentas a mi hijo como si fuesen mías, ese es mi encargo, eso te pido yo, Montserrat, porque no tengo a nadie más en este mundo».

Te ha pedido que te inventes su vida, he dicho yo, porque se ha dado cuenta de que son lo mismo vida vivida que vida inventada, e imagino que eso se descubre cuando estás a punto de morirte.

Pero no son lo mismo, ha dicho Altisidora, en absoluto son lo mismo y tú lo sabes. Puede que la vida vivida y la inventada sean vida vulnerable, vida atacada por el fantasma de lo imaginario, pero son distintas; que las dos sean vulnerables y las dos sean vagas y frágiles no las iguala.

Hablas ya como una escritora; no me extraña, porque lo que te ha encomendado Francisco es que escribas su vida.

Nos hemos sonreído de nuevo, de manera inocente, eso sí. También he pensado que es algo típico de enamorados recientes estar todo el rato cerrando las conversaciones con sonrisas, que son como una especie de pacto, porque en el fondo pisan terreno desconocido.

Nos hemos quedado mirándonos, con ganas de amarnos, pero de amarnos llevándonos a la cama la historia de amor de ese hombre llamado Francisco, para auxiliar o cobijar esa historia en nuestros cuerpos, en la concavidad de nuestros cuerpos.

Otro beso.

Otra caricia.

Y la desnudez.

Me he quedado pensando en las caricias.

¿Qué son las caricias?

Son más importantes los besos.

¿Qué significan mis besos para ti?, le pregunto a Altisidora.

No quiero hacerme ilusiones, me contesta, porque las mujeres siempre nos hacemos ilusiones, pensamos que las cosas pueden durar. A veces te temo, pero creas un estado mental en mí en el que me encuentro bien.

¿No son carrozas de oro mis besos?, le vuelvo a preguntar.

Lo que me faltaba por oír, dice ella. Me parece que no te enteras de nada, vives en una nube, y yo no quiero vivir en una nube.

Y veo las nubes, sí, como las estarán viendo los que se marchan de este mundo, ya sea por el virus, ya sea por el cáncer, ya sea por un accidente de tráfico, ya sea por un infarto, ya sea por la razón que se le antoje al destino. Pienso si en ese momento uno consigue al fin ser libre, porque a lo mejor las nubes son besos.

57

Me despierto a las seis de la mañana y noto el cuerpo de Altisidora a mi lado. Hoy por fin dormimos juntos. Es nuestra primera noche en ese trance. Es un acontecimiento maravilloso, al menos lo es para mí. Y es también un acontecimiento amenazante, porque nuestros dos cuerpos entran juntos en la tiniebla del sueño y de la inconsciencia. Parece que está apaciblemente dormida. Siento una mezcla de miedo y alegría, que es básicamente el contenido de la vida. Pero creo que siento más alegría que miedo, porque tengo deseos de que llegue el amanecer y desayunar con ella. Y esa impaciencia no me deja dormir y me consume.

Estoy oliéndola, los cuerpos tienen su perfume, son olor.

El conocimiento de su cuerpo ocupa toda mi inteligencia, no veo decepción en ningún lugar, y eso me exalta: brazos, manos, cabello, ojos, piel, todo está en su máximo grado de sazón.

Y el olor es sano, natural, apacible.

Altisidora no me exige que aparente ser el que no soy, por eso no ha habido noviazgo entre nosotros. No somos novios o amantes obsesionados con crear en el otro una imagen ideal y romántica y heroica de uno mismo, aunque hayamos hecho el amor y hayamos experimentado ese derrumbe de la identidad que se produce en el acto sexual. Ella me ha visto desnudo y yo la he visto desnuda a ella. Tampoco podría decir que somos amigos.

Hay momentos en que sigue siendo Montserrat, pero cada vez más es Altisidora, y a veces también es Montserrat/Altisidora.

Me asusta que crea que soy un neurótico, con este juguecito de los nombres. Me asusta que piense que soy Norman Bates. Que en el hecho de que la llame Altisidora no vea un homenaje, sino locura. Cómo distinguir belleza y locura.

Hemos compartido la desnudez de nuestros cuerpos.

Eso siempre ha tenido algo de terrible en todas las sociedades humanas.

Entonces ella ha sido Altisidora, porque era otra, todos nos convertimos en otra persona en ese momento, ese es un gran misterio. Pues estar desnudo frente a otro significa que ni siquiera en ese estado puedes dejar de estar solo.

Toda la vida intentando no estar solo, para eso buscamos el amor.

El terror no viene por el miedo a ofrecerte o a ser mirado, sino por la constatación de que la frontera entre tú y el otro sigue viva, pues la piel de tu cuerpo es la frontera. También procede de no saber qué clase de pacto vamos a firmar con la persona que nos está viendo desnudos, si vamos a ser amigos, novios, marido y mujer, o amantes, o nada, o perturbados, o incluso odiadores el uno del otro.

Esa incertidumbre ante el pacto nos hace sufrir, y sin esa incertidumbre ninguna vida puede alcanzar su plenitud.

Tal vez esto sea el amor en la edad madura, en donde no haya necesidad de la sobreactuación ni masculina ni femenina. Tal vez este sea el amor mejor, el más acorde con la naturalidad de lo que somos.

No más teatro.

No más ceremonias inacabables de cortejos, de ansiedades, de mentiras.

Dos adultos enamorados sí, pero no engañados. Es decir, dos adultos sabedores de que llegará la decepción; dos adultos esperando la decepción sentados, mientras toman un café y el sol del mediodía ilumina sus rostros; dos adultos que han pactado acertadamente con la vida.

Parece que Altisidora duerme sin ansiedad.

Debería alegrarme la plenitud de su sueño, pero lo que deseo es poder dormir con la naturalidad con que ella lo hace.

Caigo en la cuenta de que no tomamos precauciones. Hay un bicho allí afuera comiéndose el mundo, qué sentido tiene usar un preservativo en medio del festín de ese virus.

Qué irreal resulta el virus cuando acabas de hacer el amor. Además, no sabríamos ni a qué clase de virus nos enfrentaríamos, pues hay muchos, y no me apetece recordar el nombre de aquel virus (aquel Frestón) que mató hace casi treinta años al caballero legendario Freddie Mercury, gran señor de la caballería andante, privilegio de Inglaterra.

Parece entonces nuestro virus actual una mentira política. Todos creemos en el virus no porque el virus sea real y material y visible, sino porque gracias a su supuesta existencia existimos nosotros, los seres humanos. Gracias al covid-19 la humanidad tiene un espejo.

Altisidora ha sido mi espejo y yo el suyo.

Y ahora en un rato comenzará a llegar la luz del sol y se irá iluminando esta cabaña, aunque en realidad es un bungaló, es una maravillosa casa del bosque, se iluminará la mesa, la cocina y nuestra cama, porque el sol entra poco a poco por la casa. También la llegada del sol tiene algo de terrible, hay que regresar a tu identidad, a tu nombre, hay que vestirse, hay que lavarse, hay que construir una vida.

¿Qué cepillo de dientes usará Altisidora?

Afortunadamente, tengo uno sin estrenar.

¿Hará ruido al lavarse los dientes?

Varias veces me ha pedido Altisidora que le cuente cosas de mi vida, como ella me cuenta cosas de la suya. Y yo desvío siempre la atención. Por otra parte, ¿cuál es el pasado de don Quijote? ¿Qué hacía cuando tenía treinta años? ¿Qué hacía cuando tenía quince? ¿Quiénes fueron sus padres? ¿Por qué don Quijote no habla nunca de sus padres? ¿Por qué no los recuerda? ¿Dónde están sus tumbas? ¿Le daba besos su madre cuando era niño? ¿Recordó don Quijote los besos de su madre alguna vez? ¿Por qué no tuvo hermanos? ¿Qué le regalaban por Navidad sus padres? Don Quijote es un arquetipo, un ideal, no es un ser de carne y hueso. No es un personaje de novela exactamente, porque los personajes de novela suelen ser humanos.

Don Quijote parece ser hijo del Espíritu Santo.

58

Ayer Altisidora y yo nos abrazamos justo a las ocho de la tarde. Tras el abrazo salimos al porche a aplaudir. Era un poco absurdo aplaudir al lado de un bosque en donde nadie podía escuchar nuestros aplausos. El mundo entero aplaude a las ocho de la tarde; si aplaudes, es como si entraras en conexión con la humanidad.

Creo que eso nos gustó a los dos.

Primero nos abrazamos ella y yo con beso al final, luego abrazo sin beso. Intenté averiguar qué diferencia había, y caí en un abismo.

Miré el bosque, y sentí una felicidad indescriptible porque los besos y el bosque se hacían la misma cosa: beso y bosque, bosque y beso.

Luego abrazo con beso largo, con labios haciendo el pez.

Luego, justo a las ocho y a través de nuestros aplausos, abrazamos a la humanidad entera. ¿Quién querría abrazar a la humanidad entera? Da miedo pensarlo, porque la humanidad también abarca el mal y el crimen, la injusticia y el terror.

Los besos que nos dimos ayer resuenan en mi alma, he de convertir esos besos en memoria, para ir fortaleciendo el esqueleto de mi vida. Llamo besos de pez a los besos en donde un labio inferior seduce a un labio superior, y uno superior lo hace a uno inferior, me parece que visualmente se acerca al movimiento de la boca de los peces.

Una mano suya está encima de la almohada.

La toco con la mía.

Ayer Altisidora vino con las uñas pintadas de rojo. Me quedé mirando esas uñas porque había allí un reclamo erótico, un acto erótico meditado. ¿Por qué se pintan las uñas las mujeres? ¿Por qué nos afeitamos los hombres?

El adorno lo es todo en la vida.

Necesitamos adornarnos con lo que sea, y eso es así desde hace cien mil años.

Creo en los adornos.

El mar es un adorno de la tierra. Y el sol, un adorno de la tierra y el mar. La luna, un adorno de la noche.

Todos son adornos.

La ropa interior de Altisidora también tenía adornos. Ahora trato de recordar esos adornos. Francisco le ha pedido que adorne su vida para ofrecérsela a su hijo. Me conmueve la historia de ese hombre, postrado en la cama de un hospital, dependiendo de una novia antigua reaparecida como por ensalmo, pensando en un hijo que no piensa en su padre, intentando fabricarle un futuro decente, pero solo ese hecho, esa creencia de que existirá un futuro, revela mucha fe en la vida, porque para alguien que se está muriendo no tiene sentido pensar en el futuro, sino solo pensar en uno mismo, pensar en salvarse, en no sentir dolor, sobre todo en no sentir dolor. Pero esto es solo una conjetura.

¿Qué piensan los que van a morir?

De eso no habla la televisión, que ofrece a los que van a morir por el virus homenajes cursis. La muerte barata se levanta por todo el planeta. La muerte inelegante de los medios de comunicación.

La muerte es un acto de conocimiento, no una baratura.

Acerco mi mano hasta la mesilla y cojo el teléfono móvil. Veo las noticias, la nación europea con más muertos ahora es el Reino Unido. Alemania sigue siendo el modelo de país con mejor gestión de la pandemia. Todo el mundo está intentando explicar las razones creativas del virus.

Básicamente la pregunta es esta: ¿por qué el virus se adorna a sí mismo con treinta mil muertos en el Reino Unido y solo con siete mil en Alemania? Pero el virus no responde a esa pregunta. Parece un juego de subidas y bajadas, de apariciones y desapariciones, unas veces el virus diezma un país, otras veces, otro. Como si tuviera conciencia del ocio y le asustara el aburrimiento.

Enciendo la linterna del móvil.

Ilumino, con cuidado de no despertarla, la mano de Altisidora que está al lado de mi cabeza. Qué hermosura de mano. Todas las manos son hermosas, pero la de Altisidora refleja bondad. No te puedes quedar horas, meses, años mirando una mano. Si miras la mano de una mujer, y la mujer mira cómo miras su mano, al final los dos, hombre y mujer, acaban viendo soledad y abismo.

Aparece allí la Oscuridad.

Pero ver su mano es motivo de euforia, mi corazón se pone eufórico. Esta mujer que duerme a mi lado duerme a mi lado por mí, esto es grandeza universal. Cómo he tenido tanta suerte. Cómo es posible que el destino haya elegido a un tipo como yo para estar al lado de la mujer más maravillosa de la historia de la humanidad, porque esa es mi Altisidora.

Quito el modo linterna.

No recuerdo cuándo compré este teléfono móvil ni sé

el nombre de la compañía a la que pertenezco. ¿Hubo también diagnóstico de amnesia en el informe médico de mi jubilación anticipada? Creo que sí, Dios santo, sí, también eso hubo, no solo el enmudecimiento, sino también la amnesia, un ejército de neuronas cansadas que se suicidan sin pedir permiso a nadie.

Dentro de un rato, cuando estemos desayunando, le preguntaré a Altisidora por el nombre de su compañía de teléfono móvil, y cuando ella me pregunte por la mía, le diré que tenemos la misma y así tendré ya un minúsculo pasado comercial que ofrecerle, porque nada revela tanto un pasado y un lugar en el mundo como ponerte a hablar de tu compañía de telefonía móvil, y de la última oferta que te ha hecho; eso es arraigo en el mundo.

El gran arraigo son nuestras facturas. Por eso las grandes compañías eléctricas, telefónicas, de gas, de seguros, ambicionan tanto seguir pasándoles las facturas a los muertos: porque desean que no se marchen, que sigan con nosotros.

59

—

Altisidora ha saltado de la cama con una energía feroz.

He visto su cuerpo desnudo pasar volando por el dormitorio y he sentido una oleada de amor salvaje hacia esa mujer, y también una fascinación intensa, la misma que debieron de sentir los primeros *Homo sapiens* ante la salida del sol o el rugido de los mares.

Su cuerpo desnudo corriendo veloz por la casa: música, todo era música, todo era concentración, plegamiento de la materia y de la vida, Altisidora era eso que los físicos llaman el Big Crunch.

Porque su espalda, su culo y sus brazos, al moverse con velocidad, daban una imagen nueva de su cuerpo, y eso me ha parecido una revelación y una explicación general del cosmos.

He entendido la vida.

He pensado en un árbol que de repente pudiera caminar.

60

Solo se ha tomado un café, deprisa y corriendo. Sí se ha duchado, también deprisa y corriendo, tenía que abrir la tienda. Es la primera vez que usa mi ducha, y eso me parece un acto de una gran trascendencia, pues habrá visto y usado mi gel y mi champú. ¿Qué habrá pensado al ver los botes de gel y de champú? No son de grandes marcas, y luego está ese líquido residual que se queda en las embocaduras de los botes, que le habrá desagradado al verlo y le habrá recordado la vulgaridad de la vida, la pobreza, la humildad, la humillación, todo ese vendaval de vida ordinaria, que es lo que somos antes que pasión o belleza o erotismo.

El erotismo se afianza en el lujo.

No hemos hablado nada.

No sé si tenía que abrir la tienda o en realidad quería marcharse enseguida. No ha querido comer nada. Solo se ha bebido un café con leche, y ha comentado que estaba muy bueno.

Menos mal que compré tazas nuevas y bonitas, y se ha tomado el café con leche en una taza azul completamente nueva. Pensaba todo el rato en qué le habrá parecido la taza azul, seguro que le ha gustado.

Cuando se ha ido me he quedado con la toalla entre

las manos, la toalla que ha empleado para secarse. Estaba un poco húmeda, pero no demasiado. También he olido el cuarto de baño, por si olía a ella.

Me he quedado, pues, con la toalla en la mano, palpando la humedad, una humedad creada por el cuerpo de esa mujer.

De esa gran mujer que la vida me entrega sin que nadie pueda saber por qué. Me la ha regalado el virus, el mismo virus que regala muerte y humillación al mundo.

61

Rafael Puig me dijo que Edurne, su novia, olía de una forma sutil, especial, por la colonia que usaba, que se impregnaba a su piel produciendo un universo propio, y que después de romper seguía oliéndola por todas partes, como si su sentido del olfato sufriera alucinaciones. Y que su olor era como un perfume que iluminaba las cosas. Y que era sentir ese olor y comenzaba un sufrimiento horrible por haberla perdido, y también una sensación de vacío desesperante, pero me dijo que aun cuando eran novios también sufría por ese olor. Que ese olor siempre le hizo sufrir, y que eso era un misterio, que tal vez tuviese que ver con la imposibilidad de alcanzar el amor perfecto, y que esa imposibilidad quedaba sugerida a través del olor, y que el olfato era uno de los sentidos más profundos a la hora de revelar la vida.

Es decir, sufría cuando eran novios, y siguió sufriendo cuando dejaron de serlo. Veo ahora, tantos años después, que Rafael era un platónico. Yo también lo soy. Los platónicos somos seres compungidos por el más allá que solo conseguimos entrever, y que nos deja ardiendo de emoción, pero también insatisfechos.

Rafael me dijo que Edurne era rubia y que eso era otro misterio. Estaba tan enamorado de Edurne que todo eran misterios. Como no llegaron a nada, como nunca convivieron, el misterio lo invadió todo.

Montserrat es morena.

¿Montserrat o Altisidora?

Montserrat es morena.

Altisidora es oscuridad.

Rafael era moreno.

Yo soy castaño.

Todos los colores del mundo.

62

Sin una fantasía amorosa la vida es nada, la vida no vale la pena. Si no estás enamorado, aunque solo sea de una ilusión lejana e irreal, la vida no sirve. De eso, creo, habla la novela de Cervantes. Eso nos dijo Cervantes. Porque a veces se le ha quitado importancia al enamoramiento de don Quijote por Dulcinea, y la novela de Cervantes también es una novela de amor.

Es una novela de amor, porque solo son buenas las novelas de amor.

La gente se cree que el amor a Dulcinea es una chifladura más, y lo es, claro, pero es la gran y verdadera chifladura, la genial, la maravillosa chifladura.

La religión de don Quijote era el amor. No hemos sabido darnos cuenta de que el amor de don Quijote hacia Dulcinea es la única verdad de la novela de Cervantes, y no nos hemos sabido dar cuenta de eso porque ya no creemos en el amor.

Pero para mí esa religión del amor sigue en pie, es una fe que se materializa en un color de cabello, en una mano, en un labio, en el sol iluminando un rostro.

Me quedo mirando cómo la luz va entrando en la casa, es el mayor espectáculo de la vida cuando alcanzas la edad del envejecimiento.

No pedir más que esa luz.

Veo una fusión nuclear entre Altisidora y el sol que entra en la casa. La mañana es espléndida. Compite la luz del sol con el recuerdo enamorado que me ha dejado Altisidora.

Las manos, sus manos, ¿por qué son tan hermosas? ¿Por qué veo tanta hermosura en sus manos?

Las manos de Altisidora son una utopía, presagian un futuro de fraternidad universal, en donde la belleza y la vida se fusionen.

Pero ver sus manos me exalta.

Solo las manos.

Podría pasarme cien años mirándolas.

La modelación de las uñas, su redondeada presencia, los brillos del esmalte, la armonía entre brillo y piel, las falanges que crean brisa al moverse, las arterias con grandes fluidos de sangre, los músculos dorsales, los tendones y los nervios, esa galaxia que son las manos de Altisidora.

Las manos de esa mujer me están volviendo loco. Solo las manos. ¿Qué hay en las manos? ¿Qué veo en las manos? Veo libertad. ¿Cómo puedo ver libertad en unas manos?

Veo acrobacia, danza y obscenidad.

Las manos son lo primero que tocamos cuando vamos hacia el otro, la primera costa.

63

Estoy recordando la noche de amor, y no hay nada que no haya sido hermoso. O eso quiero creer. Sin embargo, ¿por qué ha huido?, ¿por qué ha salido como en estampida? ¿Pensará ella en mí con el mismo grado de amor que yo en ella? ¿Es amor? ¿Es simple agradecimiento? ¿Son solo palabras ilusorias?

Ninguno de los dos somos jóvenes.

¿Qué edad real tengo yo, más allá de la que dice mi DNI? Esa edad es la que importa, no la que dice el DNI, sino la que afirma mi alma y mi deseo y mi voluntad de enamorarme. Nunca le he parecido viejo a Altisidora, de lo que se deduce que tengo una edad espiritual digna del amor.

64

Cuando pienso en Marc, se desvanece Altisidora y aparece Montserrat.

Marc se hará mayor, cumplirá alguna vez la edad que su madre tiene ahora y de la historia de amor de Altisidora y mía no sabrá nunca nada. Ni sabrá que una vez un hombre llamó a su madre con el nombre del personaje de una novela de Cervantes. Y pienso que sería maravilloso que alguna vez alguien se lo dijera a Marc.

Que alguien le dijera esto: Hubo un hombre, durante aquella vieja pandemia del año 2020, no puedes recordarla porque ya nadie la recuerda, que se enamoró de tu madre, pues por azar se confinaron en el mismo pueblo, sí, confinamiento era cuando la gente no podía salir de las casas por miedo a un virus, bueno, en realidad se los obligaba a no salir de casa (sí, algo inconcebible hoy), y eso lo hacía la policía (todavía más inconcebible); ese hombre quiso mucho a tu madre, y la quiso en un breve tiempo, vio en ella cosas extraordinarias, y por eso te cuento esta historia, para que sepas que alguien vio a tu madre como un ser excepcional, llena de belleza y de bondad, y estaba tan enamorado de tu madre que le cambió el nombre y la llamó Altisidora.

Es una bonita historia, es una historia del pasado, y si

te la cuento ahora es porque ya no hace daño a nadie, pues tu madre ya no está en este mundo y he pensado que te gustaría saberlo; a mí, si se hubiera tratado de mi madre, me habría gustado saberlo.

Pero ese alguien soy yo mismo otra vez.

Ese alguien solo soy yo.

Una y otra vez yo.

Todos los seres humanos hablamos con nosotros mismos, de modo que todos somos entes solitarios en una abigarrada conversación que se da dentro de nuestra alma, si es que tenemos alma.

No estamos tan solos, por una sencilla razón: tampoco llevamos tantas cosas dentro.

Estar solo es llevar muchas cosas dentro.

Si solo llevas dos o tres cosas, estás menos solo.

También depende de cuánto pesa lo que llevas dentro.

Hay gente que solo lleva dentro 1 kilo de patatas.

Hay gente que lleva dentro el peso de las montañas, los mares, la luna y los elefantes.

65

Estoy en el súper, con mis guantes y mi mascarilla verde. Esta noche viene otra vez a cenar Altisidora y quiero prepararle una buena cena. Tengo delante de mí pescado fresco. Y veo vinos blancos, que acompañarían bien.

Compro dos filetes de pez espada de muy buen aspecto. Y langostinos, grandes y rojos. El pescado asciende a 16 euros.

Voy luego al vino blanco. Hay una botella de vino albariño, Terras Gauda, por 12,99 euros.

Pongo más cosas en el carro: agua mineral, es barata y ocupa mucho sitio. Unas lechugas hermosas: también son baratas y ocupan sitio, son muy visibles. Muy populares, luminosas. Qué verdes son, qué gracia tienen. Nada más real en este mundo que el verde de las lechugas.

Hago la cola.

El Terras Gauda no ha pasado por el lector de barras.

Salgo al aparcamiento con una enorme felicidad. No ha pitado ningún control ni ha ocurrido nada.

El virus me convierte en un minúsculo delincuente. Pero lo hago para sentir que estoy vivo, para no dormirme en mitad de la aséptica cola con distancias de dos metros. Si vas a robar algo, no te duermes en la cola, la cola no te resulta aburrida, estás con el corazón a mil; aunque solo sea por eso vale la pena.

No sientes tristeza pandémica.

Estás a mil.

Estás vivo.

Gracias, Narciso, por haberme convertido en un delincuente. Un delincuente bien humilde y discreto, eso sí.

66

Estamos ahora cenando Altisidora y yo.

Son las nueve.

Hoy he tenido que aplaudir solo a las ocho de la tarde, porque Altisidora no podía venir antes. He salido al porche y me he puesto a aplaudir. El mundo entero lo hace. Es una costumbre de todos los países de la Tierra, o eso dice la televisión. Pero mi aplauso de esta tarde ha ido poco a poco desviando su destinatario. Es el nuevo ángelus. Antes, hace trescientos años, la gente rezaba.

Ahora, aplaudimos.

El destinatario estándar de estos aplausos, según indican los medios de comunicación, son los sanitarios y los cuerpos de seguridad y todos aquellos grupos de personas o de profesionales que se juegan la vida por proteger a los demás. Los más aplaudidos son los sanitarios. Despiertan la unanimidad, como es de justicia. Si no aplaudes, te conviertes en un renegado de la humanidad. Pero, en lo que hace a mi aplauso, me ha ocurrido algo singular.

Ha ido cambiando el destinatario, y ya no aplaudía a los sanitarios, sino a las cosas que estaba viendo: un camino vecinal, unos arbustos, los árboles, el bosque, el aire, barro al lado del camino, unos pájaros que pasaban, la luz mortecina de la tarde, el aire que estaba por todas partes, un par de nubes erráticas.

También me ha dado por aplaudir a mi viejo coche, a las ruedas, a las válvulas, al volante, al número de bastidor, al líquido de frenos, al cigüeñal, a la caja de cambios y a la reina de la soledad absoluta: la rueda de repuesto, que nunca ve la luz, que vive escondida, en una dimensión distinta a la nuestra, tal vez en donde vive la Oscuridad.

Estaba aplaudiendo a la creación del mundo.

Todo esto se lo acabo de contar a Altisidora.

Y que todo esto lo he hecho en su honor, para proclamar la grandeza de su belleza.

Ella se ríe, pero rehúye mis palabras grandilocuentes y me dice que me ha quedado muy bien el pez espada y que el Terras Gauda está excelente.

Y se pone a aplaudir.

¿A quién aplaudes?, pregunto.

A ti, contesta.

Y brindamos y nos damos un beso. Besos lanzados no solo a la caza de un deseo sexual, sino también a la búsqueda de las ignotas regiones donde vive el pensamiento del otro, así son ahora nuestros besos.

¿Nos amamos?, le pregunto.

Sí, dice Altisidora.

¿Me estás mintiendo?

Sí, dice, pero lléname la copa de ese albariño robado.

¿Cómo sabes que es robado?, le pregunto.

Porque tenías el tique encima de la mesa y aparecía todo lo que has comprado menos el albariño. Tranquilo, solo es deformación profesional. Eso sí, en mi tienda no robes, no por nada, sino por los balances de cada semana, odio que no me cuadren.

67

Altisidora va a arrojar una bomba atómica en dos minutos.

Mi madre se está muriendo, me dice en el desayuno, porque hoy sí se ha quedado a desayunar.

Nada más prepararle el café con un par de cruasanes calentados en la sartén, me dice eso.

Esa bomba atómica que sabía desde ayer y sin embargo se ha callado durante un montón de horas.

¿Cómo ha podido callárselo?

Está ingresada en un hospital de Santander, me explica ahora. Vive con mi hermano allí. Él encontró un buen trabajo, en un banco. Me ha llamado mi hermano para decírmelo, me llamó ayer.

«No tiene sentido que vengas —me dijo mi hermano—, no ibas a poder verla».

Lo siento mucho, digo yo, pero no quiero añadir ni una sola pregunta, ni siquiera saber cómo no me lo dijo ayer, no saber nada más allá de ofrecerle mi silencio, un silencio hondo como un acto de respeto. Miro su rostro y veo preocupación y culpa. Más culpa que tristeza. Me duele que se lo haya callado, que no me lo dijera desde el primer momento, pero nunca, absolutamente nunca le voy a reprochar nada. Fin de la edad de los reproches. Fin radical. Fin. Los reproches proceden de la ignorancia y de la superstición.

Hemos hecho el amor con ese secreto dentro de su corazón. ¿Puede ser un ofrecimiento de ella hacia mí, como si quisiera no solo darme su cuerpo, sino su cuerpo retumbando por el dolor? O tal vez no me lo dijo porque quería que el sexo redujera a cenizas la pena.

Solo hablo para decir esto: ¿Cuánto café te pongo?

Nunca me había hablado mucho de sus padres. Yo tampoco de los míos, la verdad es que mi memoria está empequeñecida. Y eso estaba bien. No porque hubiera nada que ocultar ni nada que reprochar ni nada que olvidar, sino simplemente porque a veces el silencio es un espacio de honestidad privada.

Habíamos hecho el pacto de recordar solo aquello que nos apeteciera recordar, que ninguno de los dos íbamos a preguntar, que todo quedaría al albur de lo que cada uno de nosotros dos deseara contarle al otro.

Pensé que eso era una forma de madurez: no preguntar a la persona amada nada, absolutamente nada. Que la persona amada decidiera qué quería contarme de ella y qué no. Era una manera de libertad, de que el pasado no hiciera que el presente resultase irrelevante. De eso se trata, de poner a salvo el presente; de que el pasado se quedara en el pasado. Una manera de nacer otra vez, pero eso es imposible: nadie puede amputarse el pasado y seguir vivo, a no ser que padezca amnesia.

Hace años que no veo a mi madre, ha dicho Altisidora. Mi madre hizo mentalmente una operación muy interesante para no sufrir con esa hija que se marchó pronto y llevó una vida alejada de su madre, y la operación que hizo fue concentrarse en un solo hijo: se concentró en mi hermano.

Esa operación, prosigue Altisidora, yo no la podré hacer nunca, porque solo tengo un hijo, solo tengo a Marc.

Entonces intervengo y digo lo siguiente: No creo que eso le resultase fácil a tu madre; si hizo eso, debió de ser un recurso desesperado.

Cuando acabo de decir esto, siento que he metido la pata.

Altisidora se ha echado a llorar. Estamos sentados frente al televisor, y para disimular su llanto me he levantado y he ido a la cocina a hacer más café, y lo he hecho casi sigilosamente.

Las tazas azules me han iluminado un poco la mirada, fue un acierto elegirlas azules.

Ella se ha quedado con la mirada enfocada hacia la ventana, una mirada perdida y un llanto desconsolado, pero a la vez desnudo, porque no ha ocultado su rostro con las manos.

Lloraba como lloraría una estatua, con belleza.

Estaba muy hermosa, y yo no sabía qué hacer, hasta que se me ha ocurrido echarle más café a su taza azul y a la mía.

Ha habido un silencio.

Luego, al ver que salía un poco de humo frágil y perecedero de su taza, Altisidora ha dicho: Gracias, ya te llamaré. Ha cogido sus cosas y se ha marchado. He oído el ruido del motor del Opel Astra, pero no he querido salir al porche para ver cómo se alejaba.

He puesto la televisión para que se quebrara el silencio y he recogido las tazas del desayuno.

68

No hace ni quince minutos que Altisidora se ha marchado, cuando comienzo a pensar que tal vez nuestro amor solo sea un simulacro, una fantasía. Pues el amor en España y en el mundo entero se demuestra comprando un piso juntos y firmando una hipoteca de treinta años.

La falta de determinación en el amor ha sido siempre mi calvario. El amor es determinación.

Cómo saber si estamos enamorados, si no hemos comprado un piso juntos, ni siquiera un coche.

Tampoco Rafael Puig y yo llegamos a ser amigos de verdad. Fue un espejismo de amistad. Entonces la vida acaba siendo un desfile de fingimientos razonables, fingimientos necesarios para no experimentar el horror del vacío absoluto.

Las ilusiones, eso es.

Allí Cervantes estuvo de sobresaliente *cum laude*. Invéntate lo que sea, pero haz que la vida sea apasionamiento, como fue la vida de este pobre desgraciado llamado don Quijote; que será desgraciado, pero llevó una vida vehemente y única, o al menos así lo creyó él, metido en su ilusión.

Me parece que Cervantes no sabía qué demonios estaba escribiendo, porque se contradice y se hizo un lío con la trama y en especial con el rucio de Sancho. Hay un montón de olvidos, casi como los que a mí me invaden. También hay falta de determinación en la voluntad del pobre Cervantes, como la hay en mí, como la habrá en Altisidora a la hora de permitir que nuestro amor desfallezca.

Estaba ya viejo el pobre Cervantes. Casi lo veo a veces, lo imagino como un gran desertor, el desertor amable y desmemoriado, que ya no busca el conflicto con la vida, sino la paz y el refugio de las sombras.

Yo tampoco busco conflicto alguno con la vida, eso es para los jóvenes, o para los codiciadores de puestos en las jerarquías del mundo, eso es para los Narcisos.

La energía que conservaba el viejo desertor la empleaba en desbrozar la selva psicológica de don Quijote, y luego ya no le quedaba energía para revisar si todo estaba en orden. No tenía un ordenador, en donde hacer una búsqueda de la palabra rucio y así corregir las incoherencias. Con un ordenador hubiera corregido esos desatinos en cincuenta minutos, o en menos.

Sería tan fácil pensar que no existió Cervantes, pero allí está su novela, afirmando lo contrario. Como ni Altisidora ni yo mismo dejaremos nada, será muy fácil afirmar que nunca existimos; bueno, está Marc, pero Marc la olvidará dentro de unas décadas, como Altisidora ya ha olvidado a su madre.

Lo más gracioso es que esa imperfección de la novela de Cervantes da absolutamente igual. Hoy se publican novelas sin las más mínimas incoherencias, porque hay una industria detrás, con lectores profesionales y correctores editoriales, y sin embargo la perfección en las tramas y en el estilo acaban importando un pimiento a los lectores.

Ojalá que a la imperfección de mi vida y a la imperfección de las vidas de las personas que han sido importantes para mí les pase lo mismo que al *Quijote* de Cervantes. Pero para eso hay que tener encanto.

Altisidora tiene encanto. Al menos ella sí. También lo tuvo Rafael Puig.

Me pongo otro café Illy, y me alegra saber que ese café me sale gratis. Parece que eso no es un simulacro.

El robo es real.

Robar es un acto seguro, amar es un acto imaginario.

Estos pequeños hurtos son una forma discreta de lucha por afirmar que existo. Si me pillaran robando tendrían que escribir mi nombre varias veces, me pedirían mi DNI, lo escanearían, pasaría a ser alguien, tendría un espejo.

En cambio, si me pillan amando a Altisidora, nadie me pedirá mi DNI.

Tengo ganas de volver al supermercado.

69

No sé qué habrá sido de todos ellos, de aquellos antiguos compañeros de la Academia de aquel año de 1981. Se casarían, tendrían hijos, ascenderían en sus trabajos, y ahora estarán confinados en sus pisos. Es de suponer que tengan buenos pisos, incluso chalets.

Serán buenos profesionales de las carreras que estudiaron.

Alguno tal vez haya muerto.

Hoy voy a buscarlos por internet, en algún sitio estarán.

Comienzo el intento, me sé los dos apellidos. Empiezo por Rafael Puig González, y coloco al lado la palabra *médico.* Salen un montón de perfiles, pero ninguno es él. Voy a Facebook, a Twitter, nada, ni rastro.

Su segundo apellido, González, no ayuda nada a precisar la búsqueda.

Miro más nombres de mis viejos compañeros de la Academia. Santiago Cáceres, José Luis Otín, Marcos Ridruejo, Pedro Medina, Armando Cañal, Lucas Velasco, ni rastro de ellos en internet. Una cosa es segura: ninguno se ha hecho famoso. Ninguno está en las redes sociales.

¿Dónde están?

Vaya, ninguno ha triunfado. Ni ministros, ni secretarios de Estado, ni científicos, ni artistas, ni intelectuales, ni catedráticos de universidad, ni directores generales, ni grandes empresarios.

Nada.

¿Puede ser que esos nombres sean una ficción? ¿O puede ser que recuerde mal los nombres? Que allí donde yo recuerde un Otín hubiera en realidad un Ruiz; o donde un Velasco, un Blasco; o donde un Medina, un Cortina.

La memoria tergiversa cosas y personas. La amnesia y el envejecimiento neuronal alteran lo vivido, conduciéndolo a una transformación infinita, que es indomable, pero que también es hija de la vida, e hija bastarda de la Oscuridad.

«Incapacidad de almacenamiento de la información», eso decía mi médico en su informe, pero eso es ridículo. El verbo almacenar es un verbo triste. Como si mi alma fuesen unos grandes almacenes: eso es mejor, verme como dueño de Almacenes Universales del Tiempo, la Vida y el Amor, un gran empresario que tiene pérdidas económicas, cada año más severas, más pronunciadas.

Imagino que si ellos quisieran buscarme a mí les pasaría lo mismo: no me encontrarían. Sin embargo, en 1981 éramos todos consistentes, todos teníamos extraordinaria fuerza corporal, y nuestra presencia no albergaba dudas. Y teníamos la memoria perfecta. En cambio, ahora parece que me lo estoy inventando todo.

Me pongo a navegar por internet buscando a aquellos compañeros y me topo por azar con una extraña noticia que de alguna manera tiene relación con mi nostálgica búsqueda: en un periódico digital salen fotos de ataúdes de cartón. Puesto que la mayoría de los muertos son incinerados, es mejor el uso de ataúdes de cartón, explica la noticia. Se trata de un cartón endurecido. Los está fabricando una empresa china, y los está importando a España y a Europa. Son más baratos y hacen el mismo servicio que los ataúdes de madera, con la salvedad de que contaminan menos y son susceptibles de no colocar motivos religiosos y de decorar con dibujos paganos o personales, es decir, que se pueden tunear.

Que se pueda tunear tu ataúd parece un avance moral.

Vendrán tiempos en que los muertos elegirán los adornos de su ataúd. Alguno escogerá el rostro de Elvis Presley para condecorar su féretro, otros el del Che Guevara. Y habrá belleza, en tanto en cuanto prevalecerá un símbolo de la vida, y no de la religión. ¿Cómo debió de ser el ataúd de don Quijote? Cervantes no lo cuenta, tampoco cuenta su entierro.

Ojalá también se pudiera tunear tu memoria.

Aun así, caigo en la cuenta de que un ataúd de cartón no reproduce bien la idea de la muerte, como sí lo hacen los de madera. Un ataúd de madera de álamo cuesta unos 2.500 euros, pero sube a 3.000 con los gastos de envío.

Hay ataúdes de madera ecológica desde 1.500 euros.

Luego está la gama alta de ataúdes que suelen ser de madera maciza, de madera de cedro, con asas de bronce, y estos pasan de los 3.000 euros.

El ataúd de mi madre lo pagué en pesetas. El de mi padre lo pagó mi madre, y creo que nunca dijo nada al respecto. ¿Quién pagará el mío, si no tengo a nadie? ¿Lo pagará Altisidora? ¿Me convertiré yo en un nuevo Francisco de su vida? Francisco aún tuvo suerte, pues fue él quien recibió la llamada de Altisidora. Me temo que dentro de veinte años tendré que ser yo quien la llame.

Y le diga esto: Hola, Montserrat, ¿te acuerdas de mí?

El cartón no reproduce la idea del acabamiento absoluto, pues una caja de cartón invita al almacenaje.

No creo que triunfen los ataúdes de cartón, porque

tienen el toque de las cajas que uno emplea en su casa para guardar cosas. No se asocian a la corrupción de la carne. Poseen la ligereza propia de los diseños aéreos y móviles, incluso portátiles. Además, pueden añadir un toque de frivolidad.

Y ella contestará: Nunca te olvidé, te sigo amando como hace veinte años.

Y entonces yo colgaré el teléfono.

Y pasarán veinte años más, y ya no habrá ninguna llamada, y otros veinte, así hasta dos mil años, en donde tampoco habrá otra llamada.

70

Consulto el correo electrónico y Altisidora me acaba de reenviar uno, es de Francisco. No ha borrado los datos. Se llama Francisco Salvatierra. Su *e-mail* es franciscosalvatierra1969. Me quedo pensando en la cantidad de Franciscos Salvatierra que hay en el mundo. Nuestros nombres se repiten, parece esa repetición algo relacionado con la Oscuridad.

Imagino que 1969 será su fecha de nacimiento.

La gente se convierte en persona con una fecha en el tiempo, en la inmensidad del tiempo.

Leo el *e-mail.*

> Querida Montserrat:
>
> Casi no me quedan fuerzas, y este *e-mail* con mi débil voz se lo estoy dictando a una enfermera, muy amable y cariñosa. Se está riendo en estos momentos, le digo que escriba eso también. Pero quiero que sepas que hay gente buena. Y esta enfermera lo es. Se llama Puri, Purificación Castillo, y me ha ayudado como una hermana. No quiere escribir esto, pero le insisto y lo hace.
>
> Montserrat, tu llamada de hace unos días fue una

sorpresa grandísima, como un golpe de buena suerte, como si la vida te diera algo que no esperabas.

Tal vez no debiera ser así, pero voy a morir creyéndote el amor de mi vida, la única persona a la que amé de verdad. Y estos días en el hospital no hacía más que pensar cómo habría sido nuestra vida juntos, hasta que no sé yo cómo pasó que empecé a ver esa vida, no a verla, sino a recordarla. No se pueden tocar los recuerdos, pero sí verlos.

Puri me dice ahora que no hay razones para ese pesimismo, que me estoy poniendo dramático, le digo que escriba también eso. Puri tiene una lágrima a punto de salir, pero le pido que la retenga.

Ojalá, Puri, solo fuese que me pongo dramático, que el fin no estuviera cerca, aunque me lo han dicho tus jefes, que no se andan con paños calientes, pero no te preocupes. Cuesta más aceptar las cosas si la gente se empeña en disimularlas por una supuesta humanidad que al final de nada sirve, no te lo tomes a mal, Puri.

Montserrat, me invadió un mar de ternura con tu llamada. Pensaba en tu armario: miraba tu ropa, tus blusas, tus faldas, tus zapatos, y me moría de ternura. Yo creo que cuando un hombre siente esos arrebatos de ternura por una mujer es porque el espíritu de su madre comienza a salir del inconsciente. Los hombres somos víctimas enamoradas de nuestras madres, siempre. Pensaba en los viajes que hicimos juntos y en la capacidad que tenías de comprenderme.

Nadie me ha comprendido tanto como tú, y al comprenderme, al saber qué ocurría en mi interior, mi soledad desaparecía. Por eso sé que no estoy solo.

Todos estos años de matrimonio han sido los más

hermosos años de mi vida. Porque estabas tú allí iluminando nuestras vidas.

Puri se me queda mirando con una cara de perplejidad y de irritación considerables. Puri: me estoy inventando ese matrimonio, porque me ayuda en este instante. Ya sé que ese matrimonio no ocurrió.

Puri dice que ahora lo entiende, y sonríe. Y pone un gesto amable. Dice Puri que es muy bonito todo esto.

Montserrat, gracias, mi amor, porque tú siempre pensabas en mí, y tenías una elevada opinión de mí, de mi humanidad, de mi dignidad, de mi honestidad. Confiabas en mí y me apoyabas en todas las cosas que emprendí en esta vida.

Si me sentaba en la sala de estar, después de comer, allí estabas tú.

Si me desesperaba por las noches, tú me cogías de la mano.

Si veíamos llover, al verlo juntos, la lluvia nos iluminaba, nos llenaba el corazón.

Había paz en nuestras almas.

Por eso, en este trance, aunque tú no estés a mi lado, me iré bien, me iré con todos los recuerdos limpios.

Puri está llorando ahora, mi amor la hace llorar. Quiero decirte la gran verdad, y es esta. A los moribundos, la naturaleza nos concede el don de igualar lo que fue con lo que pudo haber sido.

Nuestro amor fue.

Te quiero.

Cuida de nuestro hijo.

FRANCISCO

71

Montserrat (ha dejado de ser Altisidora en esta carta de Francisco, o más bien ha sido Altisidora para un moribundo en vez de serlo para mí) no debería haberme reenviado este *e-mail*. Porque lo que he sentido ha sido algo cercano a la envidia, envidia de ese hombre, porque se va de este mundo en paz, y habiendo logrado descifrar un secreto que me incumbe sin acertar a saber muy bien por qué me incumbe: la igualación de lo que fue con lo que pudo haber sido.

El secreto lo dice la misma carta: el moribundo tiene el don de fusionar lo que fue con lo que pudo haber sido, pues está contemplando, en el momento de su muerte, la desaparición de lo que fue.

Son dones de los moribundos, dones de casi trescientas mil personas en el mundo hoy día. Extraños regalos del virus, o tal vez de la Oscuridad, porque para alcanzar ese secreto tienes que morir a manos del virus, porque el virus impide la presencia de tu familia en el instante del adiós.

Esa es la clave, que no te rodeen los tuyos.

El ser humano tiene la obligación de hallar belleza y sentido en todo momento. Más belleza que sentido; bueno, en realidad la belleza es el sentido. Antes del Big Bang la belleza era una idea, y esa idea se hizo materia.

Pase lo que pase, esa obligación existe. En un campo de concentración de la Alemania hitleriana, en una pandemia, en una guerra, en medio de cualquier injusticia, el ser humano tiene la obligación de seguir siendo humano cuando la adversidad suprema le pide que renuncie a su humanidad.

Haber vivido con esposa, hijos, amigos, nietos, familia, hermanos, sobrinos, y morir en una cama de hospital al lado de un enfermero cuyo rostro es imposible descifrar provoca delirios y fantasías y alucinaciones y planos alternativos y confusión entre lo que fue y lo que pudo haber sido. Y a mí me parece una muerte digna porque implica un despojamiento, una desnudez primitiva, radical.

La carta de Francisco parece dictada por un iluminado, por un loco. Otro loco más, otro camarada de don Quijote.

En esos cerebros moribundos que deliran arde el misterio de la vida. Recuerdan cosas que ocurrieron hace cincuenta años si tienen ochenta, sesenta años si tienen noventa, y lo recuerdan con el deseo de volver al tiempo de la juventud, al tiempo del emprendimiento, al tiempo de la acción sobre la vida y la existencia.

Yo quiero morir así.

Yo quiero morir abrazando la muerte con tal fuerza que la vida se enfade conmigo toda una eternidad.

72

Descubro que hay una bombilla fundida en el cuarto de baño, porque eso es lo que acaba de pasar, que se ha fundido una bombilla. Le mando un wasap a Altisidora preguntándole si tienen bombillas en su tienda. ¿A qué obedece tanta urgencia?

Esa bombilla fundida en mi cuarto de baño rompe la belleza del mundo. Así soy yo, así he sido toda mi vida, aunque la recuerde poco, salvo los hechos lejanos, como el entierro de mi madre, que fue traumático, pues me di cuenta de que no teníamos familia, ni un tío, ni un primo, solo vinieron los vecinos del primero, y de ese modo fue más fácil olvidarlo todo. Pío Santos, así se llamaba el vecino del primero, y así lo ponía en el buzón; y ella se llamaba, la mujer de don Pío, Charo. Pío y Charo me ayudaron con los trámites y con la denuncia a la policía.

Luego no sé qué fue de ellos, perdí su pista.

Charo a veces me cogía de la mano.

Serán nonagenarios si viven, pero estarán muertos, y no tenían hijos, por eso a mí me tomaron mucho cariño. Fui un espejo para su matrimonio, veían en mí una posibilidad que la vida no les dio. La civilización no crea en primera instancia cultura ni riqueza económica ni progreso material; la civilización lo que crea es la certeza de que existimos, de esa certeza procede todo lo demás. La civilización crea realidad. Crea espejos. Yo fui el espejo de ese matrimonio perdido en mi memoria.

Cuando te mueres, la civilización ya no puede aterrorizarte. Esa caída del terror yo quiero vivirla como los franceses vivieron la liberación de París en el mes de agosto de 1944.

Si no obedeces, te espera el abismo, la enfermedad y la muerte.

Pero, si ya vas a morir, te espera la libertad.

Y si en realidad todo obedeciera a una falta de conocimiento, a una terrible ignorancia científica, pues la adoración de la ciencia es otra fe, otra superstición por tanto. A veces es a través de supersticiones como luchamos contra la presencia de la Oscuridad.

En época de Cervantes estaban convencidos de la existencia de la vida eterna. Ahora estamos convencidos de otra cosa, pero es la misma terquedad, tal vez en esta primavera del año 2020 sea una terquedad más sofisticada, más evolucionada, más saneada históricamente.

Saneada y aseada, así es la superstición actual. Como saneada y aseada fue en su día la religión católica. O incluso el politeísmo antiguo.

Creíamos que en la ciencia no cabía la superstición, pero la ciencia se construye con el lenguaje humano, y el lenguaje humano es superstición.

Hay que darle gracias al azar cuando te deja contemplar los grandes espectáculos de la historia: guerras, asesinatos, revoluciones, pandemias, magnicidios, holocaustos, y las creencias.

Siendo todo esencialmente falso, la carta de Francisco a Montserrat es sin embargo verdadera.

Todos tenemos miedo a perder la vida, pero yo tengo

un miedo aún peor: miedo a no saber si ya la he perdido, miedo al apagón absoluto de mi memoria, pero todos hemos de morir, esa fue la frase que me dijo don Pío aquella mañana en el tanatorio de la M-30. Los muertos pueden olvidarse de que han muerto y pensar que siguen vivos. A los cuarenta y siete millones de confinados españoles nos pasa un poco eso: creemos que seguimos vivos, pero la compleja maquinaria de afirmación de que estamos vivos es de carácter social y esa no funciona.

La pregunta que se abre paso entre las sombras es esta: ¿qué es estar vivo? Y otra pregunta más moral y más sencilla y más terrible: ¿qué fue de Pío y Charo? ¿Por qué no mantuve la relación si me quisieron y eran buena gente? ¿Por qué no fui a verlos? ¿Por qué no les quise si ellos me quisieron? ¿Por qué los recuerdo en este instante?

Las manos de Charo eran de dedos largos, eran hermosas, y se pintaba las uñas. Ahora entiendo mi modelo de manos: grandes, con dedos de pianista, y uñas anchas, en señal de nobleza, de legitimidad.

De legitimidad ¿de qué?

De la belleza, siempre de la belleza.

Nos hacen vivir sin belleza, y lloramos en los callejones.

Sin belleza, y bien alimentados, con buenos surtidos de antibióticos, con muchos médicos, con muchas escuelas públicas, pero sin belleza, sin un gramo de belleza en ninguna parte.

La mano de Charo en aquella época era bella.

73

Para sentirme vivo, lo único que se me ocurre es volver al súper e intentar hurtar algo de cierto fuste, porque eso crea tensión nerviosa, y en esa tensión regresa la vida. Seguro que no soy el único que roba. Me he vuelto un auténtico cleptómano. Imagino que la cleptomanía podría sumarse a mi enmudecimiento, mi ansiedad y mi amnesia. Estoy por llamar a mi neurólogo, que, por otra parte, seguro no me recuerda.

No estoy tomando la medicación que me prescribieron los médicos. Ni siquiera me traje las cajas de las pastillas de Madrid. Mejor, así es imposible que Altisidora las encuentre por casualidad en un cajón, en un armario, encima de la mesa, en el cuarto de baño. El medicamento más importante que me recetaron tenía como efectos secundarios dificultades en la erección, y otro producía casi imposibilidad de llegar al orgasmo. Cuando leí aquellos prospectos entendí que la Oscuridad había conseguido colarse en la prosa de las grandes farmacéuticas de este mundo. Ni siquiera me lo advirtió el neurólogo, pensó que no hacía falta, y eso ya me parece una falta de respeto ruin, como si ya no hubiera derechos eróticos en mi persona política.

Personas políticas con derecho a voto, pero sin derechos sexuales. Meteos el voto por donde os quepa y devolvedme mi erección, ese sería mi lema.

Así que la única forma de vengarme de todo es robar un par de naranjas, unas peras, unas manzanas, hurtos que tienen un sesgo clásico, parecen robos medievales, que armonizan con lo que se nos ha venido encima: la Edad Media.

Para sentir la Edad Media, para vivirla intensamente, solo nos falta robar fruta y patatas y carne en los supermercados.

Para sentirme vivo se me ocurre algo mejor: recordar cómo Altisidora y yo hicimos el amor, algo que me duele, algo que no quiero decirme a mí mismo. El sexo es conocimiento, pero es también fracaso. Quien quiso convertirlo en placer y en juego le arrancó de cuajo la cabeza y los miembros más preciosos. Es un túnel oscuro en donde al final está el grito de las bestias.

Eso es el sexo: conocimiento y derrumbe, holocausto y abominación, terror y luz, visión de árboles cabeza abajo —con la copa por raíces y las raíces por copa—, destitución, hambre, asco, poder, sombra, fecundación, alegría, insensatez, deterioro de las capacidades de la memoria, liturgia sin vestidos, lengua que no dice sílabas, salas de un castillo con hombres y mujeres que cuelgan ahorcados desde las lámparas.

No es placer.

No es un juego.

Es la cruz, el látigo, la ira y la esperanza.

Es de color verde.

No es rojo, sino verde.

Alguien lo dijo así, «verde que te quiero verde», eso es el sexo.

Pero al final la reina del sexo es la Oscuridad.

Los dos estábamos desnudos sobre la cama, cogidos de

la mano, pero los pensamientos de Altisidora eran los pensamientos de Altisidora, y mis pensamientos eran los míos.

No habíamos logrado la fusión absoluta.

Iban a perseverar nuestras soledades.

Si hubiéramos sido un matrimonio, nos habríamos puesto a hablar de las notas del colegio de nuestros hijos, o de si nos cambiábamos de coche, o de si comeríamos una paella el domingo.

Nos quedamos mudos.

74

Camino por los pasillos del súper con mi mascarilla puesta, y otros seres humanos, o mejor zombis, hacen lo mismo que yo. Solo que yo uso todos los días la misma mascarilla. No la renuevo. ¿Para qué? Si en lo más profundo de mi alma está escrito que el virus no puede atacarme, lo sé, no puede hacer nada contra mí.

¿A qué se debe esa certeza?

A que estoy enamorado, a eso se debe, porque estoy locamente enamorado de Altisidora. Es la mínima fe que me puede exigir el enamoramiento. Si esa mínima fe la tuvieran los líderes religiosos en sus creencias, Dios aún tendría una oportunidad, pero no la tiene. Yo sí tengo la oportunidad de que mi amor exista a través de esta fe en que no puedo ser contagiado, porque estoy enamorado de unas manos, unas manos que están por todos los sitios: manos que son nubes, manos que son sandías, manos que son árboles, manos que son palabras, manos que son aire, las manos de Altisidora, y no son las manos de mi Altisidora, porque Altisidora no es mía, ni tampoco es suya. Altisidora es un estado de belleza que no le pertenece a nadie, ni siquiera a la naturaleza.

¿A quién pertenece el sol, o el universo entero?

Tal es Altisidora, una permanencia, un estar allí sin dueño.

La gente coge arroz, pasta, azúcar, café, carne, pollo, mira que son tristes las bandejas de pollo. No nos vemos como lo que somos: devoradores de animales producidos en masa, devoradores de carne de pollo, que ya no es carne de pollo, sino patata.

Esos pollos que nos comemos no son reales, nunca fueron seres vivos, son como un engrudo de patatas y arroz y más patatas.

El final de la alimentación mundial será la conversión de todos los alimentos en un compuesto de patata.

Nos acercamos hacia la patata como único idioma comprensible, como el chino o el inglés. La patata y su transformación política en alimento (hay que añadir el azúcar) también son el cimiento de la realidad.

El azúcar es aún más barato que las patatas. Podríamos alimentar a millones con azúcar y patatas.

Por eso, y contra eso, voy rezando en los pasillos. Una salmodia: dame el amor para que olvide este mundo compuesto de patatas y azúcar. Y rezo esto: toqué su pierna, su labio estaba húmedo o me lo pareció a mí, se transformó su rostro, ¿la conversión de su rostro en otro rostro es lo que verdaderamente pasó?

¿Eso fue lo que ocurrió entre Altisidora y yo?

Los rostros se modifican: cambia la mirada, los pómulos se vuelven piedra y dejan de ser carne, la mente se petrifica también, los pensamientos se convierten en dolor.

Y vi su barco, el gran bajel que tiene allí, donde el vientre termina, un buque, una nave que surca océanos.

¿Quieres que me depile?

No lo sé.

Ojalá lo supiera.

No lo sabe, el loco de la belleza no lo sabe, dijo Altisidora.

No lo sé, quisiera las dos cosas a la vez.

75

Me paralizo, me regodeo, me obsesiono en pensar una y otra vez en cómo fue cuando nos cogimos la mano por primera vez, me vuelvo a preguntar quién dio el primer paso, fue Altisidora o fui yo, y fue ella, lo sé, pero me gusta recordarlo una y otra vez, porque creo que ese es el momento más importante, cuando uno de los dos decide coger la mano del otro, después de agotado cualquier tema circunstancial y anodino de conversación, y siendo este el momento más importante de la vida de una persona solemos olvidarlo, porque vivimos en un mundo en el que nos dicen que ese no es el momento más importante en la vida de una persona, te dicen que es otro momento, a saber: el momento en que consigues un empleo, el momento en que asciendes en tu trabajo, el momento en que te dan un premio, el momento en que te compras un piso, cosas así.

Iba mi mano con miedo al encuentro de la mano de ella. Sin embargo, fue ella. Sí, fue ella. Ella cogió mi mano. ¿Cómo comienza el amor? La gente lo olvida. Mi memoria falla. Pero no es justo que tenga que ser así, que sea uno solo el que emprenda el viaje de la mano hacia la otra mano. Debería ser un acto compartido al cincuenta por ciento, para que fuese más bello, para que no fuese contaminado por ninguna de las normas de las convenciones amorosas.

Ahora quisiera olvidar que fue ella, y pensar que fui yo.

Pensar que fuimos los dos.

Crear una matemática demente de las voluntades, de querer tocar al otro. Cuando te invade y te come el alma el deseo de tocar al otro, comienza el rito de la vida.

Cuando ese deseo coloniza tu alma, comienza el dolor.

76

Quisiera vivir la historia de amor más hermosa, y me ofusco, porque ya soy viejo, o yo me siento así. Acaso solo la juventud es el tiempo del amor. No puede ser así, tienen que existir las historias de amor cuando abrimos la puerta a la edad sexagenaria, sería una injusticia que no fuera así; sin embargo, todo son insultos ante el sexagenario enamorado, y la peor de las ofensas reside en pensar que los cincuentones o los sesentones están incapacitados para vivir amores heroicos.

Nos humillan.

Nos insultan.

Nos ven como restos de una fiesta.

Nadie creyó en el amor hacia Dulcinea del cincuentón don Quijote, salvo Cervantes, que era otro cincuentón y luego sexagenario cuando escribió la novela, porque el *Quijote* es una novela de amor a una mujer.

En casa sigo con ese libro, con el libro de Cervantes. Entra el sol mientras lo leo, ayer llovió y hoy regresa el buen tiempo. Cosas que le pasarían también a Cervantes: la inesperada alternancia del tiempo, como la alternancia de éxito y fracaso. El misterio del gran libro de Cervantes es que tuviera éxito, porque el éxito siempre es el gran misterio. De hecho, la vida es el éxito mayor. Y es un misterio. El universo también es un éxito.

Los mares, las montañas, también son éxito.

Hay páginas del *Quijote* que son casi soporíferas, ilegibles, abstrusas, sobre todo en la primera parte, en la dedicada a contar las historias de un montón de gente con nombres rimbombantes como un tal Cardenio, un tal don Fernando, una tal Luscinda, o la historia de Dorotea, o la del cautivo, como la del tonto de Anselmo, eso es, hay un montón de tontos pelmazos que cuentan su historia en la novela de Cervantes. Pienso que en el covid-19 debe de haber lo mismo: un montón de material genético o biológico que resulte aburrido e innecesario y fatuo y hueco, pero sin embargo el covid-19 es un éxito universal, exactamente igual que el *Quijote,* que fue y sigue siendo un éxito planetario, pese a tener partes incomprensibles y redundantes, como el virus.

Así que la historia del virus podría ser esta: «En un lugar de la China, de cuyo nombre no quiero acordarme, no ha mucho tiempo que vivía un virus de los de pandemia en hospital, letalidad antigua, corona flaca y neumonía corredora».

Éxito y vida son la misma cosa.

Mira que hay cosas bien absurdas en el éxito de la Tierra. Por ejemplo, los desiertos o los mosquitos. Más: las pepitas de la uva, las espinas de los peces, o la disfunción eréctil o la sequedad vaginal.

Todo es como en el *Quijote* de Cervantes.

Páginas infumables en un éxito absoluto, así es la vida. Días infumables en una tormenta de pasión.

El sexo también es eso: un reconcentrado de éxito.

El sexo es el éxito.

El éxito terrible.

El éxito del sexo recibe el sobrenombre de erotismo.

Como don Quijote tuvo el sobrenombre del Caballero de la Triste Figura.

77

No nos basta el presente. Altisidora me ha contado muchas cosas de su vida, pero no las veo, o las veo borrosas. El pasado es borroso. Necesito sentirlas en este abrazo inmenso que le doy y ella me da, que nos damos.

No la conocí de niña.

No la conocí de adolescente.

No la conocí de joven.

No la conocí en la treintena.

La conozco ahora, en la madurez, en el momento en que ella camina hacia los cincuenta años, que es la edad desde la que el pasado nos habla como si fuese un padre o una madre, o un dios.

Desparrama Altisidora sus cerca de cincuenta años como lluvia oscura que cae sobre su cuerpo y comprendo que, solo con verla, yo alcanzo la plenitud y el consuelo. La belleza de Altisidora quita el egoísmo del mundo.

Pero tiene cuarenta y cinco y no cincuenta.

Pero tal vez me haya mentido, tal vez tenga cuarenta y ocho.

O cuarenta y siete.

Esa precisión es tan necesaria.

Porque yo puedo estar presente en ese tránsito: verla

caminar desde los cuarenta y cinco hasta los cincuenta, y eso puede ser suficiente.

Su piel es oscura, y oscuro su pelo, y oscuros sus ojos, y en esa oscuridad vive su alma, que no es oscura ni luminosa, es solo su alma, que vaga ante mí sin color y sin forma.

Sus piernas contienen la maceración de huesos y sangre; sus piernas han caminado mucho antes de que yo las contemplara y las tocara; sus piernas están más allá de la belleza física, están en un lugar donde la edad es un ornamento divino.

Su melena negra y larga promete un viaje al final de la vida.

Esa melena es alegría, guarda una relación simbólica con el mar, con las olas, con el mundo líquido. Así es su pelo: algo que se expande, sin saber por qué.

Sus labios son barcos, por tanto también son alegría. Barcos que zarpan hacia mí, barcos que ven en mí puerto y playa y tierra deseada.

Su boca es un palacio de la madurez.

Su maternidad es un misterio.

Su hijo Marc es mi adversario.

Respeto su sexo, y ella respeta el mío. Pero qué significa eso. No lo sabemos. Un cierto pudor nos ayuda, nos auxilia, nos protege.

Cásate conmigo, esas dos palabras que no pronuncio pero que pienso. ¿Por qué las pienso? Son dos palabras casi ridículas ahora, pero son las dos únicas palabras que nos ayudan a convertir el sexo en una fortaleza humana, a convertir los escurridizos peces en una montaña sólida sobre el mar.

Imagino que la llamo por teléfono.

Yo digo: Te amo, quiero que te cases conmigo.

Y ella dice: Un amor para siempre, ¿eso me estás pidiendo?

Yo digo: Sí.

Ella dice: Me casaré contigo.

Pero no me atrevo, porque no sería así, porque temo que su respuesta fuera «antes hay que hablar de mi hijo, hay que hablar de muchas cosas, cómo vamos a vivir, dónde, quién eres tú en realidad, y quién soy yo para ti».

78

No hacemos el amor en público, dice Altisidora, una vez que nuestro abrazo ha terminado.

No somos capaces de hacer eso.

Ahora se ha sentado medio desnuda sobre la cama, y prosigue: Incluso aquí, en esta apartada casa, corres las cortinas cuando nos desnudamos, es verdad que lo haces con ternura, te he visto casi acariciar las cortinas, lentamente, por si alguien pasara y nos viera, y sabes, me gustaría que me dijeras de qué nos ocultamos, qué demonios hay en el acto del amor que obliga a escondernos; lo hacemos sin pensar, de manera automática, pero lo hacemos, y puede que esto sea lo que más nos une a nuestros antepasados, a nuestros padres, pero también a nuestros abuelos, y a nuestros bisabuelos, a nuestros tatarabuelos. No nos importa comer en público, fíjate qué gran invento fueron y son los restaurantes, vamos al cine todos juntos, o al teatro, y los ricos van a la ópera, pero fornicamos a escondidas, ¿qué significa eso? ¿Significa que hay fealdad en la fornicación? ¿Por qué hacemos el amor en cuartos cerrados con persianas echadas? Algo tiene que significar, y me temo que no es bueno. Ya la palabra fornicar es en sí misma ridícula.

Significa que el acto del amor es un acto de desnudez

moral, le digo con un tono presuntuoso que al instante me recrimino, me lo recrimino porque esas palabras que acabo de decir más que presuntuosas son pedantes.

Nos asusta que los demás puedan escucharnos, afirma Altisidora con gesto sombrío, o ver cómo cambian nuestras caras cuando hacemos el amor, eso será, imagino que más en las mujeres, como siempre. Porque la metamorfosis del rostro del varón en el coito es saludable, poderosa, mientras que la de la mujer es una muestra de vulnerabilidad y de sometimiento o incluso de humillación aceptada.

No sigas, le digo a Altisidora, lo que dices me entristece.

A mí también.

¿Quieres que lo hagamos en el bosque?

Sí, me contesta, por lo menos que nos miren las estrellas.

Y los árboles, que nos miren los árboles, digo yo.

79

Recuerdo una madrugada de mayo de 1981. Serían las cuatro, no me podía dormir, tenía un examen importante y me atemorizaba; llevaba media hora dando vueltas en la cama, pues había estado estudiando hasta las tres y media.

Sentí terror.

Terror a fracasar, a suspender esa asignatura, a no lograr nada en la vida, a morir.

Bajé a la habitación de Rafael.

Como de costumbre, se colaba un haz de luz en el marco de la puerta. Ese haz de luz me causaba siempre una impresión de esperanza.

Rafael estaba disponible.

Llamé con cierta prevención, no quería molestar.

Pasa, dijo Rafael.

Te estaba esperando, aclaró nada más verme.

Yo sentí un poco de incomodidad ante el hecho de que adivinara mi llegada.

Mañana tienes un examen complicado y tienes miedo, continuó Rafael, pero no debes temer a un examen. Te voy a decir una cosa: yo sé verte como lo que eres en realidad, y no debes asustarte, todos los seres humanos somos algo, lo que sea, pero algo, y lo único importante es que lo que seamos no dañe a nadie.

Y tú no dañarás a nadie nunca.

Debes recordar eso siempre.

No te entiendo, Rafael, le dije yo mientras me encendía un Fortuna.

Solo quiero que no lo pases mal, porque la única razón para sentirte mal en la vida es si le haces daño a alguien, y tú no le has hecho daño a nadie. Me oyes: no le has hecho daño a nadie. Debes sentirte tranquilo, nadie sufre por tu culpa. Has podido tener alguna discusión con tu madre, o alguna bronca con algún amigo, pero nada más, tú ahora no sabes ver esto que te digo. No eres culpable de nada, y si tu padre se fue pronto de este mundo, tú no tienes nada que ver con eso. La muerte de tu padre ocurrió cuando tú solo eras un niño. No te concierne esa muerte. Solo te concierne tener un gran recuerdo de tu padre, eso sí te concierne. Y quererlo aunque no lo recuerdes. Estás libre de culpa. Y tu madre te tiene a ti, no lo olvides.

Me quedé en silencio, porque me daba apuro preguntarle una cosa, pero él la adivinó.

Yo le hice daño a mi novia, sí, y también a mí mismo, porque ese es el misterio del daño, que su onda expansiva alcanza tu cuerpo. Hacemos daño casi siempre por vanidad, y porque la vida consiste en dañar a otros, puede que a veces el daño sea incluso amor; irrumpimos en la vida de los otros, como los otros irrumpen en nuestras vidas, lleva ocurriendo de este modo desde siempre, desde que existe el *Homo sapiens,* es una colisión, una fricción eléctrica y telúrica entre tu identidad y la identidad de los demás, casi como una guerra.

Rafael, le pregunté, ¿puedes ver el futuro?

Sí, puedo.

¿Qué hay allí, en el futuro?

Tu ausencia, dijo, y también la mía. En el futuro no estamos, no podemos comprenderlo, pero el futuro no nos ama, no nos quiere. Salen otras personas en el futuro, no somos nosotros, pero se comportan como nosotros, les pasa lo mismo, es más sofisticado todo, pero mueren como nosotros y buscan en los demás la salida de sí mismos, como hacemos nosotros.

Esta noche solo nos tenemos el uno al otro, en esta amistad titubeante que tenemos tú y yo, frente a tantos abismos. Y ahora vete a dormir, mañana tienes un examen. Ve con ilusión al examen. Con toda la ilusión del mundo. Y también con toda la inocencia, pues eres inocente.

Eso me dijo Rafael, que era inocente.

Clemente e inocente. Si mueres así, si mueres clemente, inocente y enamorado, a nada debes temer.

80

Me despierto evocando el cuerpo desnudo de Altisidora. Su cuerpo ha comenzado a envejecer, los músculos pierden tersura, la piel da cobijo al cansancio de ser piel, de ser frontera, límite, los ojos miran con intensidad desdibujada; el olor del cuerpo exhala átomos de sustancias muertas; el cabello viene al mundo con colores blanquecinos que hay que teñir; el alma de Altisidora se cansa de ser alma.

Estos pensamientos son nuevos y me han entristecido. He pensado en el envejecimiento de Altisidora.

Lo he visto.

Me he asustado muchísimo.

Aunque sé que Altisidora será la anciana más hermosa que cabe imaginar.

Me quedo en la cama oyendo los ruidos del sol, porque ya estamos a mitad del mes de mayo y el sol es más fogoso y hace que la madera de mi casa cruja con el recién estrenado calor.

Ya sé por qué los ancianos perseveran en la vida. Es por la belleza. Porque el mundo es bello en sí mismo. En la ancianidad se descubre eso. Ya no hay ruido. Ya no está pasando nada. Solo pasan las horas, una detrás de otra.

Hoy es domingo y Altisidora va a venir a comer.

Comeremos juntos a las dos de la tarde.

Las dos de la tarde, la hora absoluta.

Robé ayer un vino excelente, un tempranillo de Ribera del Duero de 11 euros. Mis robos tienen el límite de los vinos que no están en vitrina cerrada. Aunque ahora que lo pienso, para mi estrategia, tampoco pasaría nada por que pidiera que un empleado me abriera una de las estanterías en donde están los vinos y los licores caros y me llevara ese merlot de Enate marcado en 25 euros y me llevara un whisky Glenrothes de diez años por 37 euros, y luego a la hora de pagarlo, lo metiera en mi bolsa de tela. Podría pagar el Enate y robar el Glenrothes.

Tomo café y pongo la tele.

El virus sigue dominando el fracaso de todos los Gobiernos de la Tierra, salvo el de China. Hay países de excelente gestión como Holanda, Portugal, Alemania, Nueva Zelanda o Corea del Sur, otra vez el virus mezclado con un Mundial de fútbol.

El fútbol vuelve a dominar la realidad, hay un Mundial de fútbol ahí fuera, en donde los equipos en vez de meter goles, meten muertos.

Un montón de Narcisos españoles e internacionales dan delirantes ruedas de prensa.

Titubean.

Sudan.

El enemigo de España, desde el siglo XVIII, siempre ha sido el mismo: el subdesarrollo. Hermana del subdesarrollo es la miseria. Y prima hermana de la miseria es el fanatismo redentor. En la España actual, las clases medias tienen que elegir quién quieren que las empobrezca, si la izquierda o la derecha. Te dan la posibilidad de elegir a tu asesino. Tu responsabilidad ahora es elegir, y te dicen que seas muy responsable, que tu responsabilidad es maravillosa.

En realidad, yo veo todas estas noticias del virus para encontrar una distracción que aparte mi pensamiento del cuerpo y el alma de Altisidora, que son mi obsesión. Nunca pensé que el virus y su gestión política me fueran de utilidad como bálsamo del erotismo.

No sé cómo llamar a la pasión amorosa.

Qué puede importarme a mí el virus, los ministros, el Gobierno, España y el mundo entero si tengo un amor.

Quien tiene un amor no necesita al mundo.

Para quien tiene un amor la opinión de los demás no existe.

Los grandes terroristas son los enamorados, porque son terroristas y pacifistas al mismo tiempo. No matan a nadie, pero no creen en ninguna forma de gobierno ni de pacto social.

Tendría que pedir perdón a toda la humanidad, casi me siento culpable, porque mientras España y el mundo entero conocían la desolación de una pandemia, yo me enamoré de una mujer, una mujer que me fue regalada gracias al virus.

El virus trajo el amor a mi vida.

Porque de no haber existido el virus, Altisidora hubiera tenido más donde elegir, y habría elegido a otro hombre, un hombre mejor, más joven, más guapo, más alto, más fuerte, más tierno, más inteligente, más dueño de todo lo que existe.

Pero ¿más enamorado que yo?

81

Ya nos habíamos olvidado del horror, desde 1945.

Y el horror ha vuelto.

El horror necesita fechas y catástrofes.

El amor, en cambio, carece de cronologías.

Después del virus vendrá otra cosa, un meteorito que caiga del espacio, algo que genere memoria y permita que se sigan escribiendo libros de historia que se estudiarán en las escuelas.

La pantalla de la televisión se inunda de Narcisos.

El Narciso de España se acerca a la psicopatía, al cinismo y al sadismo, el de Estados Unidos también.

Un mar de Narcisos.

Narcisos con mascarillas.

Sádicos Narcisos.

Lo primero que debe hacer un ser humano es huir de los Narcisos que salen en la televisión.

Huir de la obediencia.

La obediencia política es la gran enemiga del erotismo.

Narcisos bien vestidos, con trajes y corbatas, bien afeitados, con ropa interior impoluta.

¿Quién lava y plancha la ropa interior del Narciso de España?

Los de siempre.

Huyamos de él.

Los grandes enemigos del erotismo, del acto de hacer el amor son ellos, son los Narcisos del mundo entero, esos ególatras onanistas, que renuncian en público al amor humano, y se esmeran y se esfuerzan en robarnos la única patria que tiene un ser humano: la patria atávica y biológica del erotismo.

Esa es nuestra patria.

Y contra ella luchan todos los Narcisos.

El amor humano no tiene conciencia política.

Mi enamoramiento de Montserrat y su conversión en Altisidora es un acto de ateísmo profundo, un reconcentrado de individualismo feroz que se aleja a la velocidad de la luz de cualquier forma política de comprensión de la vida.

«Libertad no conozco sino la libertad de estar preso en alguien cuyo nombre no puedo oír sin escalofrío, alguien por quien me olvido de esta existencia mezquina», escribió el poeta español Luis Cernuda, y esa es la única libertad que cuenta.

Narciso, tú eres la existencia mezquina.

Narciso, enemigo del amor humano.

El enemigo del sexo es el narcisismo.

Por tanto, enemigo también de la vida y de la libertad.

82

Voy al súper y compro espaguetis y una salsa al pesto ya preparada, y luego le pido a un dependiente que me abra la vitrina de los vinos y licores caros. Me llevo el tinto de Viñas del Vero y el whisky Glenrothes.

Aparece un inconveniente.

Las dos botellas llevan caja, me dice el dependiente. Espere que se las busco.

Le digo que da igual.

Insiste.

Las encuentra.

Maldita sea.

Claro, esto tiene que ir con su caja, razona.

Así que meto las dos cajas en el carro y veo cómo el dependiente se aleja. Luego meto 5 kilos de naranjas, para que hagan bulto. No veo al dependiente que me ha atendido por ningún sitio, eso me anima. Meto una caja de leche en el carro. Queso rallado. Un helado de postre, un buen helado, dos cajas de Häagen-Dazs. Y me voy a la cola. Sigo sin ver al empleado. Y entonces, y con poco disimulo, veo el tamaño de las dos botellas y de las dos cajas, y elijo meter en la bolsa el Glenrothes. Es una bolsa enorme. La operación la realizo limpiamente. Ahora pienso que tal vez la caja tan mona del whisky lleve algún dispositivo electrónico que me delate al pasar los paneles de control electromagnético. Me pongo muy nervioso. Para colmo reaparece el dependiente que me ha atendido, pero no estoy seguro de que sea él, pues las mascarillas nos convierten a todos en seres anónimos.

Veo mi compra deslizarse por la cinta, y yo paso con el carro y la botella de Glenrothes dentro de la bolsa. Creo que la mascarilla hace que me envalentone. Y enseguida meto las naranjas encima de la caja con el whisky y en cuanto la malla con las naranjas esconde la caja sé que ya lo he conseguido.

83

Cuando Altisidora llega, le doy un beso en la boca. Me dice que estoy de buen humor. Le digo que tenemos un excelente menú de vino y whisky. Comemos los espaguetis con el vino y la conversación se atropella. Comprendo que no existe ninguna razón para que Altisidora esté contenta, sino todo lo contrario, pero el efecto del buen vino sosiega su alma.

Bebe más que yo, y su mirada es oscura, se agrieta, se humaniza.

Abro la botella de Glenrothes con ceremonia. Altisidora celebra el excelente whisky. Le digo que lo he comprado en su honor, para agasajarla. Me siento mal según lo digo, pues no he comprado nada, lo que significa que le acabo de mentir. Me siento a punto de confesar, pero no lo hago.

Entonces, ella dice esto: Me gustaría ver el tique de compra del Glenrothes, pero ya lo dejamos para luego. Cualquier día de estos tendré que pagarte la fianza, dice. Y se ríe.

Me estás convirtiendo en tu cómplice, remata.

Sí, es verdad, me estoy convirtiendo en un ladrón de supermercados, me digo a mí mismo, son mis gestas de caballero andante, no son grandes batallas, pero algo es algo, con esto lucho contra todos los poderes de la Tierra y ofrezco mis victorias a Altisidora. Robo en los supermercados porque me niego a obedecer.

Coloco hielos en dos copas grandes y vierto el licor. Y digo esto: Querida Montserrat, quiero decir, Altisidora, tenemos este whisky maravilloso, y este día de mayo, y estamos vivos, y nos hemos encontrado y nos hacemos compañía, creo que tenemos motivos para que ya nazca la confianza entre nosotros, no sé, que seamos algo que tenga sentido y futuro.

Y Altisidora bebe y se dibuja una sonrisa en su rostro, que da por bueno todo.

Se sirve más whisky.

¿Aún titubeas y me llamas Montserrat? Me gusta Altisidora, me sienta bien, hace que me convierta en otra persona, aunque da miedo ser otra, casi es mejor ser la misma con mucho dolor a cuestas que ser otra a ciegas.

Y entonces Altisidora oscurece su rostro, añade en sus ojos un gesto de profunda desolación, habla y dice esto: Me ha llamado mi hermano, mi madre ha muerto esta noche. La incineran mañana. No hay ceremonia. No hay nada. Me ha dicho que no hace falta que vaya. Su única obsesión era que no se me ocurriese ir al entierro, o al sucedáneo de entierro.

Se produce un silencio amargo.

No entiendo esta rara capacidad para decirme las cosas a bocajarro, con una brusquedad ancestral, una brusquedad atávica, hija de la Oscuridad.

Sin previo aviso, me suelta noticias salvajes, pero he de confesar que dotan a la manera de ser de Altisidora de una imprevisibilidad que acaba convertida en asombro. En fuerza. En una fuerza primitiva. Esa fuerza no excluye el dolor. Simplemente es una fuerza que practica la tauromaquia con el dolor.

A Altisidora le cae una lágrima por la mejilla, es una lágrima sola, no va acompañada de otras, una lágrima solitaria, como si la muerte de su madre no diera para más, como si esa muerte fuese infértil, no cosechara más seres líquidos, más lágrimas. Una solitaria lágrima, casi forjada sin convencimiento alguno, solo desde un automatismo corporal.

En vez de darle el pésame, le digo esto: Tienes derecho a ir. Si no vas, tu hermano gana, ¿entiendes? No sé si tu hermano o el caos, pero gana lo peor. Tienes que ir. Te da tiempo. Duerme un rato y sal temprano. Puedo acompañarte si quieres. ¿Sabes dónde es y a qué hora?

Tendría que llamarle y preguntarle.

Llámalo.

No puedo.

Veo cómo la mano de Altisidora coge la botella del Glenrothes robado y vierte una buena cantidad sobre su vaso y contemplo entonces una vaga armonía de falsedades de la vida, que se resuelven en una belleza sin ninguna trascendencia, una belleza rudimentaria y pasajera. Un whisky robado en la boca de una mujer a quien la vida le robó a su madre.

Me viene a la memoria el momento en que robé el Glenrothes de 37 euros, porque el virus ha hecho que todo el mundo sea más amable en las tiendas. La gente da los buenos días con solvencia. El «que tenga un buen día» se ha hecho moneda común, «que tenga una buena mañana», «que tenga una buena tarde», «muchísimas gracias».

Vuelvo a mirar a Altisidora.

Su madre ha muerto.

¿Estás muy triste?, le pregunto. No sabes cuánto lo siento, vuelvo a insistir.

Sí, estoy muy triste y muy jodida, contesta, pero hay algo misterioso que no sé describir.

Recuerdo un pasaje de la novela de Cervantes que dice «encaminar las almas al cielo».

Y eso le digo a Altisidora.

Lo asombroso es que las almas se están encaminando al cielo.

Entonces me besa.

Nos besamos y nos acariciamos la cara con ternura, con mucho anhelo de ternura, porque a la edad que tenemos Altisidora y yo, la ternura sin palabras es el mayor bálsamo.

84

Después de los besos, ya tumbados en la cama, Altisidora dice: Me siento culpable y a la vez enfadada, y a la vez asustada. Coño, era mi madre. Se marcha un trozo de mi vida, y yo estoy aquí contigo, un adorable extraño, no sé nada de mi hijo Marc, debería llamarle para decirle que su abuela ha muerto. O al menos decírselo a mi exmarido para que intentara decírselo a Marc con delicadeza. Debería suicidarme. Debería arrancarme los pelos de la cabeza. Debería beber hasta morir.

Mi exmarido y mi madre solo se vieron una vez. Estoy pensando todo el rato en esa sola vez que se vieron. Fue en Madrid, en uno de esos restaurantes con pizarras verdes en la puerta, donde aparecen escritos con tiza los menús del día, por Ronda de Atocha. Comimos juntos mi madre, mi hermano y su mujer, mi exmarido y yo. Era un menú del día, de 12 euros, había paella, y el vino era infumable. Yo pedí paella, y cuando me la trajo el camarero y la probé, me di cuenta de que estaba completamente sola en la vida, fue como una corriente de aire helado, como si el sabor de la paella hubiera abierto una puerta secreta. Como la idea era que mi madre conociese a mi marido, pagué yo la comida. La comida de todos. Desde entonces asocio la paella a la desolación, a la soledad, a mi soledad, cuando la soledad es lo mismo que la palabra fracaso. Vi el rostro de mi marido, vi el de mi madre, y al instante supe que aquello no iba a funcionar. Más culpa tuvo mi marido, o mejor aún: mi madre notó que ese hombre no quería ser mi marido. Las madres lo saben todo. Un hombre tiene que querer ser el marido de una mujer, y una mujer simplemente acomoda esa voluntad en su corazón, y acepta esa voluntad. Y mi marido no quería ser mi marido. O lo quiso ser solo un rato, o lo quiso ser de la manera más pasajera, insustancial y volátil posible. Creo que al pagar la cuenta de esa comida, todos sintieron lástima de mí, pensaron que ese intento por crear una familia no merecía ni una inversión de un euro. Yo misma me podría haber comprado un abrigo o unos zapatos nuevos con lo que me costó la comida y habría sido un gasto mucho más acertado, y mi madre me hubiera visto más guapa e incluso mi matrimonio habría podido durar más, al encontrarme más deseable mi marido.

Te juro que no exagero.

Me parece que mi madre no me quiso mucho, que a quien quiso fue a mi hermano. Yo a ella sí la quería, la quería muchísimo, me da igual que ella me diera por perdida, porque si me dio por perdida, me imagino que su dolor fue enorme. Lo vi todo en aquella comida donde estaba toda mi familia reunida delante de una paella, y la paella me reveló que toda mi familia eran media docena de extraños, de quienes al final de los tiempos no quedaría nada.

No hagas nunca paella, por favor, concluye Altisidora, y me besa, y empieza a meter su mano en mis pantalones. Normalmente no hace eso. Y me besa con negación de sí misma. Aquí hay un reino, me digo a mí mismo. Este es el reino de la salud.

El sexo es el lugar en donde toda pedantería queda desenmascarada y ridiculizada y exterminada.

El sexo es la materialización de la salud, el espejo de la salud.

Altisidora, Altisidora, Altisidora, tres veces la nombro en voz alta, pero ella no me oye, está tomando mi carne, hundiendo con avaricia sus manos en mi hígado, en mis pulmones, en mi corazón.

Llega con la lengua a mis ojos y a mis oídos, y va destruyendo mis fronteras, van cayendo las aduanas, las fortificaciones, las trincheras, y de repente me veo a mí mismo. Es el sexo, eso es.

Me estoy viendo.

Veo un hombre que levanta el sol con sus manos de tierra.

Veo mis manos en llamas.

Yo sí hubiera deseado ser su marido, hubiera hecho esa proclamación al mundo, por eso la vida es absurda.

85

Todo lo que vemos está en proceso de dejar de verse. Se dejan de ver unas cosas y aparecen otras cuyo cometido final es desaparecer. Hoy, 18 de mayo de 2020, la entropía ha comenzado a corromper el corazón del virus. Se vislumbra su final. Igual que los seres humanos nos gastamos, los virus también se gastan.

Y mi amor hacia Altisidora también es entropía.

He cogido mi coche y me he ido a la Gran Vía madrileña, he tardado unos cuarenta y cinco minutos. He aparcado en un parking, no he tenido que descender muy hondo, el parking estaba vacío, y eso me ha dado una sensación de felicidad, he podido elegir la plaza de aparcamiento, como si el mundo entero fuese mío, como si fuese un potentado, y luego me he dirigido a una librería, porque hoy ya se puede ir a las librerías. Nadie me ha parado. Ningún policía me ha preguntado.

La policía, ay, la policía; a lo mejor también la policía es una ilusión, porque llevo mucho tiempo sin ver policías. No, no es una ilusión: la policía es el mayor grado de veracidad que puede alcanzar un sistema político, cualquier sistema político. Es más, política y policía son como marido y mujer. Son un matrimonio, con luna de miel incluida.

Camino por fin por la plaza de Callao, y hay gente que pasa con sus mascarillas en la cara, como si fuésemos todos bandidos salidos de un wéstern de serie B.

Pero me alegra pasear, y canto, canto por dentro.

Si en vez de mascarillas fuesen máscaras lo que oculta nuestros rostros, si convirtiéramos esta pesadilla en una alegre fiesta de disfraces, regresaría la libertad y los Narcisos no tendrían poder sobre nosotros, no tendrían poder sobre las pasiones humanas.

Canto porque estoy enamorado y porque por fin, si todo esto termina, podré enseñarle al mundo mi amor.

Los enamorados sienten una poderosa necesidad de que el mundo contemple su amor, de comunicar al mundo entero que están enamorados. Pero eso en una pandemia es imposible.

El enamoramiento alcanza su cénit cuando se socializa.

La única posible belleza del matrimonio reside en hacer pública una pasión. Señores y señoras de este mundo: les comunico a ustedes una pasión.

Entro en una librería.

Como yo estoy enamorado, como llevo a Altisidora en mi corazón, no me afecta la tristeza ambiental. Las mascarillas me vienen bien para robar en los supermercados, pero en una librería no.

Esto es el templo del saber, no estaría bien robar en esta iglesia laica.

Miro libros y llevo mis guantes azules por si toco alguno.

Veo una edición de la novela de Cervantes distinta a la que tengo. La letra es más grande. Leo un poco, una página al azar, y parece otro libro. Las tapas son más grandes. Las páginas, más agradables.

La compro.

Me pongo gel desinfectante antes de pagar y después de pagar.

Regreso al parking, salgo a la Gran Vía, subo por la calle Princesa, me acerco a Moncloa lentamente, me gusta ir a 30 kilómetros por hora, puedes ver Madrid mejor; enfilo hacia la M-30 y me voy por la carretera de Castilla y luego, después de unas cuantas circunvalaciones, que son de una fealdad desgarrada y amarilla, ya cojo la carretera a Sotopeña.

En la radio del coche suena «My Baby Just Cares For Me» en la voz de Nina Simone. Parece una canción de la Edad de Oro, una canción remota, una canción de cuando el mundo era el gran lugar de la vida, la risa, el amor y el placer.

Tengo ganas de llegar a casa, es como si regresara de una guerra.

Por fin aparco delante de mi cabaña, de mi hermosa casa del bosque, y quito las llaves del contacto.

Entro en casa.

Dejo la novela de Cervantes al lado de la novela de Cervantes. Ya tengo dos ejemplares de la misma novela y sin embargo son distintos, puede que las letras y la ordenación de las letras sean las mismas, pero a mí me parecen dos libros diferentes.

Me asalta la idea de comprar otra edición de la novela de Cervantes, y así tener tres, o cuatro, o cien ediciones, que darían lugar a libros distintos, a pesar de que fuesen el mismo.

La entropía también afectó a la novela de Cervantes, y ese descubrimiento me pone melancólico, pues hay pasajes del libro que resultan casi incomprensibles, en donde la entropía ha hecho verdaderos destrozos. Hay veces que la gramática con que están unidas las frases y las ideas me resulta mareante. Las palabras de la novela de Cervantes son como tornillos gastados. Me angustia esa sintaxis cervantina. La entropía es un virus que entra en las palabras y las convierte en vocales y consonantes sepulcrales.

Una sensación de moho y de humedad hay en la novela de Cervantes. Solo cuando habla don Quijote el moho es menos intenso. No es don Quijote quien habla, sino Cervantes. Cervantes, como Rafael Puig, era esotérico. A ambos les gustaba la clarividencia y el más allá de la muerte.

86

Yo creo que Cervantes, que sabía que se estaba muriendo o que se iba a morir, se inventó a don Quijote para que este hablara por él una vez que el propio Cervantes abandonara el mundo.

A veces tampoco se entiende lo que dice don Quijote.

Los libros que ha leído don Quijote, es decir, Cervantes, no existen en Amazon. He intentado comprar alguno y es imposible. Eso también me asombra. Todas esas novelas de caballerías que aparecen constantemente citadas en la novela de Cervantes es imposible comprarlas en ninguna librería, a no ser que recurras a las librerías de viejo. La única que es más o menos fácil de conseguir es una que se llama *Amadís de Gaula,* y que no pienso leer ni por todo el oro del mundo. La entropía de esas novelas es infinitamente más poderosa que la entropía de la novela de Cervantes.

Veo la entropía caminar desnuda por la tierra.

Creo que la entropía es una de las formas más portentosas de la Oscuridad.

Pongo la televisión y sale el presidente del Gobierno de España, o sea, Narciso, y en su cara brilla el virus de la entropía, pues tarde o temprano perderá unas elecciones y vendrá otro que abominará de él.

Me gustaría ponerle un castigo a Narciso.

Y sería este: condenarlo a leerse todas las novelas de caballerías que aparecen citadas en la novela de Cervantes, empezando por el *Amadís de Gaula,* que parece la mejor; si no la mejor, la más famosa; y así lo animábamos un poco a convertirse en un caballero andante, que es lo mejor que se puede ser en este mundo.

87

Cuenta la televisión ahora la historia de un anciano nonagenario que murió con un *smartphone* en la mano mientras hablaba con sus dos nietos. Ha ocurrido hace unas horas. El anciano se llamaba Conrado López, lo acaba de decir la televisión. Cuentan su vida: era agricultor y ganadero, tenía una granja de pollos en un pueblo de Sevilla. Me imagino la vida de Conrado. Una vida llena de esperanza hace sesenta años. Veo el día que le concedieron un crédito para la granja de pollos.

Conrado era viudo.

Tenía una hija, que tuvo dos hijos, sus nietos.

Habla un nieto.

Dice que su abuelo ha muerto solo, sin ellos, su familia, que le han tratado mal, que no entiende nada, que se siente impotente, que no quiere ni pensar en cómo han sido las últimas horas de su abuelo, en lo solo que se ha debido de sentir, que fue un hombre bueno, que no se merecía esto, que quién es el responsable de este sufrimiento sin sentido.

El nieto de Conrado rompe a llorar delante de las cámaras.

Ahora dice la televisión que han decretado el uso obligatorio de las mascarillas, que en última instancia supone la victoria de todas aquellas religiones que detestan el rostro humano, que odian el erotismo consustancial a la vida en la Tierra. Y ha llegado el calor, que inunda España entera, convertida en un amasijo de bronca política, manifestaciones callejeras, caceroladas contra el Gobierno, mascarillas tiradas en las aceras, como si fuesen pequeños arbustos de capitanas en las carreteras desérticas.

Y el telediario sigue a toda pastilla.

Lo más interesante continúa siendo la falta de heroicidad política.

No hay héroes.

Solo están los Narcisos, la vacuidad global en estado puro.

A nuestro Narciso le da igual el virus porque también está enamorado, pero de sí mismo. Los enamorados no vemos el virus. Yo estoy enamorado de Altisidora. Narciso lo está de sí mismo.

¿Ama Narciso a su mujer como yo amo a Altisidora?

Las mujeres de los Narcisos son «esposas de», no son amantes. Son colaboradoras, secretarias, asesoras, cómplices, copresidentas, compañeras de fotografía y de actos públicos.

No hay pasión.

Por tanto, no hay belleza.

Pero siento una enorme pena por Conrado López, y no sé cómo podría ayudarle desde aquí, desde esta casa del bosque, porque querría estar con él y su familia, querría decirle que no se sienta solo, que por favor no sufra, imagino que fue entonces cuando se inventaron las oraciones y los rezos, para depositar en el viento palabras de consuelo, palabras que el viento lleve a los destinatarios, a los que sufren.

Apunto su nombre en un papel al lado del ordenador:

Conrado López, belleza absoluta. Luego cojo el papel y lo meto dentro de la novela de Cervantes, al azar. Como si la novela de Cervantes fuese un cementerio y el papel en donde va el nombre de Conrado un pequeño féretro blanco.

88

Cojo el coche y me voy al súper. Ya ni sé cuánto hace que no paso por la tienda de Altisidora. Creo que no me gusta verla detrás del mostrador, porque entonces se convierte en Montserrat, la tendera que es amiga de la policía municipal, se convierte en Aldonza Lorenzo y se me rompe el corazón. Aunque cuando la veo en su vida de Aldonza Lorenzo me invade la ternura.

Esta vez voy a El Corte Inglés. Hay mejor ambiente en este súper, hay cosas más elegidas, eso lo notas enseguida. La bien surtida pescadería exhibe poder. Hay un montón de pescateros sirviendo a la gente. Me quedo mirando los peces. Son de verdad. Siempre tengo la sensación de que los peces que nos comemos son de mentira o están hechos de patata y harina de trigo. Huele a pescado de verdad.

No compro nada porque el olor a pescado es una amenaza, no sé de qué tipo, pero es una amenaza. Una amenaza de putrefacción de aquí a veinticuatro horas, una putrefacción bíblica.

El olor a pescado, cuando toca la piel humana, es imborrable durante un rato largo. Por mucho jabón que te pongas, el olor a pescado permanece. Los pescateros lo saben, por eso usan guantes gruesos, de profesional.

Es como si los peces quisieran dejar huella de su muerte, de su martirio horrendo en la piel de sus verdugos.

Exacto.

Así es.

Me paro en la verdulería.

Es increíble la cantidad de fruta que veo. Igual que a España no le gana nadie en número de muertos por el covid-19, tampoco le gana nadie en fruta: melones, sandías, melocotones, uva, plátanos de Canarias, piña, pomelos, albaricoques, naranjas, manzanas, peras, mandarinas, hay hasta higos, carísimos.

Los higos son fruta esotérica, comunica con el pasado, con gente que comió esa fruta hace décadas, es un fruto que gusta a la Oscuridad.

Hago una compra estrafalaria que llama muchísimo la atención. Me compro una pieza de cada cosa, excepto del melón y la sandía y la piña y la uva.

Me encamino a la sección de perfumería. Necesito regalarle algo a mi Altisidora, pero tiene que ser un trofeo conquistado, no comprado. Un regalo que proceda de un combate. Hay poca gente. Pocas dependientas. La oferta de perfumes y colonias es inacabable. Paseo por los pasillos hasta que me doy cuenta de que debo elegir un clásico, pues clásica es mi manera de ver el amor y la vida, y me río para mis adentros.

Soy un clásico.

Soy un antiguo.

Meto en el bolsillo de mi abrigo una caja de Chanel n.º 5 con una frialdad demoniaca y me voy con mi trofeo. Lleva una pequeña pestaña electrónica. Sé que va a pitar cuando pase los dos paneles de control antirrobo. Me da igual. Pero en el último momento tiemblo, me da miedo ser detenido.

Por fin me pedirán el DNI.

Por fin puedo acabar en una comisaría.

Por fin mi amor por Altisidora me llevará a la cárcel.

Es una prueba de amor.

Doy un paso al frente.

Y salta la alarma, chirriante, estruendosa, paralizante.

Me detengo, esperando ser descubierto, multado, detenido, esposado, inmolado en el amor.

Un guarda de seguridad me dice: Pase, pase, no se asuste, es que no funciona bien, llevamos un par de horas intentando arreglar la alarma, salta todo el rato y da unos sustos de miedo.

Yo me he jugado la vida por ti, mi Altisidora, y el destino ha salido en mi defensa. Camino por los pasillos con mi regalo maravilloso, conquistado en buena lid.

Regreso a casa y dejo el frasco de Chanel n.º 5 dentro del armario de mi habitación, junto a mis camisas, pues me parece un lugar importante. Luego coloco la compra encima de la mesa del cuarto de estar: una manzana, una pera, una mandarina, un melocotón, un plátano, un pomelo, un albaricoque, una naranja.

Hago esto en homenaje a los muertos del virus.

Intento concentrarme en la unidad, en la identidad.

Intento individualizar la materia y la vida.

Los Estados no lo hacen, no lo hacen los Gobiernos. Los Gobiernos solo ven masas de muertos. Yo lo intento con estas humildes frutas, que los seres humanos nunca aprecian en su individualidad.

Pensamos en 1 kilo de manzanas, o en 2 kilos de plátanos, o en 3 kilos de naranjas. No pensamos en una sola manzana, nos resulta imposible. Lo mismo hace el Estado con los seres humanos que están muriendo. Nos contempla en masa.

Mide el Estado a los muertos por miles de hombres y mujeres, como nosotros hacemos cuando hablamos de kilos de fruta.

No creo que haya ni un solo consumidor en todo Madrid, ni en toda España, ni en el mundo entero, que haya sido capaz de comprar en una frutería una sola manzana, un solo plátano, una sola naranja.

No hay dos manzanas iguales.

Es prodigioso.

Distintas tonalidades, distinta madurez de la piel, distinto sabor. Jamás dos manzanas supieron igual. Cada manzana, cada mandarina, cada plátano es único, es un ser irrepetible. Hay tantos misterios que ya no contemplamos, tal vez por eso haya venido el virus.

Una compra así solo la puedes hacer en un supermercado; en una tienda pequeña sería imposible, porque el frutero pensaría o bien que te quieres reír de él o bien que estás simplemente loco o que eres el demonio mismo o un perro verde.

Te miraría como se mira a los locos.

89

Veo las dos ediciones de la novela de Cervantes.

Cojo una de ellas y voy a un capítulo de la segunda parte, que leí hace un par de semanas, y me doy cuenta de que lo he olvidado por completo. Leo y releo la novela de Cervantes. Porque me olvido todo el rato de lo que leo, lo que acentúa el carácter fantasmal de mi presencia, o hace avanzar la idea terrible de que mi existencia y mi vida sean tan irreales como un encantamiento.

Ahora es cuando me acuerdo de la medicación, que se quedó en Madrid.

Me lo dijo mi neurólogo, el que también avaló mi prejubilación. Me dijo que podía tener este tipo de dificultades a la hora de leer. También me dijo que podía fallarme el vocabulario, que no diese con la palabra que busco.

Solo necesito adjetivos para Altisidora, no creo que sea pedir mucho a la entropía en la que vive mi pobre memoria.

Cervantes encontró una original piedra filosofal: el encantamiento. Tal vez mi amnesia sea obra de un encantamiento, sé que irá a más. Todo lo que no podemos explicar se debe a que existen voluntades misteriosas que transforman el mundo, voluntades superiores a las leyes de la física.

El mundo actual es cervantino, porque es obra de magos torticeros que han encantado a la raza humana. Detrás de todo cuanto el virus le ha hecho al mundo y a las sociedades humanas está el gigante Malambruno, que ha obrado un encantamiento.

Y yo puedo llamarme al fin Felixmarte de Hircania. Y Montserrat es, por supuesto, Altisidora.

Todo ser humano tiene que tener un amado o una amada para que su vida se cumpla. Si no, no se cumple.

90

Nunca vino Rafael a mi habitación. No iba a la de nadie. Era habitual que a veces coincidiéramos unos cuantos en alguna habitación, y montábamos tertulias en donde se hablaba de todo, pero Rafael nunca pisó la habitación de nadie. De hecho, no creo que supiera cómo eran las otras habitaciones de la Academia.

Tampoco te lo encontrabas en los pasillos, ni en la cocina, ni en la sala de la televisión, salvo aquel 23 de febrero que acabaría uniéndonos. Solo en las comidas y en las cenas. A veces ni en las comidas, pues don Carlos, sabedor de que se quedaba hasta las siete o las ocho de la mañana estudiando, le había dispensado de esa obligación.

Parecía ausente y sin embargo era un personaje central de la Academia. ¿Cómo lo hacía? Tal vez todo se basaba en la manera cariñosa y pausada con la que hablaba, en la fantasía que sabía crear a su alrededor; el caso es que su personalidad, sin ser visible, se notaba en todos nosotros, especialmente en mí.

Una vez me hizo una confesión, me dijo que una tarde había estado tentado de subir a mi habitación para charlar un rato, pero que no lo hizo por temor a interrumpir mi trabajo.

Pensé que esa no era la causa, la causa era el temor a que otros lo vieran, y a sentar un precedente.

Me propuso salir a tomar un café. Fuimos al Triana, pero solos los dos. Era primeros de junio, hacía un tiempo excelente, y nos sentamos en los veladores que el dueño del Triana acababa de estrenar.

Pedimos dos cervezas.

Mira qué gran momento de la primavera sobre Madrid, dijo Rafael. En diez años todo lo que vemos habrá cambiado, en esta misma calle en la que estamos ahora, llena de solares vacíos, se levantarán bloques de viviendas, bien feas, eso sí, porque la fealdad nos acosa por todas partes.

Dentro de un par de siglos, continuó Rafael, la fealdad arquitectónica se verá como una forma de esclavitud tan repugnante como la que vemos reflejada hoy en los barcos negreros del siglo XIX. No hay manera de salir de la esclavitud, nos acosa por todas partes. Esos bloques de pisos que ya asoman no se juzgan en su dimensión estética; solo los ven como un lugar aceptable en donde dormir, comer, ver la tele y ducharse por las mañanas, pero son un insulto al alma humana. Esos bloques de pisos que crecen como setas en la periferia de Madrid son el triunfo de la esclavitud y de la fealdad, que es uno de los delitos máximos de este país: esparcir urbanizaciones de una monstruosidad arquitectónica enferma y psicótica, por eso somos gentes tan destempladas, porque nos cerca la fealdad de los edificios. ¿Has visto alguna casa de pisos reciente que sea hermosa? No la hay. Son todas horribles. La arquitectura es espíritu, no es ladrillo, pero eso lo ocultan. La arquitectura es sagrada.

Rafael vino en un par de ocasiones a los vermús domingueros del Triana, pero esa era la primera vez que él y yo estábamos solos fuera de la Academia.

Se había puesto unas gafas de sol y fumaba su Ducados y yo mi Fortuna.

Se quitó las gafas y volvió a decir: Cuánta irrealidad nos cerca, y cuánto futuro acecha, como si fuesen dos cuerpos luchando, la irrealidad y el futuro, y cien dimensiones más del espacio y del tiempo, y ver todo esto es maravilloso y a la vez profundamente inútil. Te cuento todo esto a ti porque eres la única persona en quien confío, y sé por qué, y no puedo decirte la razón. La clarividencia está al alcance de cualquiera, no es un don misterioso, es simplemente una propensión a hacerse preguntas, una propensión a intentar saber algo. La clarividencia procede de la curiosidad, de la atención y de la admiración por todo lo que vemos. Cualquiera puede ser clarividente si está enamorado de la vida, pero la gente no está enamorada de la vida. El único peligro es caer en las garras de la Oscuridad. Ser clarividente es mirar el amor que sintieron los muertos y respetarlo y acogerlo en tu corazón, por eso yo puedo ver a los muertos, porque veo el amor que sintieron mientras estuvieron vivos. Ya sé que esto te molesta, y que piensas que estoy un poco loco, no, tranquilo, no me ofendo, yo también lo pensaría, pero he querido salir de la Academia para explicártelo, y la razón es esa, y es bien sencilla: veo a los muertos porque todo cuanto amaron aún perdura, se queda en el aire, enganchado en los árboles, incrustado en una puerta de una casa, en una pared de una habitación, en la ropa que usaron y que acaba en los mercadillos de segunda mano, en todos esos sitios aún se les puede ver. Yo los veo. Charlo con ellos. Me preguntan qué pueden hacer con tanto amor como el que acaudalaron en vida y yo trato de distraerlos de semejante pregunta, que no tiene respuesta, intento desviar su pensamiento hacia otras regiones, para que descansen, para que no sufran, para que no vuelvan a morirse de nuevo, y esta vez no de enfermedad, sino de belleza, de pura belleza.

Esta fue la charla más llena de poesía que mantuve con Rafael, la más asombrosa y la más enigmática, y entendí lo que me decía, y mis aprensiones ante su personalidad esotérica casi desaparecieron por completo. No del todo, pues tenía que ponerme a salvo de tan intenso mundo que cuestionaba la realidad.

A salvo de la Oscuridad.

Acostumbrado a charlar con él en confusas madrugadas, se me hacía raro verlo bajo la luz del sol, en una tarde de junio, pero había también algo de dulzura y de alegría en el hecho de que estuviéramos intentando un espacio diferente, en donde nuestra amistad lograra una nueva ilusión.

El futuro es maravilloso, dijo Rafael.

Nos pedimos otra cerveza.

Y me contó cosas de sus catedráticos de Medicina, me dijo que la medicina era una llave para entrar en el cuerpo, pero que no era la única llave.

Nos pedimos la tercera ronda, y luego llegó la cuarta, e iba cayendo la tarde, la luz iba dejando espacio a la Oscuridad.

La tarde del 2 de junio de 1981.

Estar a su lado me hacía comprender de otra manera la alternancia entre luz y oscuridad. Vi cómo la luz se retiraba del espacio y cómo la Oscuridad iba ocupando ese espacio ya sin luz, pero entre luz y Oscuridad había una danza. Estaba viendo esa danza.

Estás viendo el baile, ¿verdad?, me preguntó Rafael.

Me dio un vuelco el corazón.

¿Cómo sabes que lo estoy viendo?

Porque estás enamorado de la vida, me dijo.

Acabas de hablar de las llaves para entrar en el cuerpo humano. ¿Cuáles son las otras llaves?, le pregunté a Rafael.

El amor y la muerte, me contestó, pero luego añadió una sonrisa, y casi una carcajada.

¿El sentido del humor también?, le volví a preguntar.

Por supuesto, todo lo que tenemos delante es también una comedia, llena de Oscuridad, eso sí.

¿Qué estás viendo ahora, Rafael? Dímelo.

Estoy viendo el siglo XXI.

¿Qué hay allí?

Hombres y mujeres, siempre hombres y mujeres, viviendo y muriendo, otros órdenes políticos, muchos avances y en el 2020 veo la peste.

¿La novela de Albert Camus?

Sí, la novela de Camus.

¿Cómo es el 2020?

No hay demasiada belleza en ese año, tampoco en los que lo siguen. La belleza estaba unida a la naturaleza, quiero decir que, si ahora tú y yo nos fuéramos al Mediterráneo, en menos de cinco horas en coche nos plantábamos en la costa de Valencia, podríamos ver el mar con toda su fuerza, y hemos venido llamando belleza a los espectáculos de la naturaleza, a los océanos, a las montañas, a los ríos, a la nieve, al sol, a la luna, al viento, y todo eso se irá muriendo, pero ahora estamos en 1981, y ya se acerca el verano, pronto estaremos todos de vacaciones...

Faltan los exámenes, que yo tengo un montón, y ahora mismo tendría que estar estudiando.

Sí, y yo también, el último examen lo tengo el 12 de julio, así que me queda para rato.

Recuerdo que me incomodaba que la Facultad de Filosofía y Letras, donde yo estudiaba una licenciatura en Historia, terminase toda su actividad el 30 de junio, mientras que otras seguían haciendo exámenes hasta mediados de julio. Me parecía que era la prueba que confirmaba que los estudios de letras eran estudios de segunda clase, cosa que el propio profesorado y el decanato de dicha facultad se encargaban de confirmar con su ansia de terminar cuanto antes e irse todos a la playa.

Aquella tarde de junio, Rafael Puig vio el año 2020, vio también más cosas que no me quiso decir, especialmente las que me atañían.

Ver el futuro no es tan difícil, volvió a insistir Rafael; salta cuando te concentras intensamente en el presente. Si te abismas en el presente, hay un momento en que el tiempo te deja ver algo demasiado terrible.

¿Qué es eso tan terrible, Rafael?

El tiempo no existe, el tiempo es voluntad de los seres humanos, de ahí nuestro sufrimiento como especie. Entonces en vez del tiempo lo que contemplas es esa voluntad, y esa voluntad sin tiempo es dolor. Mejor haríamos en no distinguir pasado, presente y futuro como hacen los leones, las ballenas, los lobos, los elefantes, las hormigas o los árboles. El tiempo es una creación de la conciencia humana. El universo está helado, no tiene conciencia, por tanto carece de tiempo. Solo tiene Oscuridad.

Parecía que Rafael estaba accediendo a una revelación sobrenatural.

Yo quería que concretase, que no se fuese por las ramas filosóficas, que estaban muy bien, pero necesitaba una imagen, algo que pudiera verse, y le insistí: Pero, Rafael, dime algo concreto, dime por ejemplo qué hacemos tú y yo en ese año, qué ha sido de nosotros, si seguimos vivos, si nos han invadido los extraterrestres, si ha estallado la Tercera Guerra Mundial.

Rafael se rio de mis ocurrencias, pero dijo esto: Seguimos vivos en ese año, sí, viejos, claro, pero vivos; he de aconsejarte que no te acerques nunca a ese saber, que existe, al de conocer cuándo vas a morir. Hay gente que sabe el día de su muerte, pero tú no te acerques nunca allí, prométemelo. Nadie tiene memoria de su propia muerte, salvo ellos, salvo los que saben el momento en que van a morir. Allí no hay amor ni hay nada. No vayas allí. La memoria se fundó con una renuncia: ningún ser humano podrá recordar su muerte. Lo recordamos todo, menos nuestra muerte. Prométeme que no irás allí.

Te lo prometo, no iré allí. Tampoco sé cómo demonios se va allí, imagino que no será subiéndose a un autobús, pero dime qué hacemos en el 2020.

Rafael dijo: Te diré lo que veo en ese año, veo una carta muy viajera, yo te escribo una carta, de mi puño y letra, desde un lugar lejano, desde un país exótico. Tú estás enamorado de una mujer, has vivido una gran historia de amor y hace muchos años que no nos vemos, largos años sin vernos, en donde cada uno ha hecho lo que ha podido con su vida, y un buen día recibes una carta mía; no puedo ver lo que te escribo en esa carta, pero hay belleza, y aunque llevamos muchos años sin saber el uno del otro, no tenemos vanidad, tal vez eso sea lo más importante, no pensamos en nuestras vidas con vanidad, con ganas de exhibir ante el otro si hemos triunfado o no de acuerdo a los códigos de ese momento futuro, eso es maravilloso, que no tengamos vanidad, y por tanto no hemos cometido ningún delito contra la vida. ¿Te basta eso?

¿Seguro que no puedes ver lo que me dices en la carta?

Rafael se rio ante mi insistencia.

Veo algo más importante que lo que dice la carta: lo que veo es que ya está escrita esa carta, eso sí es absolutamente deslumbrante, prodigioso, la carta ya está escrita, ya la he escrito en el futuro, porque el tiempo no existe cuando tu corazón lleva dentro el amor, todo el amor del mundo.

Es bonito eso, dije yo.

Rafael cambió de tema y continuó hablando: La ciencia nos convence porque se convierte en progreso; hace que vivamos mejor; y entonces estamos dispuestos a creernos todas sus estrategias y sus veleidades cósmicas, pero más allá de solucionarnos la vida en la Tierra, no tiene respuestas para lo que de verdad importa. Ahora bien, le damos tanta importancia a no pasar frío en el invierno o a operar una hernia o a extirpar un tumor o a quitar un dolor de muelas o a viajar en ocho horas de un continente a otro, que hemos convertido en dios a la ciencia, y no está nada mal este dios, al menos la vida ha ganado mucho con él, vivimos muy bien así y eso importa, porque somos cuerpo y somos necesidad. Eso es, somos necesidades terrenales.

Me atreví a ironizar: Bueno, la vida en la Tierra es lo que suele importarle a la mayoría de la gente.

Se hizo un silencio.

Pero es tarde ya, volvamos a la Academia, concluyó Rafael.

La arquitectura es sagrada, digo yo ahora.

91

Cuando contemplo el cuerpo desnudo de Altisidora me doy cuenta de que es moralmente más perfecto que el cuerpo de una mujer de veinte o veinticinco o treinta años. Y al ser moralmente más perfecto, acaba siendo físicamente más seductor.

La arquitectura es sagrada, me digo.

Porque cuando consigo entrar en ese cuerpo no entro solo en un cuerpo hermoso, entro también en una experiencia del tiempo que ese cuerpo atesora.

La arquitectura de Altisidora es sagrada.

Ella me pregunta: Qué es lo que miras tanto.

Y luego dice: No sería mejor que me tocaras en vez de mirarme.

Y sonríe.

Y yo analizo esa pregunta, y es verdad que tendría que mirarla menos y tocarla más, pero si la toco, no puedo mirarla como yo quiero mirarla. Porque mirarla es un misterio y tocarla es la muerte de ese misterio.

Miro porque quiero ver el paso de los años por esa carne. Miro como me dijo Rafael que mirara. Miro para llamar al amor a lo mirado.

Y se puede ver el paso de los años en lo mirado, y ver eso es un espectáculo erótico superior, porque está lleno de extenuante belleza.

La carne que ya no es joven está diciendo cosas, está cantando canciones que solo yo sé oír.

Pero al final poso mi mano en su vientre.

Lamo con mi lengua lugares que me parecen castigados por la edad.

Y toco con mis pestañas las suyas.

Y beso su boca como si besara una nube.

Hacemos el amor mucho rato.

Y luego ella se queda dormida.

Pero yo no me puedo dormir.

Y me quedo mirando sus pies.

De modo que persevero una y otra vez en averiguar el misterio de Altisidora para adorarla y quererla más, y caigo en abismos, que me conducen a otros abismos.

¿Por qué tenemos cuerpos tan diferentes?

Ya sé que la evolución marcó nuestras características físicas, e hizo cazador al hombre y reproductora a la mujer, o eso es al menos lo que dicen los antropólogos y la ciencia, pero eso no me basta. Los cuerpos tan diferentes de un hombre y de una mujer presagian algo secreto, hay en esa diferencia un mensaje de las estrellas, un mensaje del cosmos.

Miro mi anatomía y la comparo con la de Altisidora. Es verdad que los dos tenemos manos y piernas, ojos y cabello, hombros y pies, pecho y culo, pero son distintos. Pienso en mi culo, que es pequeño. El culo de los hombres es pequeño. Y el culo de Altisidora está lleno de curvas portentosas, como si fuese una basílica barroca, y mi culo fuese una pequeña iglesia románica.

La curva frente a la línea recta, allí parece residir un misterio de los cuerpos.

Apaga la luz, no puedo dormir, exige Altisidora, que se acaba de despertar.

Y yo apago la luz, pero no me duermo.

Y sigo pensando.

Pienso que si Altisidora me dejara por otro hombre, no me importaría, casi lo agradecería, y me quedo asombrado de estos sentimientos, porque no los entiendo.

Celebro la belleza de Altisidora, pero no la quiero solo para mí, porque si la quisiese solo para mí, cometería un delito contra la vida.

¿Qué delito es?

No lo sé, pero ahora sí al fin me duermo.

92

Me levanto de la cama.

Es de noche cerrada aún.

Dios santo, cuánto tarda en llegar la luz, ¿y si no llegase nunca?

Las sábanas de la cama están llenas de arrugas. Altisidora está escondida entre las sábanas.

Voy a la sala de estar procurando no hacer ruido. Abro la novela de Cervantes, y veo que ya la estoy acabando, aunque como olvido lo que leo estoy constantemente volviendo a empezar. No se preocupe, si se olvida de lo que lee, vuelva a empezar, lo más importante es que eso no le angustie; porque lo peor es la angustia que esos olvidos le generen, vuelva a empezar, como si fuese un juego de repeticiones, y ya está, eso fue lo que me dijo el neurólogo.

Es evidente que Cervantes matará a don Quijote; sin embargo, podría haberlo dejado vivir. ¿Por qué matarlo? Lo va a matar para que ningún otro escritor se lo robe.

Prefiere matarlo antes de que se vaya con otro escritor.

¿Por qué es tan importante que no te roben, o que se vayan con otro?

Es por la posesión, es por la propiedad privada.

Si será importante la propiedad privada, pienso mientras me vence el sueño de nuevo, que Cervantes fue capaz de matar a un hombre bueno, el pobre Alonso Quijano, porque era suyo, para evitar que ese hombre bueno cayera en manos de otro.

Don Quijote es mío, y la única manera que existe de certificar esta posesión es dándole muerte. Solo quien lo creó puede darle muerte.

Es triste, muy triste.

Podía haberlo dejado vivo.

Por muy grande que sea un libro, nunca podrá competir con la luz del sol.

Me vuelvo a la cama y Altisidora está despierta.

Duerme, le digo.

Y se duerme, obediente, al instante.

Desaparezca el virus de la Tierra, digo.

Brille la alegría universal, digo.

Con dormirme me conformo, digo.

Me duermo.

93

Nos despertamos a la vez y la luz del sol camina por la casa como si fuese un dios que nos acompaña en silencio. Ilumina la cubierta de la novela de Cervantes, le da el sol justo en medio, también mi camisa y un jersey de Altisidora.

Vamos al lavabo.

Primero, Altisidora.

Oigo la cisterna.

Luego voy yo.

Mordisqueo con ternura y con deseo el labio inferior de Altisidora y pienso cómo era ese labio hace diez años y pienso en cómo será ese labio dentro de otros diez. Una de las grandes injusticias de este mundo ha sido la prohibición social y cultural de poder vivir un amor maduro con la misma intensidad que se vive un amor a los veinte años. Porque yo quiero que nuestro amor contenga la misma inocencia, ingenuidad y vigor que el amor que se vive a los veinte años.

¿Quién dijo que es imposible?

¿Lo dijo Dios?

¿Platón, Aristóteles?

¿Marx?

¿Freud?

¿Dónde está escrito?

Así que beso a Altisidora, y entro en su boca con temor a que no me guste lo que encuentre dentro de ella, y ese temor me lleva a pensar en el hipotético temor de Altisidora cuando entra en mi boca, porque ella también temerá lo mismo que yo.

Los dos descubrimos al mismo tiempo que nos hemos lavado la boca con muchísima, muchísima pasta de dientes. Olemos a dentífrico, a un mentol industrial que anula los olores acres de las bocas.

Y al descubrir ese mentol industrial me detengo asustado, completamente asustado, porque los dos tenemos conciencia de que no somos jóvenes. Los jóvenes cuando se besan ni se acuerdan de si se han lavado los dientes o no. La juventud no conoce los olores corporales.

La madurez, sí.

En la vejez profunda ya dará igual, porque no habrá besos.

Me conmueve que nos hayamos lavado los dientes con ese miedo a decepcionar al otro, con esa duda de si nuestros cuerpos ya desfallecen, ya hay que vigilarlos, para que los besos que salen de las entrañas estén limpios.

Sueño con etiquetas luminosas adheridas a pastas de dientes donde se lea «garantizamos besos con sabor a rosas en la edad madura». O: «besos maravillosos y dulces y limpios y sanos durante ocho horas».

Las fronteras del olor son las fronteras de la identidad. No estás dispuesto más que a aceptar el olor de tu descomposición orgánica como ser humano. Podría soñar un acto de amor en donde el enamorado aceptase el olor de la descomposición de su enamorada, y viceversa. No tiene por qué haber melancolía aquí, sino otro prodigio de la vida. Otro gran prodigio de la luz del sol devorando nuestros cuerpos.

Joder, cómo saben estos besos a pasta de dientes, dice Altisidora, y se ríe.

94

Sé que Altisidora va a decirme algo. Hay café recién hecho y he encendido el fuego de la chimenea, que ha prendido tras echarle no una, sino dos pastillas blancas de queroseno, lo que me ha obligado a lavarme las manos.

Celebraron el entierro con un cura con mascarilla, dice Altisidora, cuando todavía estoy con la toalla secándome las manos.

Hablé con mi hermano y me lo contó.

Estuvo afectuoso, amable, cariñoso.

Dijo que bajo ningún concepto me sintiese culpable por no haber ido. Vi en esa insistencia un poco de amor. Mi hermano me quiere, tal vez no mucho, pero sí lo suficiente, y eso me basta.

Mi hermano y el féretro, eso fue todo, no pudimos tener una conversación última, una reconciliación, una despedida, no sé, cuatro palabras sencillas, una mano en la otra mano, una pregunta por su nieto; ha muerto como si su nieto no fuese importante en su vida, yo da igual que no lo sea, pero su nieto sí lo tenía que haber sido, y eso es lo que me duele. Ya no sé muy bien hacia dónde va mi dolor, si hacia mí o hacia ella. Va hacia la tristeza que tuvo que sentir al ver que su único nieto se perdía, porque mi hermano no tiene hijos. Y decirle a Marc que ya no tiene abuela es como contarle un cuento de hadas, porque no sabe quién es, quién fue su abuela.

Te queda tu hermano, le digo yo. A través de tu hermano puedes rehacerlo todo, puedes convertir a Marc en sobrino y nieto de tu hermano, yo creo que eso llegará al espíritu de tu madre y se cerrará el círculo, y podrás tener paz, haz eso, lucha por eso, lucha por que tu hermano sea importante en la vida de tu hijo, así tu madre regresará a tu corazón.

Eres un buen hombre, me dice Altisidora.

Le cojo la mano y sus ojos se abren como si fuesen dos volcanes en erupción, pero terriblemente asustados, y entonces beso los ojos de Altisidora.

Si ella supiera cómo lucho contra la Oscuridad.

Miro otra vez su cuerpo, ese enigma viviente. La melena oscura. Los labios. Los dientes. Cargo con la intimidad de Altisidora como si fuese una cruz, no sé cómo explicarlo. Porque Altisidora duda a la hora de mostrarse ante mí. Que se pinte las uñas, que se pinte los labios, son muestras de esa duda.

Y ahora se pone mi Chanel n.º 5, y en su cuerpo esa colonia florece de una manera perturbadora.

Ni siquiera me recriminó que lo robara.

No lo robé.

Lo obtuve en gran batalla contra el capitalismo, como hubiera hecho el Caballero de la Triste Figura.

Pero pese a todo, pese a las uñas, los labios, la piel oliendo a Chanel, la amaría igual sin nada. Cómo decirle que no hace falta, que no haga nada, que no me debe ningún ornato, ningún embellecimiento, que vamos a ir más allá de la civilización, de sus dogmas, que vamos a ir más allá de cualquier forma de cortejo.

Pero eso es imposible, eso solo es una utopía intelectual.

Cómo decirle, entonces, que sí hace falta que se pinte.

La única manera que se me ocurre de darle a entender que la deseo bajo cualquier aspecto es siempre la misma: pedirle matrimonio, pero nunca lo hago.

El matrimonio es perfecto, pero dura un solo día.

Matrimonios de veinticuatro horas, de cuarenta y ocho horas, de setenta y dos horas.

La de besos que caben en setenta y dos horas.

95

Después de hacer el amor con Altisidora me gusta que nuestros pies se mezclen, que jueguen, que se toquen, de una manera inocente casi. También me gusta coger sus manos entre las mías. Cogernos las manos y estar en silencio.

El juego de los pies a veces me asusta, porque pudiera ser que a ella no le gusten mis pies, o a mí los suyos. A mí los suyos me encantan, pero pudiera ser que un día ya no me gustasen, y sufro.

Ojalá supiera hacer trenzas, le haría trenzas a Altisidora.

Altisidora deja sus cabellos sueltos sobre la almohada. Altisidora tiene una frente ancha, limpia, serena. Miro su frente mientras ella mira su teléfono móvil.

Contemplo otra vez sus pies, y al ver la realidad consistente de sus pies, su anatomía, la piel, los dedos, pienso que gracias a la pandemia he podido conocer esos pies. Ahora estoy seguro de que siempre me gustarán esos pies, con lo que la idea de pedirle matrimonio regresa con determinación.

Pies y pandemia, gracias al virus esos pies están ahora con los míos.

No me canso de mirar sus pies. ¿Cómo pudo construirse eso, semejante arquitectura? Ya lo dijo Rafael: la arquitectura es sagrada. Pero yo no veo prodigio alguno en mis pies, y todo el prodigio del mundo en los suyos.

Como ha llegado ya el buen tiempo, he abierto la ventana y se cuela una brisa fresca que hace que nos tapemos con una cubierta fina, agradable, leve.

¿Confías en mí?, le pregunto a Altisidora.

Confiar es el verbo secreto que está detrás del amor, dice Altisidora. ¿Te ha gustado mi frase?

Hay mucha belleza en la confianza, le digo a Altisidora, que se levanta en este instante y va hacia la nevera, la abre y saca de ella un melocotón.

No hace falta que lo laves, lo he lavado yo, le he dicho.

Altisidora se ríe, y lleva el melocotón en la mano, y lo lleva con estilo, y yo creo que el melocotón lo sabe, parece un melocotón feliz de estar en esa mano.

¿Está sin virus la piel?

Muérdelo, le digo.

Veo cómo Altisidora abre la boca y muerde el melocotón con sus dientes blancos y bien proporcionados, y su boca se torna anaranjada. Conjeturo sobre cuántos mordiscos de boca de mujer caben en un melocotón.

Altisidora muerde por segunda vez el melocotón, y este ya anda demediado, y se vuelve a acostar en la cama y el jugo de la fruta resbala por su boca.

Los dientes de Altisidora son armoniosos. Las proporciones son canónicas, y su blancura expresa confianza en la vida. ¿Por qué son tan simétricos? Esa simetría de incisivos, premolares, caninos sugiere un camino a alguna parte en donde hay árboles, ríos, flores, simientes.

Está buenísimo este melocotón, los que tenemos en la tienda no son tan dulces, ¿dónde lo has comprado?, pregunta Altisidora.

Lo he robado, le digo.

Eres muy bueno en eso, creo que podríamos robar bancos juntos, y este sería un buen momento, el mejor momento para entrar en un banco con el rostro tapado sin despertar ninguna sospecha.

Esa historia de convertirnos en Bonnie & Clyde creo que refleja que Altisidora nunca se casaría conmigo, que no ve en mí el hombre de su vida, no ve en mí raíces profundas, arraigo, tierra firme, aunque me ame, porque son cosas distintas.

No hay dos melocotones que sepan igual, son todos únicos, como tú y yo, le digo a Altisidora.

Estás loco, pero tienes razón: no hay dos melocotones iguales.

96

Altisidora se levanta de la cama y se dirige con los pies desnudos al cubo de la basura y arroja allí el hueso del melocotón. Lo deja caer desde su boca. Abre la nevera y saca la botella de vino blanco.

Altisidora, ya con una copa de vino en la mano, comienza ahora otro de sus largos monólogos, que parecen dirigidos al universo en expansión: Nosotras, las mujeres, sí, no me mires con esa cara, en mi piel me gustaría verte, venimos al mundo a la espera de que un hombre cree el sentido de nuestro sexo, nos legitime frente a la naturaleza, nos convierta en madres. Sobrevivir no es un acto existencial para una mujer, sino un acto económico. La verdad es que sigue siendo una putada ser mujer, y lo será siempre. Porque a la naturaleza no le puedes decir «eh, tía, deja de gastarnos estas putadas, sé solidaria, enróllate, practica la justicia social, date cuenta de que tienes que ser progresista e igualitaria». No sois vosotros, los hombres, nuestros enemigos. Nadie es enemigo de nadie. ¿Te sorprende lo que digo? No existen los enemigos en la naturaleza. Cuando un león se come a una cebra no está pasando nada relevante, no hay dolor, hay un ciclo biológico, nada, no hay nada, son nuestros ojos los que miran a la cebra con compasión y al león con terror. La cebra es una desgraciada y el león un hijo de la gran puta, pero esos dos animales no sienten nada. Coño, y allí hay libertad, o al menos a mí me lo parece. Cuando nació mi hijo fui feliz. Lo fui en la gestación, porque en esos momentos la naturaleza era mía, me sostenía como sostuvo a la primera mujer de nuestra especie. Me sentí importante, con un protagonismo del que estaba tan orgullosa que no sé describirlo. Porque eso es ser madre también: te sientes importante, pues la vida se postra ante ti. La verdad es que pienso mucho en la naturaleza, que no es sino la invención de códigos que hacen posible la vida. Es verdad que a las mujeres nos putea mucho. También puteó a los dinosaurios. O putea a las jirafas. ¿Has pensado en las jirafas? Es una putada ser una jirafa, un animal con semejante desproporción, ese cuello deforme y al final una cabeza ridícula. Creo que la jirafa es el animal más extravagante de la creación. No sentimos el erotismo como vosotros. Yo allí veo la putada que os gastó a vosotros la naturaleza. Eso quiero decir, que a vosotros también os puteó: estáis todo el día pensando en copular, y eso acaba siendo dolor y pesadumbre y frustración en vosotros, andáis siempre jodidos, siempre con el pajarito caliente. Sin embargo, hay un momento maravilloso en que mujeres y hombres podemos vencer a la naturaleza. Ese momento se llama amor. Allí ella se acojona, la naturaleza. Es verdad que el amor se da dentro de la naturaleza. El amor es una creación de la naturaleza que aun así escapa a los límites de la naturaleza. Lo que quiero decir es que hasta la naturaleza se asusta de lo que fue capaz de inventar sin proponérselo: inventó el amor. Y ahora estamos aquí tú y yo, como dos supervivientes que aún quieren tener una oportunidad, y con una ilusión dentro de la sangre, la ilusión de estar enamorados, la ilusión del amor. Y me encanta que me llames

Altisidora, ojalá siempre sea Altisidora, pero no sé si sabré estar a la altura de ese nombre, porque creo que volveré a ser Montse en cualquier momento. Porque lo mejor que me ha pasado en estos meses es que tú me hayas convertido en Altisidora, porque me he vuelto a sentir amada. Y sentirse amado es sentirse importante. Pero han sido unos meses, y esos meses no se convertirán en años, y no sé por qué eso es una certeza, aunque a veces me hago ilusiones de que lo nuestro se convierta en algo sólido, porque eso nos pasa a muchas mujeres, me pasó ya una vez, nos da miedo que pase, y sin embargo deseamos que pase.

Altisidora termina de hablar y sonríe y me mira. Se acaba de poner un jersey con cuello de cisne, de color gris, que huele a Chanel n.º 5. Le sienta maravillosamente bien porque tiene un cuello alto, y realza la forma de su cabeza. No sé por qué se ha tenido que meter con las jirafas, a mí me gustan, pero no me parece oportuno en este instante discutir sobre jirafas.

Sirvo más vino.

Altisidora me echa estos discursos llenos de vigor, y yo me quedo escuchándola con la boca abierta. Me gusta tanto escucharla, se convierte entonces en un ser completamente libre. Las palabras le dan libertad. Me da igual lo que me diga, incluido lo de las jirafas, lo que me importa es que tome la palabra, que hable, porque mientras habla ella me siento bien y descanso de mí mismo, descanso de ser hombre.

Altisidora se está quitando ahora el jersey que se acaba de poner, se está desnudando en este instante, se quita la ropa interior. Quiere que hagamos el amor de nuevo.

No ha dicho nada.

Simplemente se desnuda.

Tan pronto se viste como se desnuda, y yo la contemplo como si contemplase la resolución del enigma del universo.

Cojo su jersey de cuello de cisne y lo huelo y es portentosa la forma en que el olor de su ropa invade mi alma.

Y pliego el jersey para que no se arrugue.

97

Pienso en la diferencia que hay en la ropa interior de un hombre y de una mujer. Miro su sujetador, miro mi camiseta, miro el color de sus bragas, miro el color de mis calzoncillos.

¿Por qué sus bragas me inspiran terror?

¿Por qué su sujetador es una prenda completamente incomprensible para mí? No consigo entenderla. No consigo saber qué es. Lo miro y lo vuelvo a mirar, como si fuese un dinosaurio, una especie desconocida.

Me pongo nervioso, cómo elevar todo esto a una eucaristía, cómo elevar esta vida ordinaria a un altar de belleza y plenitud, parece imposible.

Cómo separar para siempre el amor de la dependencia.

98

Altisidora se pasea ahora desnuda por la habitación en busca de un vaso de agua.

Solo estamos tú y yo, amor mío, en el universo, en el mundo, le digo.

No tienes fe cuando dices «amor mío», me dice.

Sí la tengo, pienso yo.

Y le digo esto: Quiero que mirándote a ti ya no tenga que mirar nada más de lo que hay en el mundo, ni personas ni objetos. Sobre todo personas. Que tu presencia me dé la felicidad y la serenidad absolutas, que tu presencia erradique la injusticia, el sufrimiento y la desigualdad de este mundo. Que tu presencia imponga la justicia y la belleza en este mundo, como aire que cae del cielo, envuelto en luz y agua.

Altisidora dice: Nadie me ha dicho algo tan hermoso como eso.

Y me besa.

Y dice esto: Luz y agua hay en este beso.

Qué sería de nosotros dos sin nuestros besos, le digo yo.

¿Nos lavamos los dientes?, pregunta, y se ríe.

99

Altisidora dice: Cuando tuve una familia, cuando íbamos mi exmarido y mi hijo de vacaciones a algún hotel, pues, cuando todo marchaba bien, lo hacíamos a menudo, entonces no podía soportar esa especie de unión que formábamos, una unión de consumidores compuesta por esposo, esposa e hijo. Estaba tipificada esa unión. Parecíamos un producto garantizado de por vida. Cuando entrábamos en el bufet libre, a la hora del desayuno, y la camarera nos sonreía, no nos sonreía a cada uno de nosotros, sino a la familia que formábamos, y yo vi en eso una humillación de la vida. No sé qué clase de humillación, no lo sé, y sin embargo, ahora me gustaría volver a ser esa familia, porque ahora no tengo nada. No me gustaba esa vida, y la que tengo ahora tampoco. Pero he aprendido a ver en todo la maravilla de estar vivo, que tampoco sé muy bien qué es. Lo que me robó el divorcio no fue esa sensación de seguridad, sino a mi hijo. No, el divorcio tampoco, sino la habilidad de mi exmarido para robarme mi importancia en la vida de mi hijo, eso sí me está matando. No tener eso. Que también es vanidad. Que también es posesión. Pero también es responsabilidad. También es amor.

El día en que mi hijo descubra lo que su padre y mi exmarido le hizo al prohibirme ejercer de madre, al ocultar el amor de su madre, al despreciarme, el día en que mi hijo descubra quién es su padre, sufrirá, y espero estar a su lado ese día para defender a su padre, para defender la mentira.

100

Volvemos a besarnos, qué hacer si no para revalidar que seguimos siendo amantes; dudamos de nuevo en la intensidad del beso. Hoy se ha pintado las uñas de rojo brillante, o más brillante.

Exacto: los amantes ratifican su complicidad con los besos. Si se besan, el pacto sigue vigente.

Nos abrazamos, nos acariciamos.

Y nos quedamos mirando el techo unos minutos.

Los besos son corrientes eléctricas, al darnos besos, la corriente está activa, hay luz.

Los besos son un certificado.

Los besos dicen que funciona la red eléctrica.

101

Las mascarillas te devuelven tu aliento y acabas sabiendo quién eres por el olor de tu aliento. Puedes ser buen olor o mal olor. Solo tú puedes juzgarlo. Solo tú eres dueño del dictamen: mal aliento o buen aliento. Lo que tú decidas será la verdad, pues nadie ha de venir a refutarte o apoyar tu sentencia.

Recibes todo el rato la sustancia de ti mismo.

No entras en comunicación con el mundo.

Entras en comunicación con la producción de aire de tu propia boca. Las mascarillas están condenadas a oler tu aliento todo el rato.

Por mucho que te laves los dientes, y por muy buena salud dental que tengas, tu olor es el olor de un cuerpo, y todos los cuerpos tienden a la putrefacción, porque va implícito en nuestra existencia, o son aviso de la entropía que acaba trayendo envejecimiento y podredumbre. Tener un cuerpo es tener un billete hacia la entropía y hacia la Oscuridad.

Sin embargo, Altisidora me besa con pasión y yo a ella también, y en sus besos y en los míos no hay reproche.

Los besos también están condenados, como el erotismo en general, a la entropía, a la oxidación, al crepúsculo.

Todos olemos a nuestro cuerpo, y por muy joven que

sea tu cuerpo, dentro de ti se producen combustiones, inflamaciones, quema de deshechos, quema de alimentos, separación de nutrientes y grasas, y todo propende a salir por la boca, y allí está ella, la mascarilla, alimentándose de ti mismo.

Claro que son un insulto a la vida.

¿Nos humilla así la naturaleza?

Entonces hemos llegado a una paradoja, en donde la salvación de la vida contiene la humillación de la vida. Si al menos te percatas de la paradoja, puede que estés en un mejor lugar para contemplar lo que somos los seres humanos.

He visto cómo Altisidora se cepilla los dientes con fuerza y desesperación antes de hacer el amor.

Con furia.

Somos amantes que nos lavamos los dientes con rabia.

Me he visto a mí mismo cómo me cepillo los dientes con la misma fuerza y desesperación que ella.

Ni ella ni yo aceptamos un beso corrompido.

También nos duchamos con furia.

Estamos viviendo la edad del amor que tiene conciencia de sí mismo y sus limitaciones y de sus condicionamientos, el amor con espejo, y eso, en realidad, no me gusta.

Volver a amar como a los veinte años es imposible.

A no ser que seas don Quijote de la Mancha.

Por tanto, el amor se vuelve crepuscular y asustadizo.

No se casará conmigo, lo sé.

Acabará haciendo un buen pacto con su soledad, porque para firmar ese pacto tiene a Marc.

No soy un árbol para ella, como los de este bosque de al lado.

Soy una nube.

102

La primera y segunda y tercera vez que hice el amor con Altisidora sentí tanta angustia como plenitud. Como si la fuerza de la sexualidad de Altisidora pudiera consumirme como se consume un fósforo.

Reducirme a ceniza.

Destruirme.

O algo peor que la destrucción: enloquecerme.

Hay delirio y salida de los límites de tu cordura.

¿Qué haces allí, en una postura en la que jamás estás, en una postura ajena a la razón?

¿Por qué gimes? ¿Es ridículo gemir?

¿A la espera de qué?

¿Qué significan esos gritos de placer?

Y sin embargo, allí se consolida el huracán de la vida, y todo cuanto la vida es se dirige a ese encuentro entre dos seres humanos.

¿Sintió lo mismo Altisidora?

La gente busca protecciones para que ese acto no te queme el alma. Una de esas protecciones es de carácter social, y es la que avala el sexo como un juego de placer. Yo creo que esa protección la invocó Altisidora.

Yo no invoqué esa protección.

No invoco protecciones que vengan de los valores que

cada época genera porque entonces la libertad será imposible. Esto es la noche del mundo, quien la quiera frivolizar por una incomodidad política, que lo haga. Pero esto es la especie. Es el álgebra orgánica de la especie. El erotismo nace del miedo, nace de mil miedos posibles, que son miedos a que te digan que no quieren estar contigo, a que te digan que no se sienten atraídas por ti, a que te digan que no sienten nada, a que te digan una mentira, a que te digan que te quieren o a que te digan que no te quieren, porque te digan lo que te digan la humillación y el miedo persisten. Y cuando esa humillación y ese miedo se desvanecen es porque acabas de hacer el amor con tu hermana o con tu hermano, porque en eso se convierten los enamorados y los amantes cuando la pasión se oxida.

Tu marido se convierte en un hermano querido.

Tu esposa se convierte en una hermana querida.

La sed de erotismo solo termina con la muerte, o tal vez con un virus como este, que es muerte también.

103

Estar enamorado es no ver el telediario. Ni siquiera concebir que esté pasando nada en el mundo que no sea tu amor.

Estar enamorado es revolucionario.

La desobediencia permanente.

Solo atiendes a la luz del sol, y a la luna en la noche.

No existen los acontecimientos históricos.

Solo las manos, los ojos y los besos, en una suspensión del espacio y del tiempo.

Las piernas de Altisidora, debo pensar más en ellas, pero ¿piensa Altisidora en mi cuerpo? Nunca ha dicho que le gusten mis piernas, a mí tampoco me gustan mis piernas. Tiene que gustarle mi cuerpo, porque a veces, muchas veces, me araña, me estruja la piel, me aplasta el pecho, me exprime la lengua, me tira del pelo, me hace daño, mucho daño, mi espalda está enrojecida, mi cuello con moratones, mi lengua rota, a veces mi sexo me duele.

Por tanto, le gusta mi cuerpo, pero no lo dice. Y cómo pedirle que lo diga sin ofenderla, es decir, sin parecer un hombre.

104

Las siguientes veces que hicimos el amor incrementaron los desafíos corporales, se prodigó la visita a regiones nuevas, y seguía habiendo allí mucho terror a lo desconocido. Mucha angustia, como escaladores ante el Everest, que encuentran cadáveres congelados en la ascensión. Y hace unos días noté que entraba en un espacio de tranquilidad y de confianza, y el terror se desvanecía.

El cuerpo de Altisidora ya no era una revelación, exactamente igual que mi cuerpo tampoco lo era para Altisidora.

No era una revelación, y por tanto podía estar a su lado sin que se me saliera el corazón por la boca, sin verme sumido en un estado de angustia y de celebración, una mezcla de alegría y dolor.

Sin silla eléctrica.

Sin garrote vil.

Sin fusilamiento.

Sin guillotina.

Sin crucifixión.

Agradecí esa tranquilidad hasta hace cinco minutos, pues es el tiempo que ha pasado desde que hemos hecho el amor la última vez. Porque ahora siento algo nuevo, siento vacío. Por supuesto, el terror solo es nostalgia ahora. Y la tranquilidad se ha convertido en vacío, que presagia indiferencia.

105

Tal vez la indiferencia no haya llegado todavía, pero la he visto un instante pasar por delante de nuestros cuerpos. Ha sido un momento. Estaba allí, ha ocurrido cuando he utilizado papel higiénico para limpiarnos. Siempre hemos utilizado el papel higiénico, pero este nunca se había manifestado ante mí como algo singular y específico. No lo había visto antes.

Lo acabo de ver hace cinco minutos.

Y he visto más cosas que antes no veía, pues antes solo veía el terror de la desnudez desafiante de Altisidora.

Y estoy seguro de que a ella le ha ocurrido lo mismo, ser un hombre o ser una mujer es exactamente lo mismo a la hora de percibir la llegada de la atenuación de las pasiones y el debilitamiento del desgarro y de la mitigación de la insolencia del sexo, pues lo mismo hemos sentido, pues tanto Altisidora como yo hemos visto lo que antes no veíamos: la vulgaridad del papel higiénico, y cómo este de repente gobernaba la habitación en la que acabábamos de hacer el amor.

Tal vez deberíamos usar toallas, y con eso se habría arreglado todo, buenas toallas de algodón.

El papel higiénico nos expulsaba de nuestro dorado reino. Cómo es posible que jamás lo hubiéramos visto hasta hace cinco minutos.

106

—

Como si Altisidora me hubiera leído el pensamiento, dice: Yo había pensado en el amor, en su capacidad para llenar mi vida de ganas de vivir, y quería enamorarme de ti, pero nos ha pasado que no lo hemos conseguido, ni tú ni yo. También imaginaba un futuro contigo, algo que duraba en el tiempo.

Yo le digo: Ahora tenemos que ayudarnos a que todo esto termine como de repente termina la lluvia en el cielo, es la forma más hermosa de que algo acabe, es alguien que dice «ya no llueve», pero lo dice como puede decir «es de día», o como puede decir «mira, ya son las seis de la tarde».

107

Altisidora se levanta de la cama, siente su desnudez no como esplendor, sino como vergüenza, y es la primera vez que pasa entre nosotros. El erotismo también padece la entropía. El misterio se llama entropía, y la entropía llega a los cuerpos a través de la oxidación.

Y Altisidora entra en el lavabo, y al rato sale, vestida, muy arreglada, muy bien peinada, con la mirada al frente. Su melena invade el dormitorio. Sus piernas edifican su cuerpo. Eso me abisma: cómo sus bellas piernas son en realidad el soporte de todo cuanto amo.

Me mira un instante.

Me marcho, tengo que abrir la tienda, dice de pronto.

No sonríe.

Oigo el motor del Opel Astra y Altisidora se marcha sin decirme adiós, porque los seres humanos nunca terminan un amor como termina la lluvia en el cielo.

108

Me quedo mirando el rollo del papel higiénico, pienso que aún faltaban unos meses, quizá incluso un año, o dos, o cinco, o diez, para que otros objetos consolidaran su presencia. Objetos como unas sábanas arrugadas, los zapatos gastados de Altisidora, la desagradable presencia de mi desodorante, un cepillo de dientes, una taza de café sin recoger, un yogur vacío pero con su cucharilla dentro y el envoltorio levantado, como un pequeño buque simbolizando el desgaste doméstico, un cortaúñas, un chándal en vez de un vestido, unas zapatillas de ir por casa en vez de unos zapatos de tacón, la ropa interior saliendo de la lavadora, un peine, un pelo, un olor en el váter que dejó de ser lavabo para convertirse en taza y tapa. Supongo que solo habíamos entrevisto durante un segundo pasar a nuestro lado a la indiferencia. Faltaba aún un tiempo para que llegase el cansancio, el aburrimiento, la caída de toda pasión, la caída del deseo y la llegada desoladora del desamor.

Faltaban algunas semanas, tal vez varios meses, incluso un par de años, para que Altisidora volviera a ser Montserrat, me digo y me repito como un fraile que se levantase a las cuatro de la madrugada para rezarle a Dios, para pedirle a Dios que no le quitase el sol al mundo.

Está bien que haya sido así, que los dos, en un acto de severa previsión, nos hayamos adelantado a los gritos y a las sajaduras y a los insultos.

En poco tiempo (su precisión en fórmula matemática hubiera sido más relevante para la humanidad que la teoría de la relatividad) llegará el día en que tu presencia me resulte insoportable, en que tu presencia sea un insulto a la pasión de la vida; antes de esa llegada es mejor que todo termine en este instante, algo así nos hemos dicho sin decirnos nada.

Exacto: no nos hemos dicho nada, así que seguimos en el reino de los besos.

109

—

Sin erotismo la vida es un error.

110

—

El erotismo dura tres meses y el amor treinta años.

111

Tres meses hemos durado Altisidora y yo. Y es verdad que con los restos de esos tres meses, con el combustible sobrante de esos tres meses, podríamos haber alimentado un amor de treinta años que no hubiera pasado nunca de 30 kilómetros por hora, cuando la velocidad del erotismo es la de la luz.

Se ha marchado Altisidora, asustada porque la verdad siempre nos quebranta. Las grandes historias de amor son todas una mentira, aunque tal vez hay una verdadera, tal vez la historia de amor entre don Quijote y Dulcinea sea verdad. Ya Cervantes nos previno contra la idealización del amor. Nos dijo que era imposible si no es en el espacio de la locura, de la comedia, del chiste despiadado.

Montserrat/Altisidora, he ahí la trama.

Pero qué ha pasado realmente.

No ha pasado nada.

Solo que un rollo de papel higiénico inundó el dormitorio.

112

Cuando hacíamos el amor y yo la besaba y tocaba su cuerpo, rezaba por trascender ese cuerpo, le rezaba a las estrellas para que transformasen el orgasmo en entereza y en fundamento, en espíritu y en libertad, pero lo que venía a nosotros era una fuerza animal hija de la noche de la especie, venía la pura animalidad, pues es lo que somos.

Debería haberle rezado a la Oscuridad, pero tal vez no me atreví. Pues en verdad quien venía en el orgasmo era ella, la Oscuridad.

Tres mil años llevamos pidiendo la conversión del orgasmo en erotismo y en belleza. Y no ha sido posible, salvo para los locos. Los cuerdos se divorcian, y los miedosos perseveran en matrimonios cansados, que dan paz, y la paz es necesaria para vivir.

La vida sigue, reparte luz en todas partes.

El erotismo está allí, desde siempre. Es una mirada, alguien que te mira y te sonríe, es una invitación, es un corazón hincado de rodillas.

Intento desde este instante grabar el rostro de Altisidora cuando llegaba al orgasmo. Pero era un rostro borroso, a veces su melena me impidió verlo. Intento con la imaginación quitarle el pelo de la cara.

Lo hago y no veo rostro alguno.

La Oscuridad me roba el rostro de Altisidora cuando alcanzaba el orgasmo. Me lo roba, es borroso, no veo nada.

Nadie vio nada.

Y yo solo pretendía ver belleza.

113

—

Me escribe un largo wasap Altisidora. Me fascina su habilidad con los dedos para escribir esos wasaps con todos sus puntos y sus comas. Dice que quiere celebrar el final del confinamiento. El Gobierno ha decretado el cese del estado de alarma.

Ven a casa, le digo.

Viene, oigo al cabo de quince minutos el ruido del Opel Astra.

Entra en casa, nos besamos.

Nos abrazamos.

Te quiero, dice ella.

Te quiero yo más, digo yo.

Ha traído una botella de albariño, muy fría.

Este no es como los tuyos, este lo he pagado yo.

Bebemos.

Hablamos.

Nos reímos.

Nos besamos.

Los besos, que son siempre distintos, como los melocotones o las naranjas o los kiwis, y el sabor que tienen, nos hechizan y nos alarman y nos arrebatan y nos decepcionan.

¿A qué saben los besos cuando ya no son los primeros besos?

Íbamos a hacer el amor, y entonces Altisidora ha dicho que tenía que entrar un momento en el cuarto de baño. Yo tenía muchas ganas de hacer el amor, y veía en esas ganas una esperanza, un regreso de la pasión. Ha salido del cuarto de baño y se ha dirigido a la habitación y se ha tumbado en la cama.

He entrado yo en el cuarto de baño, era mi turno, yo también necesitaba asearme, porque el sexo en la edad madura necesita siempre un lavabo previo, y he visto dentro del inodoro un pequeño fragmento de un excremento de Altisidora. He sentido una insoportable decepción. He tirado varias veces de la cadena.

Me han entrado ganas de llorar.

He salido del cuarto de baño y me he dirigido directamente a la puerta de la casa y me he marchado. Mientras cerraba la puerta he oído a Altisidora preguntarme: ¿Vienes ya?

He caminado por el bosque de manera caótica y desesperada, por veredas laberínticas que no había visto antes, me he perdido por los riscos, que tampoco recordaba de otros paseos, esperando que ella se marchara de mi casa para poder regresar.

Miraba las copas de los árboles, parsimoniosas, y de repente parecían enrojecer bajo una luz crepuscular. Había pájaros cantando en las ramas, con sus ritos amorosos, con sus nidos en construcción, y ese verdor misterioso de los bosques en el que no me importaría convertirme, transformarme en un color, ser un color.

Que se marche, por favor, que Montserrat/Altisidora se marche, y que no vuelva nunca, mascullaba a los árboles, sabiendo que en el fondo me lo decía a mí mismo también, que estoy construido de la misma naturaleza orgánica que ella, y tengo un cuerpo idéntico, que produce los mismos olores y el mismo excremento.

¿Qué sería de nosotros sin el romanticismo? Ahora sé que soy un romántico, un iluso, un inocente.

¿Qué haría don Quijote?

Él pensaba que su Dulcinea era una entidad celestial, sin penumbras del cuerpo, pero es justo en esas penumbras del cuerpo donde nace el erotismo, que es la gran y única fuerza de la vida, porque el erotismo se origina en el lugar del excremento.

Al cabo de más de una hora he vuelto y he visto que el coche de Altisidora ya no estaba. He entrado en mi casa y he ido directo al cuarto de baño, he abierto la tapa y esa tristeza orgánica seguía allí, he vuelto a tirar varias veces de la cadena, pero no se desprendía. He ido a la cocina y he cogido una botella de lejía y la he vertido sobre el excremento. Al final he conseguido que se lo tragara la tierra.

Me he lavado las manos y he ido a la sala de estar.

Había una nota de Altisidora, escrita en un folio, que decía: «Te he estado esperando casi una hora, te he escrito un wasap y no me has contestado, espero que no sea nada grave, llámame, guapo, te quiero».

Cuando he leído el «te quiero» y el «guapo» me he sentido menos solo en el mundo, y eso también es importante, demasiado importante.

Sentirse menos solo no es erotismo, pero ayuda a amar la vida, ayuda a estar bien, y eso importa.

He pensado que tengo que pedirle matrimonio, hacer un esfuerzo de determinación, porque el amor está allí, aunque el erotismo amaine.

El amor está allí, y eso importa, porque es real. Nos sabremos cuidar el uno al otro, estar juntos en todo momento de la vida. Incluso puedo convertirme en el padrastro de Marc y ser una familia.

La cuidaré.

Seremos felices.

Nunca volveremos a estar solos.

Cuando sea vieja y enferme le llevaré el jarabe, las pastillas y todos los medicamentos del mundo a la mesilla de noche, y me quedaré allí, con un termómetro en la mano, porque eso hacen los maridos verdaderos.

Arrastraré su silla de ruedas con estilo, como si fuésemos bailarines.

Nos vestiremos de rojo e iremos en nuestra silla de ruedas como dos ángeles ennegrecidos por la ira.

114

Dos bailarines en silla de ruedas, cada uno elige su propia muerte, su propio envejecimiento. Dos bailarines a quienes cueste leer un titular de un periódico o hacer pequeños cálculos mentales, sumar el precio de una barra de pan y un paquete de azúcar.

Altisidora me dijo al poco de conocernos que había sido aficionada a los bailes de salón. Y que sabía bailar el tango. Trajo varios deuvedés de famosos bailarines de esta danza argentina y veíamos esas imágenes en la pantalla de mi ordenador.

Todo esto fue al principio, cuando venía a traerme comida de su tienda.

Una noche nos disfrazamos de bailarines de tango y Altisidora me enseñó un poco los primeros pasos. Entonces ella se transformó. Cuando se puso el vestido de tanguera, un vestido con lentejuelas que había traído en un bolso, con los tacones, y se pintó los ojos y las uñas de las manos y de los pies, tuve una revelación y entendí muchas cosas. Yo creo que Altisidora estaba enseñándome a través del tango una de las manifestaciones más complejas del deseo: la tristeza.

Muchas noches veíamos a grandes bailarines de tango en la pantalla. Es el baile más erótico que existe, porque avisa todo el rato de la imposibilidad de la plenitud. Eso se da en la vida de los hombres y de las mujeres. El tango es una danza maldita, porque proclama el carácter amargo del erotismo humano. Mientras Altisidora se disfrazaba con vestido de tanguera, con esos tacones que se convertían en un zócalo plateado, el erotismo brillaba.

Me trajo un traje de bailarín.

Me dijo que lo fundamental es el abrazo y la caminata. Me adiestró mínimamente en la barrida, en el voleo, en la quebrada, en el gancho, en el ocho, en el corte, en la sacada, en el giro.

Creo que me estaba diciendo algo, incluso se lo estaba diciendo a sí misma. Y ese algo que me estaba diciendo lo estoy viendo ahora. Me estaba diciendo que el erotismo se muestra en todo su esplendor mientras no se cumple. El tango era nuestra forma de decirnos adiós.

También me estaba diciendo que no veía en mí a un marido, o a una pareja estable, aunque me quería mucho. Veía en mí a un bailarín etéreo. Creo que esa decepción la causo siempre. Va conmigo, y tiene que ver con mi incapacidad para tomar decisiones, y el amor es un acto de determinación, y yo me quedo siempre en el baile, en la danza de los cuerpos, en las palabras.

El tango es un baile diabólico, de una belleza con capacidad destructiva, es un desafío entre un hombre y una mujer, parece sacado de la noche de la especie; todos los bailarines que veíamos en la pantalla ponían caras teatrales, las miradas estaban encendidas.

Los dos veíamos en el tango una forma de renuncia al matrimonio. Una manera de decirnos que lo importante era el deseo, pues el erotismo no puede cumplirse en la vida. Ha de quedar como una utopía del corazón, lleno de embrujos y huracanadas ganas de poseer al otro, pero sin poseerlo.

Hacer el amor sin hacerlo, solo la pretensión exaltada en la danza.

Ahora comprendo que ella en realidad, en el fondo, no pensaba como yo. Ella buscaba un amor en el tiempo, y yo una belleza atemporal. Ella buscaba un ser humano y yo un arquetipo. Ella buscaba el sol y yo una estrella más pequeña.

115

Me telefonea Altisidora a las doce del mediodía desde la tienda.

Me dice esto: Me acaba de llamar Purificación, la enfermera que atendió a Francisco. Me comunica que ha muerto durante esta madrugada y que ha pensado que yo tenía que saberlo.

Intervengo: Lo siento mucho, Montserrat, no sé qué decirte.

Me has llamado Montserrat, no me gusta eso, dice Altisidora.

Y Altisidora añade: Le he preguntado a Purificación si la familia de Francisco se había hecho cargo de los trámites, y ahora viene lo más asombroso. Me ha dicho que Francisco no tenía familia y que en estos casos se activa un protocolo llamado «muerte anónima». Puedes creerte eso, que haya un protocolo llamado así.

Tiene su belleza, he dicho yo, pero entonces ¿Francisco se inventó lo de su hijo y lo de su exmujer?

Eso parece, ha dicho Altisidora, pero a quién le importa, si acaso a mí y a ti, y para nosotros esta ficción o esta mentira no pasa de ser una anécdota irreal, e imagino que para Purificación una anécdota en el interminable río de anécdotas profesionales que constituyen su vida laboral y que de vez en cuando contará a sus hijos o a su marido o a sus hermanos.

O a sus amantes, he dicho yo.

No lo creo, ha dicho Altisidora, y ha colgado.

Me he quedado pensando en la desesperación de ese hombre, que se inventó una familia, y en lo indiferente que me resulta que tuviera o no esa familia. Podría estar mentalmente perturbado, podría no haber tenido intención de mentir, pero creo que soy la única persona sobre la Tierra que le está dedicando tanto tiempo a una sombra que pudo ser también una invención de Altisidora.

Con que Altisidora no sea una sombra me conformo.

Ante la muerte, todo ser humano tiene derecho a inventarse de nuevo su vida, a vivir una vida que dure dos minutos, es solo una cuestión de fe, es la misma fe que late en gente que cree en la inmortalidad del alma, en Dios, en la resurrección de la carne, en el juicio final, en la liberación del proletariado, en la lucha de clases, en los anillos de Saturno, en los extraterrestres, o en los neutrones, la misma fe.

Imbuido de esa fe, Francisco se inventó una vida distinta a la que había vivido y lo hizo al borde de su extinción.

Era un artista.

Vuelvo a llamar a Altisidora.

Dime, dice ella.

Creo que ese hombre era un artista, le digo.

Estás loco, me dice ella, tan loco como él, pero te quiero, y cuelga.

116

Todo es una espera de que ella venga, de que aparezca por la puerta. Ojalá no hiciera falta ni usar las palabras. Altisidora es morena, es una certeza, pero a veces parece rubia. O yo la imagino rubia. Como si pudiera ser dos cosas a la vez. Sus ojos son negros y grandes. Pero a veces parecen castaños, incluso azules, porque no están quietos, están en proceso de ser otras cosas.

Sus brazos son delicados, largos y suaves. Pero lo más suave es su piel, por ejemplo la piel de su vientre. Las primeras veces que toqué la piel de su vientre me sentí impuro, porque parecía la piel de una niña, luego comprendí que su piel no había envejecido. No hay cuerpo alguno, de hombre o de mujer, que no contenga en alguna parte un signo inequívoco, una huella de lo sobrenatural. Yo en su piel vi la mano de fuerzas sobrenaturales.

Tal vez ese revoloteo constante de lo sobrenatural sea la razón de que recuerde tanto a Rafael Puig.

Pero ¿conozco bien a Altisidora? ¿Sé realmente cómo es su organismo, su cuerpo, su sangre, su cerebro, su mecánica humana?

¿Cómo es su manera de hablar?, por ejemplo.

A veces es dulce, a veces es dura.

Es una dulzura perversa.

Es una dureza honesta.

Esa es la mezcla que hay en su carácter, pero todo este enamoramiento me ocurre en la edad difícil, y caigo en la cuenta de que no la he visto gritar nunca, allí veo de nuevo que no hemos sido marido y mujer, casi me río en este instante.

Ayer me dijo por teléfono esto: Me gusta estar contigo, pero sé que decirte esto no te basta, y puede que a mí tampoco me baste, quieres la certeza de que nos hemos enamorado. Quédate con un hecho: estoy yendo casi todos los días a tu casa, y duermo contigo, y sé que lo que más te gusta es el momento en que acepto que me estoy enamorando de ti.

Y es verdad.

Es el momento en que ella decide que yo existo sobre todas las cosas, y en el fondo eso es vanidad, y no me gusta que sea vanidad.

Me dijo más cosas, fue una conversación de dos horas de teléfono, me dijo esto: Mi exmarido nunca me pidió ese grado de amor, nunca quiso esto que tú quieres, que no sé qué es, y tú tampoco lo sabes, quieres mi cuerpo y mi alma, y algo más, que no sé qué nombre tiene, podrías decirme qué nombre tiene ese algo más.

Ojalá supiera yo ese nombre.

No tiene nombre, tiene música.

Y yo le dije esto: Imagínate que nos dejamos, que estamos unos meses juntos y nos separamos, pero imagínate que nos volvemos a encontrar quince años después, sin haber sabido nada el uno del otro durante quince años, y nos encontramos por casualidad en un supermercado haciendo la compra. Y nos miramos. Tú con un paquete de arroz en la mano, yo con uno de azúcar; o al revés si quieres; tú con uno de azúcar y yo con uno de arroz; perderíamos en ese instante la noción de qué clase de paquete llevamos en la mano; nos quedaríamos en suspenso, pensando en qué le digo, pero sobre todo pensando si habrá conseguido amar a otro hombre, eso en tu caso, o amar a una mujer, eso en el mío. Y sabiendo que no. Que esos quince años no han supuesto la resolución del enigma del amor.

Y Altisidora me contestó: Estás loco, pero eso que quieres de mí, que es mi alma, me pone cachonda, y perdona la vulgaridad, me excita, me pone como una moto en la cama, y a ti también.

Y le dije: Podría renunciar a tu cuerpo. No solo a hacer el amor contigo, sino hasta besarte, o tocarte una mano, o mirarte a los ojos, si supiera que esa renuncia ensancharía la belleza de nuestro amor.

Y ella: Estás loco, estás loco, pero me gusta oírte, aunque me metes veneno en el corazón y tu sangre negra en las entrañas.

Y yo: Para qué quiero tu cuerpo, si pierdo la belleza de tu cuerpo al poseer tu cuerpo.

Y ella: Estás loco, pero sigue hablando, sigue hablando hasta que el teléfono se derrita en nuestras manos como un helado bajo el sol de agosto.

Y yo: Querría escribir un millón de páginas o componer una sinfonía o rodar un documental de tres horas sobre el color de tus ojos y la suavidad de tu piel, pero no tengo talento, y al saber que no tengo ese talento, quisiera morir, porque si no sé reflejar esa belleza, para qué quiero vivir, de qué me sirve vivir, para qué vivir si no puedo estar todo el rato encima de esa ola sangrienta, desesperada, hermosa.

Y ella: No te creo, me hace daño tu voz, pero es lo único que tengo ahora.

Y yo: Sí, pienso en la muerte cuando no sé cómo adorarte.

Y ella: Qué estupidez esa, tú no quieres adorarme, tú buscas una droga muy rara, no sé qué pensar, no sé qué podemos hacer, no sé nada, y tú tampoco, lo que me apetece es ver el mar.

Y yo: Al final siempre elegimos lo que no pone en riesgo nuestra supervivencia, y una vez que sobrevivimos pensamos que para qué hemos sobrevivido, para hacer qué. Y yo también quiero ver el mar.

Y ella: Yo sí lo sé, yo tengo que sobrevivir para cuidar a mi hijo, tú puedes elegir la destrucción, pero yo no, y eso ya lo sabes, pero te lo digo ahora mismo para que no lo olvides: tú puedes inmolarte por esa belleza que dices, pero yo me debo a mi hijo. Y ahora me da igual ver el mar.

Y yo: Jamás.

Y ella: ¿Jamás qué?

Y yo: Jamás podría ser de otra forma, jamás te dejaría que fuera de otra forma.

Y ella: No tienes autoridad ninguna, tu jamás allí es hueco, es pura vanidad.

Y yo: He decidido que viviré para ti.

Y ella: Quiero ver el mar.

Y yo: Quiero ver el mar.

Y ella: He decidido que te acompañaré en estas semanas, que te querré, que te acompañaré mientras vives para mí.

Y colgamos.

Y yo pensé: Altisidora se ríe de mí, como la verdadera Altisidora se rio del pobre don Quijote.

Y seguí pensando: ¿están enamorados quienes gobiernan este mundo? ¿Están enamorados los presidentes de Gobierno, de la República, los reyes, los ministros, los dueños de las corporaciones, de los bancos, los dueños del mundo? Si no están enamorados, ¿qué clase de danza están bailando?

Yo seré un pobre diablo, pero estoy enamorado, y estoy bailando, soy un bailarín, porque se puede ver la vida así, desde la danza, desde cómo bailamos bajo la luz del sol.

Mira tú por dónde la vida me elige, me saca de la grisura absoluta, porque estoy enamorado de esa mujer.

Es imposible que un enamorado odie a nadie.

Ni siquiera odia el dolor de estar enamorado.

Si expulsas el amor de tu vida, solo te queda comprarte un Mercedes, una casa más grande, ascender en tu trabajo, odiar a los que no te dejan ascender en tu trabajo, y seguir codiciando notoriedad y propiedades.

Notoriedad pública, social, política, y propiedades.

Yo solo quiero estar enamorado.

Amar a Altisidora.

La gente no está enamorada, expulsó el enamoramiento de su vida. ¿En qué momento las sociedades y su moral y sus políticas decidieron que el enamoramiento no era un objetivo de la vida, en qué desgraciado momento decidieron que el enamoramiento no era el éxito?

El amor es disolvente.

El enamorado o la enamorada no trabajan bien, no se concentran bien en sus objetivos laborales, no están en lo que hay que estar. Además, no tienen pensamiento político. No saben nada. No leen. No compran nada. No viajan. No consumen. No buscan mejorar la sociedad. Son egoísmo. Simplemente se limitan a estar enamorados.

No he venido a este mundo a luchar contra la injusticia.

He venido a este mundo a enamorarme de una mujer.

Ni siquiera de una mujer.

De otro ser humano que no sea yo mismo, exacto, eso es.

117

Tras el final del confinamiento, Altisidora me pide que cumplamos juntos un deseo. Quiere hacer un viaje al mar.

Ya ha pensado el sitio.

Ese viaje será como una forma elegante de decirnos adiós, aunque eso ella no lo dice, pero lo adivino.

Un adiós profundo que involucrará el cuerpo y el alma, y lo que nos quedaba por vivir y descubrir uno al lado del otro. Porque el adiós de los enamorados o de los amantes es siempre una invocación a un futuro sin él o sin ella. Ese futuro que no vivirán existe, como un plano alternativo que estará siempre ardiendo en las entrañas de cada uno de ellos, como arde el sol, sin finalidad objetiva.

El sitio elegido es el Hotel Voramar, en la ciudad de Benicasim, provincia de Castellón de la Plana. Altisidora ha conseguido una buena oferta, una habitación con vistas al mar. Me cuenta que se trata de un hotel célebre, que fue hospital durante la Guerra Civil, especialmente para soldados de las Brigadas Internacionales, y que en él habían dormido Ernest Hemingway y el poeta español Miguel Hernández. Lo pone todo en internet.

Luego descubro que había alojado a más gente, al escritor norteamericano John Dos Passos, a políticos como el Mariscal Tito o Juan Negrín.

Altisidora dice que iremos con su coche, pues del mío, y con razón, no se fía en absoluto.

Así que el viernes 3 de julio, a las nueve de la mañana, emprendemos el viaje. Altisidora ha juntado unos días libres, de modo que hasta el 9 de julio no tiene que volver al trabajo.

Al trabajo de Montserrat, pienso yo.

Por fin, va a ser Altisidora todo el rato, me digo a mí mismo.

Está contenta, además ha conseguido un precio estupendo gracias a la pandemia. Gracias a la pandemia, los hoteles de cuatro estrellas a pie de playa tienen buenos precios y ella se fijó en mí. A la hora de elegir la habitación, dudó entre habitación con vistas al mar o con vistas a la montaña. Había 20 euros de diferencia de precio. Investigó con profesionalidad y eficacia la opinión de otros clientes en distintas páginas web. El Voramar tenía una nota altísima en todas las webs, eso la extasiaba.

Altisidora dice que cuando usan la expresión «vistas a la montaña» lo que están ocultando es que se trata de vistas a la carretera, lo dice como quien resuelve el misterio de la santísima trinidad. Y yo pienso en la codicia de la belleza, y pienso que esa codicia es real y no soñada, pues en el Hotel Voramar, como en todos los hoteles de la Tierra, saben perfectamente que no es lo mismo ver el mar que no verlo. Y ver el mar es un asunto que atañe a la belleza y al asombro, y la única manera de medirlos es con el dinero. Y al medirlos con el dinero, los valoramos y los comprendemos. El dinero hace que los asuntos más complejos se vuelvan comprensibles, de ahí su éxito.

Si la belleza no cuesta dinero, no la vemos.

Seguía existiendo, pues, la belleza en el mundo, en tanto que tenía un precio.

La belleza existe si tiene precio.

Tendremos que desayunar con mascarilla e ir a la playa con mascarilla, será un mundo zombi total, dice Altisidora, necesito esas vacaciones, llevo muchas penas encima.

118

Nos cuesta más de seis horas llegar. Hicimos una parada para comer algo y descansar un poco. Altisidora había preparado unas empanadillas, unos buñuelos de bacalao, y había troceado una sandía, y nos lo comimos en un área de descanso, bastante desoladora, por cierto. Las papeleras estaban a rebosar, y la nauseabunda basura salía de ellas y se esparcía a sus pies. Había mascarillas en las papeleras. No había sombra de árboles. El calor inundaba España. Un calor pegajoso y polvoriento, un calor que en realidad es una invitación a no hacer nada, a esconderse del sol, a buscar una cueva fresca, un río, una alameda, como imagino debió de hacer el *Homo sapiens* hace cien mil años.

Los buñuelos y las empanadillas los había cocinado Altisidora con lujuria, se notaba en el aspecto de la comida, vi cómo sus manos grandes abrían el túper y me ofrecían el primer buñuelo. Estaba exquisito. Mordí la mitad y la otra se la di a ella. Vi el buñuelo perderse entre la armonía perfecta de sus dientes.

Sus manos cogían la comida y me la ponían en la boca.

Resbaló agua de sandía por su labio, abriéndose paso por su piel.

Estábamos siendo felices en medio del desierto.

Seguimos viaje, con el aire acondicionado a tope, que funcionaba correctamente, pese a que el Opel Astra de Altisidora ya es muy viejo.

Llevábamos cuatro cedés que oíamos todo el rato: John Coltrane, Franco Battiato, Nina Simone y Amy Winehouse.

Ayer hablé con mi hijo y está bien, estaba muy cariñoso, dijo Altisidora mientras conducía.

No quise preguntarle más, pero pensé en el hijo inventado de Francisco. Qué demonios lleva a un moribundo a inventarse un hijo que no le quiere. Marc no podía ser una invención. Altisidora me ha enseñado fotos suyas.

Estábamos atravesando la península ibérica, camino del Mediterráneo, yo sentía las llamas del sol, como si el calor primigenio reclamase sus posesiones. Como si fuésemos solo llamas, como si retrocediéramos hasta el segundo después del Big Bang.

Miraba las manos de Altisidora al volante y me parecían robustas, limpias, sanas y delicadas, todo a un tiempo. Hay que ver las cosas que dicen unas manos. Lo dicen todo. Cada mano tiene cinco hijos, y cada uno de estos hijos tiene su carácter, su fisonomía, su aspecto, su delicadeza.

Yo veía esas manos como si viese el misterio más perturbador de la vida.

¿Por qué veía en ellas la belleza absoluta?

Veía en esas manos no solo la belleza humana, sino también la belleza política. Sí, como si esas manos contuvieran una república de ciudadanos libres, plenos, enamorados, bondadosos, sin miedo.

En tus manos va el misterio de la vida, como en un jeroglífico místico, le dije a Altisidora.

Y ella se echó a reír. Además, cambié el rumbo de la

conversación, pues derivaba hacia la elegía del hijo, y eso nos iba a entristecer.

Al cabo volvió el silencio y adiviné que ese silencio traía el recuerdo de su hijo Marc. No quería verla sufrir, y entonces dije esto: Yo creo que la pandemia habrá separado a millones de padres, madres e hijos, lo han dicho en la televisión, lo dicen los periódicos.

Pero tú no tienes hijos, me contestó Altisidora.

Y de repente sentí un vacío sobrenatural, y comprendí a la perfección la fantasía de Francisco de inventarse un hijo, y al cabo de un minuto el vacío cesó.

Si no tienes hijos, el abismo es más profundo. Si los tienes, el abismo transforma la profundidad en angustia.

Pero no, no tengo hijos, nadie a quien llamar para pedir auxilio, para pedir un favor, para pedir un fin de semana juntos. Mis genes se perderán para siempre. Encima soy hijo único, un fin de raza.

Cómo hubiera sido tener un hijo, verlo crecer, verlo alejarse, verlo envejecer también, esas preguntas se las lleva la desoladora península ibérica.

Nos cuesta más de seis horas llegar, y vemos al fin la puerta del hotel, aparcamos justo al lado, porque hay un sitio libre.

119

Nada más ver el edificio me doy cuenta de que tiene una ubicación especial, justo en una esquina de la playa, lo cual lo convertía en un lugar magnético, con sus palmeras y su sencillez arquitectónica, sus ventanales pacíficos, y solo tenía cuatro alturas.

Nos tratan muy bien en recepción.

Altisidora sonríe con excitación mientras nos registramos.

Con un DNI basta, no hace falta enseñar el mío.

Nos dan la habitación 104, y nos indican que hay que bajar un piso por debajo de donde estamos, cosa que hace mudar el rostro de Altisidora. La decepción la pone de mal humor. Objeta que ella había reservado habitación con vistas al mar, y la recepcionista le aclara que sí, que tiene vistas al mar.

Entramos en la habitación y comprobamos que efectivamente tiene vistas al mar, pero a ras de mar. Lo que la gente entiende por vistas al mar es vistas sobre el mar, y lo que al principio fue decepción acaba convertido en celebración, pues nos damos cuenta de que la habitación está llena de encanto. Otra lección más de la vida: su imprevisibilidad.

Parecemos un matrimonio, eso es bonito, nos seduce a

ambos. La habitación tiene dos camas. Elijo yo la que está más cerca de la terraza, porque Altisidora quiere darme ese gusto, ese privilegio, y en ese instante comprendo que su exmarido había sido cruel con ella, porque adivino que Altisidora también tuvo esos gestos de generosidad con él y que él no supo valorar.

Descubrimos entusiasmados que la terraza tiene una hamaca colgante; nada más verla, Altisidora se acuesta en ella y se balancea.

Ahora tenemos que enfrentarnos al equipaje, al neceser, al armario. Titubeamos como dos colegiales, y eso nos lleva a pensar en que todavía queda buena y mucha pasión en nosotros, y es verdad. Allí está la pasión, porque si cambias de lugar, cambian los cuerpos, de modo que lo que parecía una liturgia del adiós queda misteriosamente envuelto en un renacimiento de besos, caricias y sexo.

De pronto, me doy cuenta de que había sido un estúpido, una auténtico imbécil, un romántico imbécil.

Sigo apasionado.

Sigo enamorado.

Sigo codiciando su cuerpo y su alma; y ella, los míos.

120

Veo otra vez en nuestra habitación del Hotel Voramar el gran acantilado del deseo, que tiene el componente añadido de que la gente que pasa junto a la barandilla de la terraza puede ver lo que ocurre dentro, pues estamos en la planta baja, junto a un bar elegante que linda con la arena de la playa.

Yo creo que eso nos eriza, a los dos.

Nos pone a mil.

Si nos sentamos en nuestra terraza, es casi como sentarnos en el bar, la frontera es nuestra barandilla y dos metros escasos.

Podemos, si así lo deseamos, mostrarnos en el acto del amor.

Podemos elegir la intensidad, podemos permanecer en las camas, o ir acercando nuestros cuerpos hacia la terraza, podemos tener las cortinas echadas, medio echadas o completamente corridas.

Meternos desnudos en la hamaca y hacerlo allí, a la vista del que pasa.

Nos gana la exhibición: follar a la vista de todos y a la vista del sol, el cielo, los árboles, los pájaros, las nubes, el aire, el viento, es exactamente la vida. Así fue durante milenios.

Los dos comprendemos que esa habitación se va a convertir en un enigma de nuestra propia identidad sexual.

El Acantilado, así le digo a Altisidora que voy a llamar a nuestra habitación.

Imagino que podríamos permanecer doscientos años en el borde de ese Acantilado, sentados el uno frente al otro, en un verano que durase dos siglos, intentando resolver el enigma de nuestra identidad sexual, cien años para mi enigma, cien para el de Altisidora.

Y el Acantilado allí, oyéndonos hablar.

El enigma de la identidad sexual es el único enigma, lo demás es frivolidad, economía e industria.

Ministerios de Economía y Hacienda, de Industria, de Interior, de Medio Ambiente, ministerios es lo demás.

121

Intento mirar el rostro de Altisidora bajo distintas disposiciones de la luz del sol, y eso me consume, me alboroza, me estigmatiza. Por mucho que la bese, por mucho que toque su sexo y ella el mío, la sed no se sacia. No puedo acceder a su alma, al último refugio de su identidad y de su sustancia, no puedo caminar desnudo dentro de su espíritu, dentro de su Oscuridad.

No puedo convertirme en ella.

Pero estoy seguro de querer eso: ser ella.

Sí, quiero.

Metamorfosearme en ella sin que mi identidad invada o toque la suya, que caminen las dos identidades juntas, que cohabiten en un mismo cuerpo, pero que el cuerpo sea el de ella.

122

Estamos sentados en la terraza del Acantilado, disfrutando la luz y el mar. Ella está desnuda dentro de la hamaca y lee un libro de Isaac Asimov. Deseo no perderme ni una sola de las posibilidades del rostro de Altisidora. Cuando abrió la maleta y puso su ropa en los cajones, me di cuenta de que había comprado lencería especial y supe que yo era el destinatario de esa lencería. ¿Cómo la habría comprado? Imaginé que por Amazon.

La maleta y el Acantilado y el armario y el baño y las camas y el aire huelen a Chanel n.º 5.

Su maleta es también importante, ella consigue hacer importante todas sus cosas, y yo no sé si mis cosas son importantes a sus ojos, pero cómo preguntarle algo así, cómo demonios se articula una pregunta como esa.

Cuando miro su maleta me vence la ternura, porque imagino las decenas de veces que Altisidora tuvo que hacerse la maleta ella sola, sin la ayuda de nadie, sin tener a nadie a quien preguntar cuántos días vamos a estar fuera, qué ropa me llevo, hará frío allí.

Hacerse solo la maleta es culpabilidad.

Es Oscuridad.

Acaricio su maleta.

¿Qué estás haciendo?, me pregunta Altisidora. Estás loco.

123

—

También querría beberme como un vampiro todo el amor que un día Marc sentirá por su madre, dentro de unos años.

Me bebería ese amor como un caníbal.

Eso hacía Dios cuando existía: se colaba en todas las entrañas, y lo amaba todo.

Dentro de unos años, ese hijo adorará a su madre, la querrá con una devoción maravillosa.

Lo sé.

Y el corazón de Marc será el altar de la ternura.

Dentro de unos años, diez, quince, veinte tal vez.

124

El Hotel Voramar está lleno: somos un montón de gente queriendo disfrutar de nuevo de la vida, pero todo el mundo lleva puesta su mascarilla; algunas son de colores, hay quien lleva dos.

Mira todas esas camareras con la mascarilla, dice Altisidora; es tremendo, la humedad, el trabajo, el calor, el salario escaso y encima la mascarilla. ¿Cuándo van a poder disfrutar de la vida toda esa gente de veinte años? Menudo mundo les va a quedar, le diré a la recepcionista que nos dé una habitación de los pisos de arriba.

Esta tiene su encanto, contraargumento, fíjate, es como si estuviéramos en dos sitios a la vez, en la terraza del bar y en nuestra casa.

Es verdad, además le has puesto el sobrenombre del Acantilado. Es una de las cosas que más adoro de ti, que les cambies el nombre a las cosas.

Entonces nos besamos, yo intento besarla con profundidad, para que nos vean todos, intentando tocar su lengua.

Por fin el mundo está viendo que nos amamos. El amor es social. Pero esa gente que ve cómo nos besamos son desconocidos.

No tenemos a nadie a quien comunicar nuestro amor.

Parecemos dos fantasmas enamorados.

125

Aprieto sus manos y beso sus dedos, tan distintos son los dedos de la mano de una mujer de los dedos de la mano de un hombre, ese prodigio de la diferencia y a la vez de la semejanza.

Son manos humanas, son idénticas y no son idénticas, hay fragilidad en las de ella, una fragilidad que se convierte en sexo y deseo.

Veo tu alma en tus manos, le digo a Altisidora, el alma busca ventanas o puertas para salir un rato, para estar fuera cinco minutos, si pones atención y estás todo el rato a la espera, puedes verla, tu alma, en esas salidas que duran tan poco.

Estás loco.

126

¿Estás bien?

Sí, te quiero. Y tú, ¿estás bien?

Sí, te quiero.

Todo el rato nos preguntamos el uno al otro si está bien. Si estamos bien. Esa pregunta insistente no se la hacen los matrimonios veteranos. Esa pregunta insistente es propia de amantes, se trata de verificar en todo momento si la pasión sigue intacta.

Si tenemos futuro como enamorados, esa es la cuestión.

Si vamos a estar siempre en lo más alto de la pasión.

127

Las sábanas tan limpias y tersas del Hotel Voramar reciben nuestros cuerpos desnudos con armonía entre nuestra piel y la tela, como si esa tela estuviera conjurada con los cuerpos.

Un proceso de eternidad arranca aquí mismo, pienso.

Altisidora se pone la lencería nueva y vuelve la pasión de las primeras veces con una intensidad tal que pienso que la entropía del sexo fue una falacia de mi cerebro egoísta.

Una y otra vez no dejo de lamentarme.

Inventamos juegos eróticos en el Acantilado.

Hablamos sobre el vello púbico.

Nos reímos mucho.

Nos prometemos estar todo el rato desnudos en el Acantilado.

Hay cosas sobre su sexo que no me atrevo a preguntarle.

Son preguntas complejas, que en realidad lo que buscan es experimentar por mí mismo la posesión de su sexo, es decir, ser yo Altisidora.

Las mascarillas encima de la mesa de repente carecen de significado, parecen como mucho unos clínex para limpiar el semen.

128

—

Ojalá hubiera una liturgia pactada a la hora de hacer el amor, en donde esa liturgia, o incluso un protocolo, consiguiera extirpar la fealdad y proteger la belleza, que reinase solo el júbilo, la luz. Tal vez allí fue donde los primeros *Homo sapiens* decidieron inventar el amor, para que el coito se elevara sobre sus excrecencias y fluidos, cuya funcionalidad biológica es responsable de su vergüenza; y esa liturgia tocara un cielo imaginario, siempre imaginario.

Con ese cielo imaginario comenzaron otra clase de problemas, porque los seres humanos resolvemos un problema con una mágica y brillante solución que al cabo de diez minutos engendrará inéditos dramas, y es así como nos vamos extendiendo en el espacio y en el tiempo.

129

¿Qué relación tienes con tu sexo?, le pregunto no sin vencer un pudor mayúsculo a Altisidora.

Está ahí, forma parte de mí, no estoy pensando en él todo el rato, dice Altisidora y se echa a reír, y pregunta cuál es mi relación con el mío.

Nos quedamos mirando el sexo de cada uno.

Contesto: No sé, está ahí, a veces me avergüenza, pero forma parte de mi cuerpo, y mi cuerpo también es un desconocido en alguna medida.

130

Después de hacer el amor —qué expresión tan insustancial e incómoda, ninguna expresión es buena, ninguna sirve—, vamos a bañarnos a la playa. Vamos con la mascarilla puesta hasta el mismo borde de las aguas, lo cual es tan ridículo como la expresión «hacer el amor».

Pero la otra, la palabra vulgar, no me incumbe.

No nos incumbe.

No nos incumbe de tanto que nos incumbe.

Altisidora decide bañarse en toples, lo cual hace que algunos hombres la miren, eso sí, con disimulo. La desean esos hombres, y sufren en ese deseo, que a mí me alegra, pues lo que ellos ansían a mí me ha sido regalado.

¿Quién me lo había regalado?

¿El virus?

¿Dios, el destino, el azar, la nada, la vida, la Historia, la alucinación, la locura, Cervantes?

Altisidora mide 1,71 metros.

Su estatura se realza con su desnudez.

Creo que me voy a morir de felicidad.

Sus 171 centímetros retumban sobre el universo.

Es una diosa.

Yo mido 1,78, gracias a Dios.

Mil gracias a mi padre y a mi madre.

Pero creo que sería perfecto si yo midiera 1,81.

Justo 10 centímetros más.

Pues a veces, si me encojo de espaldas, casi medimos lo mismo, porque ella siempre está firme en su cuerpo.

Mientras me baño, pienso en ese regalo. También siento que en el fondo yo no sé apresar todo ese esplendor que esos hombres codician, que me faltan lucidez e inteligencia para poder apresarlo todo.

Hay una energía primitiva en los pechos liberados de Altisidora, y la braga del biquini está muy ajustada, casi una línea de tela. Ella parece ajena al hecho de que su cuerpo despierta pasiones silenciosas.

Como si no fuera consciente de que la desnudez de su cuerpo se comunica con la desnudez del sol, de la luz y del agua.

¿Despertaré yo alguna pasión en esas mujeres, que son las esposas de los hombres que miran a Altisidora?

Nos besamos cuando ya el agua nos cubre por encima de la cintura. El mar permanece en calma. Otra vez vuelvo a pensar en el matrimonio. Casi no hay olas. A nuestro alrededor no se oye hablar en francés o en inglés o en alemán. La pandemia ha expulsado el turismo extranjero.

Por todas partes, solo turismo nacional, que es lo que somos, y yo me siento identificado con ellos, soy uno de ellos: clases medias de España, haciendo lo que se puede, intentando no ser clases bajas, que es a lo que se dedican día y noche las clases medias españolas, a no descender un par de peldaños más y darse de bruces con la miseria.

131

—

La naturaleza de sus suspiros cuando estoy dentro de ella es distinta de la naturaleza de mis suspiros. Poso mis manos en sus nalgas. Altisidora, con la palma abierta de sus manos, aplasta mi pecho. Es importante para ella, para su placer, abrasar mi pecho con sus manos abiertas.

Parece que quiere robarme la carne.

Parece que yo quiero dominar sus entrañas.

Más despacio, acaba de decir Altisidora.

Dos palabras que contienen el misterio del placer, estamos los dos a la búsqueda de nuestro placer, de la utopía del orgasmo.

Bésame los dedos, pide.

Pero no quiere eso, quiere que le coma los dedos. El verbo comer es el verbo del amor. Por pudor ha dicho «bésame los dedos». Van mis dedos a su boca y los suyos a la mía, y trasladamos a los dedos una versión minúscula de nuestros cuerpos. Los dedos de Altisidora y los míos conducen la excitación y también el peligro, porque allí hay una ecuación y una difícil proporción entre excitación y peligro.

Que tu cuerpo encuentre la calma, me dice Altisidora, y es una forma bonita de llamar a la eyaculación.

Para que su orgasmo y el mío lleguen ha de haber contemplación de las curvas en mi caso y de la línea recta en el suyo.

Si fuéramos dos desconocidos, como las primeras veces, habría en esta región del coito más viento, más terror, más contemplación del abismo.

Venimos aquí, al orgasmo, para contemplar el viaje de la muerte hacia la nada, y meto mi mano en su sexo, y el vello púbico se enreda en racimos que parecen reliquias de millones de amantes que existieron antes de nosotros.

¿Quieres que diga palabras guarras?, y se ríe.

Dímelas todas, las palabras más ofensivas, más lujuriosas, más obscenas.

Quieres que gima más, que chille, que me coma los labios, que abra la boca.

Claro que quiero.

No se sabe muy bien por qué Cervantes eligió el nombre de Altisidora. En su novela es una adolescente, y no es alta, como podría deducirse de ese compuesto de Alta e Isidora.

Pienso en esto mientras ya hemos terminado nuestra utopía carnal, y estamos en silencio, y veo el pie de Altisidora a lo lejos, con sus uñas delicadamente pintadas de rojo.

Es el vello púbico tal vez lo más definitivo de nuestra desnudez.

Los pechos en ella y la forma del culo, también.

Te gusta mi culo, ¿verdad? Me pregunta, porque trama una segunda utopía. Le digo que estoy rebautizando el orgasmo.

¿Cómo lo vas a llamar? Joder, tío, a todo le cambias el nombre, eres san Juan Bautista, a lo mejor por eso te quiero, porque te quiero tanto, pero igual tú me quieres más.

Me doy cuenta de que soy un inocente, pienso.

Quiero que me lo comas, dice Altisidora.

Quiero saber que estás bebiendo y comiendo todo cuanto soy, y quiero que huelas todo lo que sale de mí, dice Altisidora.

Quiero que tú hagas lo mismo, pero con más juventud de la que yo soy capaz, le ruego yo.

Pienso en la juventud que no tengo.

No puede ser que no lo hagamos con toda la violencia del mundo, añade ella.

Y yo te comeré la tuya, que es grande y larga.

Y yo la miro.

Mira cómo crece entre mis manos, dice Altisidora, pero no me has dicho cómo vas a llamar al orgasmo.

Utopía, así lo voy a llamar.

Bueno, eso creo que lo entiendo.

La utopía de no estar solo, por eso quiero llamarlo así, argumento.

¿Te sientes solo aun después de que me has lamido las tetas hasta rompérmelas? No tienes derecho a decir eso, y si te sientes solo después de haberme tragado tu semen sin que te atrevieras a pedírmelo, lo mejor es que ahora mismo me levante y salga de esta habitación de hotel y me vaya a dormir en la puta arena de la playa.

Cojo su mano y la beso.

Y le digo: Tu nombre es Altisidora, y dentro está la palabra Isidora, que viene de la diosa Isis, del antiguo Egipto.

Y de qué era diosa, pregunta Altisidora.

Era la diosa de todo cuanto existe, de la noche y el día, de la vida y la muerte.

Bien, eso me gusta, sí, esa soy yo. Y si yo soy esa diosa, es imposible que puedas sentirte solo, a no ser que no tengas fe en que yo soy Isis.

Tengo fe en que eres Isis.

Entonces, fóllame otra vez. Tienes un miembro grande, pesado, enrojecido, sólido.

Tienes una concavidad amarga, líquida y rocosa a la vez, grande, gigantesca, rosada, analfabeta, imperecedera, inculta, desarraigada, doliente, amenazante, cálida, capaz de llevarse adentro toda la vida de este planeta.

Hazlo, pues, hazlo como si fueses a detonar cien mil millones de bombas atómicas, capaces de arrasar todo el universo, maldito universo.

Maldito, sí.

132

Me es revelada una dimensión infrecuentísima del deseo de matrimonio, la del matrimonio como transformación en eternidad del momento que estoy viviendo.

Me doy cuenta, como en otra revelación arrolladora, de que Altisidora y yo somos una pareja sin pasado. No tener pasado, no sé por qué, implica no tener futuro, sobre todo a nuestra edad.

Veo a esos hombres de la mirada lasciva acercarse al rato a las toallas o a las sombrillas en donde los espera una esposa entrada en carnes y en años. Esos matrimonios sí tienen pasado. No se puede tener todo: eliges tener pasado o tener pasión. Tener las dos cosas parece imposible.

Ellos codician el cuerpo de mi Altisidora.

Yo codicio el pasado de sus matrimonios.

La codicia nos mantiene vivos y despiertos, y también sufriendo, porque codiciar es una forma del dolor.

133

No sé por qué esto ya ocurre en el pasado.

Estuvimos un buen rato en el agua. Nadamos, buceamos, nos abrazamos, nos reímos, nos besamos, y a través de los besos buscaba tocar y poseer aquello que excitaba a esos hombres, pero temía que la boca y la lengua de Altisidora volvieran a la entropía, al desgaste, a que ya no me hicieran temblar ante el abismo, y llegó un momento en que ya no había nada que hacer, en que el baño ya era la repetición del baño, eso me conmocionó.

Ese era el momento de salir del agua.

La pasión del baño se había agotado, había llegado la entropía.

Nos duchamos por separado en el Acantilado, porque no cabíamos los dos a la vez en la ducha, y lo intentamos, pero fue imposible. Luego, casi desnudos, en vez de meternos en la hamaca, nos sentamos en las dos sillas de mimbre de nuestra terraza; es decir, que estábamos prácticamente en exposición pública. Había allí, en esa terraza, una intersección maravillosa entre lo público y lo privado, que tenía una filtración erótica innegable. También el mar es una filtración erótica del cielo, y el cielo lo es del sol y las estrellas y los planetas, así en un orden ascendente cuyo final no existe.

Cuyo final es un ser humano con una mascarilla en el rostro, la última abominación, porque la mascarilla no es una protección noble contra la muerte, es más bien la desfiguración del rostro, la cobardía, la pereza, la mansedumbre, el triunfo del enemigo del erotismo.

Pero en el Acantilado las mascarillas estaban abandonadas por el suelo, como objetos tristes que nadie se había tomado la molestia de tirar a la papelera.

¿Quién es el mayor enemigo del erotismo?

No lo sé.

Tal vez lo sea la codicia de la ancianidad, eso es nuevo en el mundo. Esa novedad se ha convertido en siete mil millones de seres humanos anhelando llegar a la edad nonagenaria, porque también existe el capitalismo de la edad, de la avaricia de la edad. El deseo de hacerse de noventa años es el gran enemigo del erotismo, pero no lo sé. No tengo certezas.

A los que eligen la vida apasionada les esperan la muerte y la miseria; y a los que eligen la senectud, un desvanecimiento progresivo de la vida, que bien entendido pudiera ser algo maravilloso.

No lo sé.

Nadie sabe qué es la vida humana.

No sabemos por qué, ni cuándo, ni cómo, pero con los besos todo se llena de sentido, y eso hacemos, eso hacemos Altisidora y yo.

Por eso decidimos abrigarnos con la piel del erotismo, que es acción. Algunos seres humanos eligen sacrificarse por los demás, y allí también hay erotismo: quien da de comer a un hambriento, quien da de beber a un sediento, recibe el impacto de la vida en su corazón, como una bala de fuego llena de hermandad, misterio y arrodillamiento, una forma interna de la vida, una dislocación de la energía, que se acelera y hace que reviente el cielo, colmado de pasión.

La gente se droga con lo que puede. Nosotros, con el Acantilado, donde permanecemos desnudos largo tiempo, cogiéndonos la mano y bebiendo cerveza helada y jugando con el ventilador del techo, que tiene tres velocidades.

Alta, media y lenta, es apasionante.

134

Altisidora ha contratado pensión completa.

Como dos señores nos dirigimos al restaurante, pero hay cola, y eso que ya habíamos acordado antes uno de los dos turnos disponibles para la cena, que eran los siguientes: el de las nueve menos cuarto, y el de las diez y media, y habíamos elegido el último, y resulta que en este hotel todos somos españoles, y todos hemos elegido el último turno.

Hacemos la cola junto a otras parejas con mascarillas, abundan los matrimonios con hijos, pero no hay extranjeros, y reina el aire inconfundible de los gestos sociales españoles, basados en voces altas, en una legendaria omisión del silencio, del respeto al otro, que a lo mejor no desea escuchar la conversación de la familia de al lado, que a lo mejor siente el silencio como una bendición, como un don, como una necesidad de vida.

Esperamos poco, menos de diez minutos, enseguida la camarera nos busca una mesa y nos da una de las mejores, al lado de un enorme ventanal, tras del cual está el mar.

La comida es buena, y nos quedamos callados, como si no tuviéramos nada que decirnos, de qué hablar. Es nuestra primera cena en un restaurante, y cambiado el espacio, se produce una embarazosa incomunicación.

Esa misma incomunicación la resolvimos en la cama haciendo el amor, y en el mar bañándonos, y en las horas de coche hablando del viaje y escuchando música, pero ahora no hay nada que decir.

Regresamos al Acantilado, ya no hay gente en las terrazas, estamos al fin solos y se oye el mar, casi es un estruendo.

Tengo miedo, dice Altisidora, me parece que lo estoy haciendo todo mal, mucho miedo, mi amor. Me arrepiento de toda mi vida, menos de Marc, me arrepiento de haberle tenido miedo a la intemperie, de haber sido cobarde, de no haber sabido pelear por mi hijo, de no haberle partido la cara a mi exmarido, hizo lo que hizo porque pudo, y pudo porque yo no tuve la fuerza de las fieras, la fuerza de las leonas feroces.

Y me coge de la mano, buscando refugio, porque de repente la tormenta del pasado se ha despertado en su alma, así que necesita protección, y esa es una de las grandes palabras del amor, porque los enamorados deben protegerse. El mundo es inclemente. Altisidora arrastra el dolor de su madre muerta y de su hijo ausente, dos personas que caminan por el interior de esta mujer tan bondadosa como humillada por la vida.

Pongo música en mi teléfono móvil, para que la oiga Altisidora y calme su alma. Pongo la música más hermosa del universo, pongo «Lascia Ch'io Pianga».

Nos acostamos cada uno en su cama, con las manos cogidas y la ventana de la terraza completamente abierta, entra la brisa del mar, y se produce en ese instante una aceptación de gracias y desgracias.

Altisidora duerme desnuda. También lo hacía en mi casa de Sotopeña, pero aquí es distinto, en el Acantilado parece su desnudez alcanzar una perfección superior, un orden más alto, debido a la presencia de la brisa y del mar y de la luz, la luz que baja desde el universo porque se siente llamada por nosotros dos, por los enamorados.

Marc nunca conocerá el esplendor de su madre, yo sí.

Estos 171 centímetros que están a mi lado y el olor a Chanel n.º 5. Las uñas pintadas de sus pies, que la luna ilumina en este instante. Pies robustos y sólidos, con venas cargadas de sangre sana y fecunda.

Si pudiera mandarle un mensaje a Marc a través del tiempo, un mensaje que le llegara dentro de treinta años, le diría esto: Tu madre es un ser excepcional, su belleza es el mayor espectáculo de ternura y poder que vieron mis ojos, superior al mar, superior a las leyes de la física, superior a la vida y la muerte, pero no puedo mantenerlo así siempre.

Tu madre es un misterio en expansión, pero esa expansión está ocurriendo ahora, en este ahora, no en tu tiempo, en este ahora que nunca podrás conocer, porque nunca conocerás a tu madre como la mujer que es, pues ese conocimiento te mataría. Pero que sepas que su expansión fue real, y eso es suficiente.

Ten piedad de tu madre, y ten comprensión.

Porque tú eres su fruto, y debes llevar una fotografía de tu madre en tu cartera para que esté todo el rato contigo su memoria, porque ser su hijo ha sido tu gran suerte en esta vida, y debes recordarlo siempre que saques tu cartera en cualquier momento, en una tienda, en un bar, en un restaurante, en una gasolinera, en un hotel, y aparezca ella allí, en tu cartera.

Que no te pase desapercibida esa suerte de ser el hijo de una mujer como tu madre, porque si eso ocurriera, no accederías a contemplar el misterio de la vida, que tu madre puso en ti.

Esa suerte tiene que ser un fuego constante en tus entrañas, y aunque esas entrañas envejezcan, no debes olvidar esa suerte, que esa suerte vaya contigo llena de juventud en medio de tu envejecimiento.

Eso le diría, y añadiría: No tienes nada que perdonarle, más al contrario, tú eres quien debería pedirle a tu padre que te devolviera la luz de tu madre, y él no podrá, solo yo a través de este mensaje en el tiempo puedo reintegrarte esa luz omnipotente, y solo puedo hacerlo con estas palabras, porque las palabras pueden viajar en el tiempo.

No me conocerás nunca porque tu madre jamás te hablará de mí, aunque muchas veces cuando estéis juntos, y estéis hablando, y ella se distraiga o se aleje de tu conversación, es muy posible que entonces yo haya pasado por su pensamiento; en esos instantes de obnubilación o de distracción de tu madre puede ser que esté yo, y los días en que estuvimos juntos, y que no acabaron en matrimonio. Os veo comiendo en un buen restaurante de Fráncfort, hablando en alemán y en español, cambiando de una a otra lengua con gracia y elegancia y con cordialidad y con celebración, como si en ese cambiar de lengua fuese implícito un triunfo sobre dos identidades, un caudal elevado de cultura, conocimiento y vida, hablando de vosotros, de tus proyectos, de tu novia, de lo guapa que es. Si nuestros días de amor hubieran acabado en matrimonio, me habrías conocido y te habría decepcionado, y me habrías comparado con tu padre, y yo habría salido perdiendo en la comparación, pero el hecho de que te vieras obligado a la comparación te causaría incomodidad y puede que sufrimiento, puede que mucho sufrimiento, de modo que ese matrimonio que nunca se celebró me quita el peso de ese sufrimiento. Porque ese sufrimiento se daría, sí, lo veo claro. Y si yo te causara sufrimiento, se lo estaría causando a Altisidora, y más allá de que la quiero, ese sufrimiento revertiría en una agresión contra la belleza de mi propio espíritu, y contra la belleza del mundo.

Os veo juntos en un futuro en donde yo solo sea sombra lejana en la memoria de tu madre. Os veo juntos, cogidos de la mano, tu madre ya septuagenaria, y tú ya un hombre, caminando por alguna calle de una ciudad alemana, próspera y moderna, y os veo sonreír, y veo que te has casado y veo que tu madre ya es abuela, y en esa dimensión en donde yo no estoy, comprendo que de alguna manera los días que pasé con tu madre guardan una relación oscura con esa felicidad que estáis sintiendo.

Eso me basta.

Eso para mí es belleza suprema, es el bien absoluto, porque supone la contribución de mi vida a otras vidas, y ese es el único sentido de las cosas humanas.

135

—

Me despierto al amanecer, y sigue bramando el mar, y oigo pájaros, y entra la luz tímidamente en el Acantilado, y veo que Altisidora no está en la cama. Miro hacia la terraza y está allí, sentada en el sillón de mimbre, desnuda.

Te van a ver desnuda, le digo.

Cómo estar vestida ante este espectáculo, me contesta Altisidora.

Yo no había sido saciado de amor, me doy cuenta ahora, porque el cambio del espacio ha provocado un terremoto erótico, y me enfado por enésima vez conmigo mismo al tiempo que me rapta la alegría de saber que voy a besarla de nuevo.

Altisidora, te amo, le digo.

Me siento cursi, sentimental, empalagoso, pretencioso, y me da igual. Prefiero ser un cursi a tener el corazón helado y el erotismo enterrado en una tumba profunda, como lo tienen enterrado todos los hombres de mi edad. Incluso hombres más jóvenes que yo decidieron sepultar su deseo a metros de profundidad, hasta que se pudrió y de él no emergió flor alguna, sino la nada.

Prefiero ser cursi a estar vestido.

Estás loco, me dice Altisidora, y no quiero que sufras.

136

Veo, en el desayuno, muchas mascarillas de diseño, originales, luminosas, amables, pero mascarillas al fin y al cabo; es decir, el recordatorio insistente de la humillación de la vida y de la presencia de la muerte.

Altisidora y yo nunca habíamos estado tanto rato juntos encerrados en una mascarilla. No puedo ver su rostro mientras hacemos la cola para entrar a desayunar.

Nos sentamos al fin y Altisidora se quita la mascarilla y yo también, pero si quieres comer tienes que levantarte hasta las bandejas, y el pasaporte exigido para ese viaje hasta las bandejas es que te vuelvas a poner la mascarilla.

Es ridículo. Más que ridículo, es penoso. En qué clase de criaturas demediadas nos hemos convertido. No sabemos qué clase de pena es esta que nos obliga a esconder labios y nariz, no sabemos si tiene origen político o tiene origen natural. No sabemos distinguir el rostro de nuestro atacante.

¿Nos ataca la tiranía o la naturaleza?

O una mezcla de las dos, una mezcla nunca antes contemplada por la historia.

Hay allí, al frente de las bandejas, dos camareros que atienden tus peticiones; elegimos fruta, salchichas, huevos, cruasán y yogur.

Fíjate qué mundo va a heredar mi hijo Marc, dice Altisidora.

Pero saldrá adelante, le contesto, porque todas las generaciones salen adelante. Será un mundo que tendrá también sus cosas buenas, lo importante es que sepa siempre que su madre le quiso y le quiere, con eso basta.

Altisidora me regala una sonrisa llena de paz. Cuánta paz han causado mis palabras en ella.

Miro sus cabellos y ahora me parece que su pelo se ha vuelto negro, más negro, quiero decir: más negro dentro de lo negro. Y esa negritud de su pelo me parece un país, una nación en la que podría vivir, comprarme allí una casita, y envejecer allí, y morir allí, ese pelo cada vez es más negro.

¿Me dejarías que te convirtiera en una religión?, le pregunto a Altisidora.

Ella me mira con un cruasán en una mano, el sol de la mañana ilumina su pelo convirtiéndolo ahora en negro dorado, y dice por supuesto, y muerde el cruasán: Si quieres convertirme en una religión, te dejo, pero a mí me va a dar profundamente igual, mejor cómprame una casa frente al mar, o regálame un millón de euros, pero sigue llamándome Altisidora, que eso es gratis.

Reímos.

Altisidora se come el cruasán con gracia, con un arte casual, de repente le da un mordisco, luego lo deja un rato aparcado en el plato, luego lo vuelve a levantar del plato y lo hace volar a la altura de su cara, va y viene el santo cruasán, que bien podría ser el santo grial, luego le acomete otro mordisco, y el cruasán va cambiando de forma, y la boca de Altisidora esculpe en él una pequeña obra maestra, que alcanza su cénit en la extinción.

Ojalá me pasara a mí lo mismo que al cruasán.

¿Quién quitará la tristeza que el virus le ha inoculado al mundo?, le pregunto a Altisidora.

Y ella me contesta: Tendrá que ser la libertad la que mate esa tristeza, una libertad nunca vista. Una orgía va a venir. Los años venideros serán frenéticos, o no habrá años venideros. Si las plagas continúan, la gente se cansará y se hundirá en los virus con lujuria, a conciencia.

Ojalá tengas razón, contesto, y vuelva la pasión al mundo, porque cada vez tengo más la sensación de que esta civilización pudiera ser solo una especie de alucinación colectiva, una ilusión que se ha hecho real durante un par de milenios y que ahora se desmorona, como si en realidad nada fuese como lo habíamos pensado, incluso como lo habíamos decretado.

Salimos del comedor con destino al Acantilado. Yo creo que Altisidora va pensando en Marc, en cómo puede afectar a la vida futura de Marc que la civilización y el orden y la realidad sean solo una fantasía rota.

Pero al entrar en el Acantilado cojo su mano y le digo que la playa nos espera.

Nos ponemos los bañadores y nos vamos al mar, y salimos desde nuestra terraza, directamente. Y vamos de la mano al encuentro con el gigante, pero con la mascarilla puesta.

Al mar le da igual que vayamos con mascarilla, nunca nos ha tenido en cuenta, dice Altisidora.

A veces tengo la sensación de que Altisidora lee mis pensamientos, muchas veces, demasiadas veces.

Otra vez su toples levanta el orgullo de la vida.

El hotel ofrece a sus huéspedes dos hamacas de madera, de diseño clásico, ya noblemente envejecidas, y de buena tela. Nos untamos de crema y nos tumbamos en nuestras hamacas.

Me acuerdo de unas vacaciones en la playa, cuando era niña, dice Altisidora. A mi padre le gustaba pasear conmigo de la mano por la playa. Yo no puedo hacer eso con mi hijo. La mano de mi padre ya también es una fantasía.

Cojo la mano de Altisidora y le digo: Ahora no pienses en eso, ¿has oído el canto de los pájaros esta mañana? Yo los he oído al despertarme, cantaban como locos iluminados, como si le cantasen al mar.

Sí, los he oído, dice Altisidora, parecían una orquesta.

Entonces, le digo estas palabras a Altisidora: Veinticinco años antes, si esto hubiera ocurrido hace veinticinco años, podríamos haber sido un matrimonio recién casado, en su noche de bodas, dejando al fin de ser dos para ser uno, y en un proceso de expansión de la alegría y de celebración del futuro, veinticinco años antes, sin conocimiento de las decepciones, como Romeo y Julieta, porque Shakespeare los mató para que no fuesen decepcionados nunca, porque la decepción para los enamorados es peor que la muerte, o es también la misma muerte, por eso esos pájaros que cantaban en el amanecer eran la vida sin tiempo y nosotros somos la vida con tiempo.

Cervantes y Shakespeare eligieron matar a sus criaturas, digo, y me callo.

Y Altisidora me aprieta la mano y dice: Estás completamente loco, tu mano está caliente, y la sangre va dentro, y viaja por tu cuerpo, así que el misterio sigue en pie. A lo mejor esos pájaros y su canto celebraban esa sangre que viaja dentro de ti, pero estás rematadamente loco, un loco bueno, y me parece que tu polla va a romper el bañador, así que vamos a follar a la habitación; perdón, al Acantilado, te voy a comer vivo.

137

Montserrat, yo también conozco calles de Madrid, amor mío, le digo mientras la miro fijamente, sentados en la cama, pero esta vez no la beso, solo la miro. Calles de Madrid, prosigo, llenas de sentimientos raros en el aire, calles como colgadas en el tiempo, calles donde hubo gente que se amó.

Yo también vi cosas raras, sí, pero ¿por qué me llamas Montserrat?, no acabas de tener fe en Altisidora.

Como si me faltara fe en la belleza, es verdad. ¿Cómo lograr esa fe en la belleza para llamarte siempre Altisidora?

Miremos el sol, me dice ella.

¿Recuerdas aquella conversación que tuvimos sobre las calles de Madrid, en donde me dijiste que conocer calles era tu felicidad privada, la que te daba paz y sosiego?

Claro que la recuerdo.

Antes de comprarme el piso en Gabriel Lobo vi otros, te hablo de hace veinte años, vi muchos pisos. Vi uno en la calle Estanislao Figueras; me lo enseñó la dueña, y me lo enseñó con lágrimas en los ojos; el piso era espléndido, lleno de luz, una casa del año 30, de antes de la guerra, y ella llevaba un vestido chino de color rojo y con cuello rígido. Era una mujer oriental, me explicó que se había casado con un diplomático español, ella hablaba un español con fuerte acento, y me dijo que se estaban separando.

¿Por qué me cuentas esto ahora?, me pregunta Altisidora.

Me ha venido a la cabeza, la memoria es puro capricho, nadie sabe nada de qué nos dice en cada momento la memoria, porque se enciende y se apaga a su capricho. Tal vez la situación en esta playa, aquí, nosotros dos, me haya despertado este recuerdo, no lo sé, tal vez la memoria vele por nosotros, nos alumbre un poco el presente con todo aquello que fue, para que tengamos así más información sobre la vida.

Te quiero, dice Altisidora en este instante.

Bésame tú, le digo, sé tú la que decidas siempre, renuncio para siempre a tomar la decisión, no lo volveré a hacer, cuando quieras besarme lo haces tú, cuando quieras que hagamos el amor, lo decides tú, renuncio a ser un hombre.

Te quiero, pero acaba de contar la historia de ese piso de Estanislao Figueras.

Te has aprendido el nombre de la calle y solo lo has oído una vez. Como te decía, era una mujer oriental, y me fue enseñando la casa, y noté que cada habitación que me mostraba le causaba una pena y un atisbo de lágrima. El piso estaba lleno de una luz muy fuerte, casi cegadora, y su lágrima naciente producía como un destello de agua iluminada, era muy tenue; además, ella se movía como si danzara, como en una liturgia, no daba pasos normales. Yo lo atribuí a algo cultural, a su Oriente natal. Recuerdo la sala de estar, que era muy agradable, con muebles de los años cincuenta, pero perfectamente conservados; me di cuenta de que era una mujer bellísima, y eso fue como un relámpago, y su belleza se mostraba como algo delicado y vulnerable, su vestido rojo parecía su propia piel. Me enseñó la cocina, y me invitó a un té, porque ella se estaba preparando uno en el momento en que yo llamé al timbre.

Nos sentamos en una mesa de la cocina, llena de luz, todo era luz en aquella casa, y a veces parecía que esa luz no la originaba el sol, sino la tristeza de un amor que al deshacerse estallaba en fuego, pues me explicó con amargura, y por segunda vez, que su marido y ella se estaban divorciando y que esa era la razón de vender el piso. Parecía como si necesitara decirse a sí misma que su amor se había acabado. La vivienda era grande, de unos 200 metros cuadrados, y yo no me atrevía ni a preguntar el precio, y esa mujer se dio cuenta, pero siguió enseñándome la casa, con la taza de té en la mano. Me llevó hasta el dormitorio principal y allí había sobre la cama de matrimonio un vestido blanco de mujer, con encajes dorados, y todo estaba ordenado, unas cortinas verdes me llamaron la atención; abrió los armarios donde estaba su ropa, para que yo la viera, no hablamos, todo era silencio; de vez en cuando sorbíamos un poco de té y resbalaba una lágrima sobre su piel. El dormitorio principal tenía una terraza que daba a la calle; subió las persianas y salimos a la terraza. Desde allí el dormitorio parecía un paraíso: tenía el tocador, una silla preciosa, de madera noble, un espejo, un galán de noche, una lámpara grande que colgaba del techo, y un lujoso cuarto de baño con dos lavabos, con bañera exenta, blanca.

Me enseñó el despacho de su marido: un escritorio de caoba, librería, un sofá, una mesa aparte, redonda, donde había documentos.

Me enseñó un pequeño cuarto en donde ella tenía sus libros, eran libros en chino mandarín, en inglés y en francés. Recuerdo sus manos acariciando alguno de esos volúmenes.

Su despacho es más pequeño que el de su marido, observé yo, y ella no dijo nada.

Me enseñó otro dormitorio, dijo que habría sido el de los niños, estaba vacío, pero era soleado y grande, olía a perfume, un perfume que inspiraba limpieza y paz.

Me enseñó un cuarto ropero lleno de maletas, que acusaban largos viajes. Había una negra antigua, que ella acarició y dijo: Era de mi madre.

Acabé mi té y nos despedimos dándonos la mano.

En ese momento me dijo esto: Es una lástima que usted no tenga el dinero que cuesta este apartamento, porque usted conservaría el amor que dejo entre estas paredes, pero mi marido no accedería a bajarlo de precio, usted sabría cuidar las lágrimas que aquí se quedan.

Y me fui.

Qué historia más triste, dice Altisidora, pero qué significa.

Yo creo, le contesto, que esa mujer oriental estaba completamente enamorada de ese hombre, pero por lo que fuese esa relación estaba acabada, y pensó que yo era el ángel de la guarda, una especie de sacerdote que podría cuidar los restos de ese amor que se quedaba impregnado en las paredes, en el suelo, en el aire, en las puertas, en las cortinas de esa casa. Yo creo que supe ver su tristeza, y simplemente me lo agradeció.

Tenías que haber comprado ese piso.

No me atreví ni a preguntar el precio, fui un cobarde.

No, no lo fuiste, ayudaste a esa mujer, al menos durante un rato se sintió menos sola. ¿Qué habrá sido de ella?

Sí, yo también me pregunto qué habrá sido de ella, dónde habrá envejecido. Imaginé que volvía a China, me pregunto si encontró a alguien que la quisiera, que creo que no, porque también esa mujer, con su presencia, me estaba revelando algo radiante de la condición humana, y yo creo que eso era la imposibilidad de amar y de ser amado, y que eso es lo único que nos pasa mientras vivimos.

Eso es cierto, dice Altisidora, eso es lo que nos pasa de verdad, y es algo radiante. Cuando termine la pandemia y retome mis viajes a Madrid, iré a la calle Estanislao Figueras, y buscaré esa casa, iré de un lado a otro de la calle, y me acordaré de tus palabras.

¿No podré acompañarte?, le pregunto, y Altisidora no contesta, se levanta de la cama y va hacia la orilla del mar.

138

Tengo cincuenta y ocho años, estoy jubilado, mi padre murió cuando yo era pequeño, mi madre cuando cumplí los veinte, he vivido solo toda mi vida, nunca me casé ni conviví con nadie más allá de fines de semana, aunque obviamente he tenido varias relaciones, pero ninguna fructificó, porque siempre pasaba algo que lo estropeaba todo, creo que tiene que ver con mi idealización del amor, pero no lo sé, porque quién puede saber una cosa como esa, toda vida es buena, aunque a veces unas parezcan mejores que otras, pero eso es también una alucinación de nuestra codicia, las cosas van pasando sin más, tampoco se me ocurrió preguntarle a nadie, quiero decir que no visité ningún psicólogo, psicoanalista, o psiquiatra, o sacerdote, o chamán, o presidente del Gobierno, estudié Geografía e Historia, no la acabé, luego me pasé a Magisterio, y trabajé como maestro en un colegio primero, luego en un instituto, decidieron jubilarme con dos años de antelación por desgaste psicológico, al que se añadía, según dijeron, un leve deterioro de la memoria, que me lleva a focalizar recuerdos y a desprenderme de muchísimos más, el bungaló de Sotopeña pertenece al sindicato de la enseñanza en el que estoy afiliado desde hace tiempo, no tengo hermanos ni familia, me ha quedado suficiente pensión como para vivir tranquilo, no me disgusta la soledad, la he elegido yo, cuando llegó el virus decidí quedarme en Sotopeña y empecé a enamorarme de ti, eso creo que es lo que ha pasado, también alguna otra cosa que me tiene muy fascinado, y es la siguiente, al conocerte mi vida se llenó de ilusiones. Por otra parte, mi memoria de manera sorprendente comenzó a centrarse en un solo recuerdo, y este era mi paso por un colegio mayor que se llamaba la Academia, y eso fue en 1981. Esos recuerdos se despertaron con una intensidad muy fuerte. El virus crea una gravitación colectiva importante, hace que pensemos en nuestra identidad comunitaria, que veamos la historia, que veamos que somos acontecimientos históricos, fechas donde lo colectivo se manifiesta. La última vez que mi memoria recuerda haber vivido un acontecimiento histórico relevante fue el golpe de Estado que hubo en España el 23 de febrero de 1981, pero tú solo eras una niña entonces, no tendrías más de seis años, y no te puedes acordar de nada, salvo por lo que te hayan contado o hayas leído luego. Cuando llegó el virus, mi memoria se fue a buscar ese hecho. Pero ese hecho dejó paso a otro recuerdo, mucho más incisivo y que yacía sepultado en mi interior. En la Academia conocí a un estudiante, mayor que yo, que se llamaba Rafael Puig. Fuimos amigos durante unos meses y tuvimos conversaciones maravillosas que yo había olvidado por completo. Las he ido recordando durante estos últimos meses. Tengo un piso en propiedad en Madrid, del que ya te he hablado, y 30.000 euros en el banco. Podemos salir adelante tú y yo.

¿Qué piensas?

Acabo de decirle todo esto a Altisidora, junto al mar, tumbados en las estupendas y grandes toallas que nos presta el hotel, con nuestras gafas de sol puestas y los cuerpos embadurnados de crema solar. Ella me ha escuchado sin interrumpirme.

Ya sabes que nunca te pregunté nada, era nuestro pacto, dice Altisidora.

Pero tú me has contado tu vida, casi me la has ofrecido, le contesto.

Bueno, lo de tu casa del sindicato lo sabía, porque me lo dijeron en Sotopeña, me lo dijeron los policías. Y por lo demás, eres otro maestro, como mi exmarido, dice Altisidora.

Se levanta de la toalla, y me da un beso, y se quita las gafas de sol, y se mete en el agua, a nadar, y nada casi una hora, de un lado a otro, sin entrar en alta mar, todo el rato cerca de la playa.

Yo la miro nadar, esperando a que por fin salga del agua.

Pero qué piensas, dímelo, le pido cuando decide volver a la orilla, mientras se seca, con la piel muy húmeda y las yemas de los dedos arrugadas.

Pienso que toda vida acaba convertida en antimateria, y que ya es tarde, dice.

Eso es porque estás leyendo a Isaac Asimov, le digo yo mirando el libro que yace sobre su toalla.

Y Altisidora me mira con ojos de duda, y de sorpresa.

Luego me coge de la mano y me pide que volvamos al Acantilado.

139

Contemplamos Altisidora y yo la noche desde el Acantilado.

Presentimos las estrellas.

Y Altisidora toma la palabra: Ojalá nos hubiéramos conocido cuando teníamos quince años; bueno, quince yo, y tú los que sean, mirando las estrellas en una noche de verano. Y no haber cumplido los dieciséis, haber desaparecido del mundo para reaparecer en una estrella, donde no hubiera nadie, ni nada, en una estrella llena de ríos, flores, árboles y sol, con noches dulces y días de buen tiempo. Y sin embargo, fíjate, miro el universo y me vienen a la mente todas las cosas que ahora sabemos gracias a la física, gracias a Einstein y a Hawking, y pienso que todo lo que nos han contado del universo es un saber frío, solo nos han hablado de matemáticas y de neutrones y de ondas gravitatorias, todo es feo y ridículo, no tiene amor, y si el universo no tiene amor, entonces es mejor que se marche, me da igual.

Tus pensamientos me encantan, le digo a Altisidora.

Hay que pedir la dimisión del universo, remata ella mientras lleva la mano hasta mi bragueta. ¿Pedimos al servicio de habitaciones una botella de champán?, pregunta.

Nos costará un ojo de la cara.

Es igual. Invito yo, dice Altisidora, aunque deberías hacerlo tú, que tienes 30.000 euros en el banco, y levanta el teléfono y encarga la botella de champán.

Me coge de la mano y me dice: Salgamos a la terraza, a oír el mar.

Es ella quien todo el rato coge zonas de mi cuerpo, como si fuese el suyo.

Por nada del mundo dejaría que pagaras tú esa botella, le digo en voz alta, y esa afirmación tan caballerosa demuestra de nuevo que no somos un matrimonio, y que por tanto hay imperfección en nuestro amor; pero al segundo me doy cuenta de que eso no es imperfección, cómo llamarlo, porque si diera igual quién pagase esa botella de champán, es muy posible que no la pidiéramos, como no la piden ninguno de los matrimonios consolidados que se hospedan en las habitaciones contiguas a la nuestra, habitaciones que se llaman la 206 o la 114 o la 308 y no el Acantilado.

Salimos a la terraza y nos abrazamos, y yo me esfuerzo en serenarme, en perder el miedo a todo, el miedo al amor, a la vida, al fracaso y a la muerte.

Nos quedamos en silencio, pero ella me mira como si mis ojos le produjeran una duda.

Y habla así: Porque esta será una noche inolvidable, la noche en que me desprenderé de todo, de haber sido hija, de no haber visto morir a mi madre, a quien amé tarde, de haber sido la novia de un hombre a quien ayudé a morir, de haber sido esposa y de haber sido madre, me desprenderé de todas las ataduras de la existencia y ascenderé hacia el cielo.

¿También te desprenderás de mí?, le pregunto a Altisidora.

Cuando me va a contestar llaman a la puerta, es el servicio de habitaciones.

Traen la botella de champán, nos miramos con complicidad, la abrimos, nos servimos una copa, y mi pregunta queda disuelta y yo no voy a repetirla.

Porque temo ser Nadie en su vida.

Soy yo el que habla ahora: Imagínate que un hombre se enamorara de una mujer sin importarle lo que siempre suele importar, sin importarle cómo se llama, en qué trabaja, qué clase de persona es, quiénes son sus padres, dónde nació, qué será capaz de hacer por él si las cosas se ponen mal; o imagínate que una mujer se enamora de un hombre sin importarle de qué van a vivir, en qué trabaja, si tuvo otra mujer en el pasado, si tiene hijos. Imagínate amores sin preguntas, pero esos amores no sé si existen, concluyo.

Me gusta que me llames Altisidora, es todo cuanto voy a añadir a lo que acabas de decir. No me vuelvas a llamar Montserrat nunca. Llámame siempre Altisidora, siempre.

Y se hace el silencio.

Bebemos, callamos, estamos nerviosos.

Solo quiero beber champán, mirar la luna, oír el mar, y pensar en que Altisidora emprende el camino hacia la libertad profunda, allí donde ella solo será Altisidora, en un lugar y en un tiempo en donde solo haya libertad.

140

—

¿Por qué estás tan delgado?, me pregunta Altisidora. Nunca me lo había preguntado antes.

Dime por qué, quiero saberlo de verdad. Es por mí, lo sé, estás tan delgado que tu edad no tiene sentido, dice Altisidora.

Por ti, así es.

Es nuestra última noche aquí.

Me gusta tanto tu delgadez, porque entonces tu sexo asusta más, es más poderoso y puedo verlo mejor, aquí, en este instante.

Ojalá fuéramos bailarines, bailáramos el tango una y otra vez, le digo yo.

Súbeme a la mesa.

Ponte de rodillas.

141

Necesito ser más ateo. Solo desde el ateísmo radical puedo amar mejor a Altisidora.

Todavía hay en mí restos racionales; aún hay en mi pensamiento nostalgia de un orden, de una voluntad; necesito no creer absolutamente en nada, para poder creer en ella, en Altisidora.

¿Cómo engrandecer mi ateísmo y mi nihilismo y mi anarquismo?

Ensancharlos, robustecerlos, alimentarlos hasta convertir ateísmo, nihilismo y anarquismo en un beso nuevo dado a la vida.

La libertad está allí, detrás de esa puerta.

Ella, Altisidora, es la puerta.

Ateísmo, nihilismo y anarquismo, la trinidad de los enamorados.

El premio: la libertad.

Estoy loco, ya tentando el corazón de aquel otro loco, del Caballero de la Triste Figura, qué nombre más hermoso.

Y si solo el enloquecimiento revelara la verdadera consistencia y razón de la vida, eso dijo Cervantes. Metió esa idea en una novela intrascendente y divertida, para disimular, porque en realidad estaba aterrorizado de su descubrimiento.

142

Al día siguiente regresamos a Sotopeña, en un silencio sepulcral. No hablamos nada durante todo el trayecto, solo escuchamos música, la música de la radio, al azar. Prescindimos de los cedés de John Coltrane, de Nina Simone y de Amy Winehouse. Solo hicimos una parada para repostar. Sin embargo, hay un cedé del que no prescindimos, el de Franco Battiato. Sobre todo, de una canción que oíamos todo el tiempo: *La estación de los amores,* pero en su versión en italiano.

Hubo una pequeña discusión para ver quién pagaba la gasolina, yo insistí. En esa pequeña discusión nos dimos cuenta otra vez de que no éramos un matrimonio. Pues un matrimonio no discute por quién paga la gasolina, y esta vez no había el matiz festivo y lúdico y sensual del champán.

Contemplé la gasolinera.

Era infernalmente fea, castigada por el desierto circundante y por el calor que caía impenitente sobre nosotros.

Miré los otros vehículos: todos con el aire refrigerado a tope, defendiéndose del calor, intentando sobrevivir.

Los empleados de la gasolinera llevaban una mascarilla con el logo de la empresa.

Pensé en una palabra, la palabra piedad.

143

Estoy recogiendo la casa de Sotopeña. Metiendo todo lo que traje para regresar a Madrid.

La ropa y los libros.

La ropa y las dos ediciones de la novela de Cervantes. Ahora, al recoger la casa, me doy cuenta de que el ejemplar de la Biblia, que también escogí como lectura para el confinamiento, había quedado olvidado dentro de un cajón de la cómoda. Creo que es buena idea dejarlo allí, para que quien venga lo encuentre y tenga lectura. Me sonrío por dentro, qué idea tan de película traerme la Biblia a esta casa. Ojalá que a quien venga después de mí le sea de utilidad este libro, aunque es muy posible que no solo no le sea de utilidad alguna, sino que únicamente le sirva para pensar en qué clase de tipo estuvo allí antes, y puede ser que lo comunique al sindicato, y todo acabe siendo un motivo de risa, de ironía, que acreciente el acierto que hubo en darme la jubilación anticipada, y ahora mismo caigo en una idea terrible, y es en lo poco que me acuerdo de todos estos años dando clase, como si fuesen una fantasía que cobró vida sin ninguna voluntad racional que la sustentara.

No consigo recordar ni un solo nombre de un solo alumno.

O todos han formado un solo rostro.

Desde que volvimos de Benicasim no he vuelto a ver a Altisidora. Nada más regresar recibió una llamada de su exmarido diciéndole que su hijo Marc la necesitaba y que él veía con buenos ojos su regreso a Alemania, que le disculpara, que su hijo era lo primero, y que ese hijo no podía crecer sin su madre, y que ya verían cómo encajar las piezas, que no solo lo veía con buenos ojos, sino que se lo pedía de corazón y que lo más importante era su presencia en la vida de Marc.

Se marchó dos días después de la llamada.

Me mandó un wasap diciéndome que estaba bien, y luego silencio, largo silencio.

Pregunté por ella en la tienda.

Había un hombre de acento argentino sustituyéndola. Un hombre amable, de unos treinta años. Llevaba una mascarilla negra, parecía muy gastada y casera, con la bandera de España en un lado, a la altura de las patillas. Le pregunté si sabía cuándo iba a regresar.

Mi jefe me ha dicho que no cree que vuelva, parece ser que le ha salido algo en Alemania, me contestó el hombre de acento argentino.

¿Cuántas naranjas le pongo?, me preguntó.

Me quedé mirando las naranjas.

Póngame una, le dije.

144

Me gusta que haya sucedido así, y es verdad que podría llamarla y ella llamarme a mí, es verdad que podríamos convertirlo todo en una sobria y discreta y buena amistad.

Pero no queríamos eso, yo no lo quería.

Ha sido un adiós salvaje, demasiado salvaje, también hermoso, quiero pensar que bello. Con un poco de belleza vivida uno puede arrastrarse con templanza hasta el borde mismo del final de sus días.

Brusco, eso sí, brusco y cruel, pero hermoso. O necesario.

Cabría incluso que yo la odiara por dejarme así, cabría incluso que ella me detestara por haberme convertido en el hombre equivocado.

Cabría incluso que yo le montara un número dramático, la historia larga de las relaciones amorosas me ampararía, está en las novelas, en el cine, en el teatro, en la pintura. En todas partes salen hombres y mujeres despechados que claman una explicación y un culpable.

Cabría incluso que se produjera una lucha de vanidades: quién ha dejado a quién, quién se ha atrevido a decirle que no al otro; pero si una cosa maravillosa te regala la madurez es la desactivación de toda vanidad y la activación de la belleza del adiós, sea de la naturaleza que sea ese adiós y tenga la causa que tenga.

Si ha sido ella quien me ha dejado, no puedo estar más agradecido, porque se evita así una futura debilidad de mi espíritu, aquella que aceptaría nuestra futura vida en común pese a que la pasión ya se hubiera terminado.

Si todo ha terminado por mi falta de convicción amorosa, he de decir que esa falta de convicción es hija de la clarividencia.

Pronto, además, se disipará la pandemia. Regresará todo, volverá la misma vida que teníamos, o tal vez no.

Ayer, hoy y mañana, eso es cuanto somos.

La conjugación de los tiempos verbales, que podamos a través de una sílaba percibir el pasado, el presente y el futuro, sigue siendo el mayor avance tecnológico de la humanidad. ¿Quién fue el primer ser humano a quien sus cuerdas vocales le revelaron estas tres palabras: amo/amé/amaré?

Esa cadena de sílabas, de sonidos mínimos, contiene las llaves del tiempo.

Me tengo que ir, dijo Altisidora al otro lado del teléfono, mi hijo me necesita y sé que tú estarás bien, te quiero.

Y yo callé.

Y colgué.

Volvió a sonar.

Mientras sonaba pensaba si sería verdad todo lo que me había estado contando de su vida, la gente se pasa la vida confundiendo lo real con lo imaginario. Y me di cuenta de que da igual, de que el envejecimiento es la edad de las igualaciones. Si te mienten, es hermoso. Si te dicen la verdad, también es hermoso.

Porque los besos sí fueron reales, y eso es la certeza, la única certeza del mundo.

La foto de Marc en la billetera, sí.

El viaje a Alemania, sí.

Soy yo el que camina hacia la duda, no ella.

145

Me gustaría ser un ángel y carecer de instintos sexuales, pero entonces estaría muerto.

Tiene que haber una posibilidad de revocar hacia mí mismo todo el erotismo que mi alma ha sabido acumular. No dárselo a nadie. Convertirlo en algo intransitivo. Que vuelva a mí siempre. Sería perfecto si hubiese una mujer que tuviera mi rostro, y amarla a ella loca y lascivamente. Para no entregar mi corazón a nadie. Para no depender de nadie. Para estar solo y así a salvo del malentendido, del interminable malentendido del amor. Y eso mismo tendría que pasarles a las mujeres, que hubiera hombres que tuvieran el rostro de ellas. Y se enamoraran de esos hombres, que son ellas mismas, en una alternativa masculina de su identidad.

Tal vez eso pase en el futuro, dentro de unos cuantos siglos.

Cuando sexo y procreación hayan sido diferenciados para siempre, habrá entonces una revolución que yo no veré.

146

—

Pienso que la caída del erotismo se da en grados, y hay que vivir todos los grados, todas las jerarquías del descenso, para llegar al grado cero, que es el del adiós profundo.

Nuestro amor duró un frasco de Chanel n.º 5, parece un bolero.

Podría luchar por ella, me lo estoy diciendo a mí mismo, lucha por ella, no has intentado nada.

Podría llamarla mil veces.

No lo haré porque esas llamadas serían a Montserrat, no a Altisidora.

Podría plantarme en Alemania, tocar un timbre de una puerta.

No lo haré porque ella no quiere y porque yo tampoco quiero, porque he elegido la exaltación por el recuerdo.

Elijo la memoria de un amor.

Es verdad que estoy sufriendo, pero también me alegro por ella, porque deseaba estar con su hijo, y eso se va a cumplir por fin y ella encontrará sosiego y sentido, y yo ya sé qué es estar solo, aunque no me acuerde demasiado.

Es entrar solo en una cama.

Es abrir una nevera que en vez de enfriar, arde solo para ti.

Es entrar en casa y ver que los muebles están cansados de la sombra en que te has convertido.

Es advertir que los muebles están vivos y que preferirían estar al lado de una familia y no a tu lado, aunque saben que a tu lado vivirán sin golpes, sin rayaduras, sin deterioro, en una clara entropía.

Es envejecer sin hablar con nadie.

Es no ser tocado.

Es estar allí sentado, al lado de la Oscuridad.

Ella ha elegido a su hijo.

Ella ha elegido volver a ser importante en el mundo de las sociedades humanas, porque ser madre es más importante que ser amante.

Y yo quiero que Altisidora sea la mujer más importante de la Tierra.

¿Tan difícil es alegrarse profundamente de lo que le ocurra al otro y no a ti? La ceguera ha sido nuestro patrimonio moral durante siglos. La ceguera entre hombres y mujeres.

A lo mejor estoy dejando de ser un hombre.

Si estoy dejando de ser un hombre, si estoy dejando de ver el mundo en su sexualidad binaria, me gustaría elegir ser un ángel.

Ser un poco de belleza.

La necesito, la belleza.

Un ángel azul revoloteando sobre el mundo.

147

Comienza el mes de agosto, el mes más fuerte, el mes de la madurez del verano. Me marcho de Sotopeña y el viejo rey Juan Carlos I se exilia de España, lo acaban de decir en todos los noticiarios, con periodistas y políticos escandalizados.

Hemos elegido el mismo día.

Nos vamos a la vez, parece contener un mensaje, un pequeño laberinto, un significado esa coincidencia.

Yo abandono la casa en donde viví mi confinamiento y él abandona el país que fundó.

Juan Carlos I alzó esta fantasía democrática que ahora se desvanece con su marcha y se vuelve contra él.

Mis cosas van en el maletero, mis escasas pertenencias.

La ropa del rey imagino se quedará en España.

Me gustaría saber la marca de su ropa interior, porque esa ropa interior es el resumen final de una vida.

Camisetas, calzoncillos y calcetines bien planchados. Maravillosos pijamas de seda.

Me gustaría tener la misma ropa interior que Juan Carlos I, pero ya me da igual, pues Altisidora se ha marchado. No hay nada más triste que no poderle enseñar una ropa interior de marca a nadie. El lujo existe si puede ser compartido; si no, es la cosa más triste del mundo, por eso durante el confinamiento la gente no se acicalaba, para qué, si no te va a ver nadie, pero ella, Altisidora, me dijo que daba igual que no la viera nadie, que ella siempre iba a ir de diez, me lo dijo al principio. Hay tantos recuerdos que me llevo, que creo que estaré entretenido mucho tiempo.

Votaría a cualquier partido político que prometiera regalar a cada ciudadano la misma ropa interior de Juan Carlos I. Juro que lo haría. Yo no sabría encontrar esa ropa interior en ninguna tienda. Necesito el auxilio del Estado español para saber cuál es esa tienda. Y necesito que el Estado español me compre esa ropa interior, porque yo no sabría pagarla, me quemaría el dinero, y las cosas son importantes. Las cosas: los calcetines, las camisetas, los zapatos, el coche, el reloj, las escaleras, los autobuses, los bolis, las monedas, las toallas, el papel higiénico son todo cosas trascendentales porque en ellas caminamos nosotros, por dentro.

¿Me ha dejado Altisidora o simplemente se ha ido?

Todo lo que tiene la fuerza del erotismo es hermoso, tiene su gran instante, y luego pasa.

148

—

Han pasado treinta y nueve años y ciento sesenta y dos días desde aquel 23 de febrero de 1981, el día del golpe de Estado, en donde se fraguó el mito de Juan Carlos I.

Y ahora ese rey se marcha de España, sin honra, sin dignidad, sin nada. Tampoco hay mito romántico que acoja en su seno este exilio, es un exilio sin leyenda.

No somos el país de Shakespeare.

Siempre fuimos el país de Cervantes.

Acuciado por los escándalos financieros, su vida convertida en un albañal de amantes rabiosas e iracundas, el dinero en Suiza, los millones de euros escondidos en paraísos fiscales, que emergen a la vista de todos los españoles, Juan Carlos I hoy se marcha de España, se va a Arabia, como única solución para que su hijo Felipe VI siga siendo rey de España.

Pienso en Lawrence de Arabia, pero Juan Carlos I no es Lawrence de Arabia, ni yo tampoco, ni los españoles que quieren que se vaya tampoco lo son, como tampoco lo son los que quieren que se quede.

Se nota mucho que los españoles y las españolas no hacen demasiado el amor. Se nota en general en todo el planeta que la gente ha abandonado el sexo, porque el sexo abandonado se pudre, y acaba convertido en violencia política. La gente se siente humillada, pero no sabe muy bien quién la está humillando. La humilla el sexo abandonado, porque si abandonas el sexo, este hace una gangrena en tu corazón y te pudre por dentro, te avinagra, y acabas deseando matar a alguien para calmar tu dolor.

Cómo saber que eres un rey si no es a través de la acumulación de bienes materiales, puesto que los bienes espirituales ya no existen, eso fue lo que le pasó. Necesitaba un espejo en donde contemplar que era un rey. Y ese espejo era la materia, no el espíritu.

La materia: casas, coches, palacios, yates, amantes, aviones, la caza de elefantes, el oro y la carne.

Matar elefantes para que tu vida se llene de emoción y de sentido.

¿Qué hacer para que la vida alcance plenitud?

¿Qué puede hacer un rey?

Los besos, eso puede hacer, besarlo todo.

Y eso hizo, a su manera.

149

Los españoles, ¿quiénes son?

Los franceses, ¿quiénes son?

Los italianos, ¿quiénes son?

Los alemanes, ¿quiénes son?

Todos somos seres humanos, idénticos, esa alucinación de la existencia de las naciones pronto terminará, doscientos años más y cesará.

De vez en cuando somos convocados por la Historia, con hache mayúscula. Las guerras, las catástrofes, pero también las revoluciones son manifestaciones de la Historia, sus tarjetas de visita.

Acontecimientos históricos universales y acontecimientos nacionales: la llegada del covid-19 al mundo y el exilio de Juan Carlos I.

Llegada y partida parecen contener un mensaje secreto.

¿Un mensaje de la Oscuridad?

Sí, ella está por todas partes.

150

Los seres humanos necesitan hechos que tengan fuerza épica, como les pasó a los griegos de Homero con la *Ilíada* y la *Odisea,* para que la vida social alcance representación, porque esta contiene una prueba de que existimos.

Buscamos pruebas de nuestra existencia y de que somos verdaderamente quienes creemos ser, allí está todo.

Así la marcha del rey Juan Carlos I es una prueba de que existimos.

Así la llegada de la epidemia fue una prueba de que existimos.

La respuesta a todo cabe en dos palabras, un artículo y un sustantivo: la codicia.

El virus codicia nuestra sangre, como el rey Juan Carlos I codiciaba el dinero. Sangre y dinero es lo mismo. Sangre y sexo es lo mismo. Sangre e historia es lo mismo.

Todos en las televisiones y en las redes quieren ridiculizar y escarnecer el amor al dinero de Juan Carlos I, pero ellos también tienen amor al dinero. Todo ser humano ama el dinero, porque el dinero es erotismo y poder. La envidia en España nace del miedo a que tu vecino acumule más poder y riqueza que tú y los use en tu contra. Aquí envidia y supervivencia misteriosamente se igualan. Aquí la envidia es terror, pues temes que te asesine o decrete tu muerte civil el que tiene más cosas que tú.

La prensa y las televisiones del mundo se hacen eco del escándalo del rey emérito. Otra vez vuelve España a la escena internacional.

Juan Carlos I se vio a sí mismo como un rey de un país más bien de segunda división. No tenía una gran fortuna como los grandes magnates americanos, rusos o chinos, no era ni la cuarta parte de rico que la reina de Inglaterra, algo insoportable, imagino.

Ahora su hijo tiene que elegir o el dinero o el protagonismo de la Historia. Da terror ser un hombre anónimo. Si dejas de ser rey, lo pierdes todo. Pasas a un espacio gris de la condición humana. Pasas a ser un obrero.

Eso también lo sabía Cervantes, por eso don Quijote está obsesionado con la mirada de todos los hombres y las mujeres del mundo.

Necesita ser contemplado, como los reyes.

Todos necesitamos que nos contemplen.

Unos necesitan la contemplación de toda la humanidad, otros la de su país, otros la del vecino del rellano.

151

Me imagino por un instante el derrocamiento de la monarquía en España. Me imagino a Felipe VI viviendo como un ciudadano anónimo, en un piso de las afueras de Madrid, pagando una hipoteca, tratando de sacar adelante a sus hijas, intentando cambiarse de coche, quitándose de tomar café en los bares para ahorrar 14 euros más a la semana, comprando cinta adhesiva roja en un bazar chino para esconder las rayas y el óxido de la chapa de su automóvil, guardando los tiques del Carrefour para obtener un descuento de 3 euros en la próxima compra de cerveza Mahou si esta es superior a 30 euros.

A los españoles ese Felipe VI sin corona también nos produciría terror, porque entonces perderíamos ese lugar de la trascendencia, el lugar del ornato, el sitio del poder y del privilegio, el sitio de la representación, el sitio de los símbolos, ese sitio que necesitamos para afirmar que somos una nación, que somos algo, que tenemos que ver los unos con los otros, que el vecino de tu rellano guarda una relación contigo más allá de la proximidad física.

Si dejas de ser una nación, lo que sigue son las tribus, los gritos al lado de las hogueras, los dioses de barro, la carne cruda, la enfermedad, el chamanismo, la locura, el linchamiento, la superstición, la nada.

Imagínate coincidir con Felipe VI en la parada del autobús, o un domingo en Ikea, o haciendo la cola del paro para que te sellen la cartilla, imagínatelo así, imagínatelo divorciado, bebiendo whisky español, del barato, en un bar oscuro de alguna circunvalación con pisos humildes y baratos de Getafe o de Parla, bebiendo para olvidarlo todo, parece hermoso, hay belleza allí, es un buen desmoronamiento general de todo un país.

Si hay belleza, hay dignidad.

Se ha marchado Juan Carlos I y noto que se cierra el círculo, que se viene encima el final de esta historia. Termina una época. Con el rey me marcho yo también de Sotopeña, el lugar en donde me enamoré de Altisidora, como si esto fuese un cuento de hadas o de fantasmas.

Vine porque un acontecimiento colectivo me trajo.

Me marcho porque se ha abierto una puerta colectiva, la puerta por la que un rey huye al reino del silencio y del fracaso, y aprovecho que se ha abierto esa puerta para irme yo también.

Dicen del rey Juan Carlos I que el 23 de febrero de 1981 salvó a un país entero. ¿Y si hubiera salvado solo su negocio, su empresa, su inversión? Es imposible distinguir una cosa de la otra.

Por eso solo creo en el amor, en el amor que viví junto a esa mujer. Si la convertí en una diosa fue porque la vida me sigue pareciendo infinitamente bella. Por amor a la belleza de la vida convertí en diosa a Montserrat García, ese era su apellido.

152

Ya he comenzado a ver a Altisidora desde la memoria, a engrandecer su recuerdo.

Poco tiempo hemos estado juntos, pero ese tiempo vale por treinta años de matrimonio.

No intentes buscarme, aunque bien sé que no lo harás, porque lo has entendido todo, porque nos hemos amado, y al amarnos hemos comprendido la esencia del tiempo.

Más bien me estoy diciendo a mí mismo que no la intente buscar nunca, que borre sus fotos de mi móvil, que borre su WhatsApp, su número de teléfono, para no sucumbir a la tentación de querer saber de ella dentro de tres días, o una semana, o un mes, o dentro de un año, o dentro de diez.

Pues cuatro meses y medio de amor valen en la memoria cuatro siglos y medio de deleite.

No nos esperaba nada que no fuese la convención social, el aburrimiento, el auxilio mutuo en las rutinas del trabajo, la subsistencia, el sueño compartido por las noches, la división de tareas en el ámbito doméstico, tú cocinas, yo hago la compra, yo limpio la casa, tú llevas el coche al mecánico, y dime si todo eso tiene que ver con la enorme belleza de tu nombre, porque tu nombre es Altisidora.

Adiós, amor mío.

Adiós, Altisidora.

Demos gracias al virus, que nos dio este amor que ahora termina, ahora que el virus comienza a marcharse del mundo.

Don Quijote no se casó con Dulcinea.

153

—

He vuelto a mi piso de Madrid.

Calle Gabriel Lobo.

Piso segundo, escalera B.

Abro la puerta de la casa.

Entro sin encender las luces y voy directo a la sala de estar. Me siento en el sillón. Y espero a que anochezca.

Hay un retrato de mi madre en la mesa. No lo he mirado aún, no puedo, no quiero, no sé.

Va llegando la noche con amor, como si la noche fuese ella, mi mujer, mi Altisidora, ella que salió de mis entrañas y regresa a mis entrañas.

Y un pensamiento crece dentro: somos una especie indestructible; cabe incluso la posibilidad de que nuestras vidas estén siendo creadas en este instante por seres del futuro, en una infinita afirmación del ser humano.

Nos miran a milenios de distancia.

No podemos verlos, pero ellos sí nos ven. No podemos ver a quien sí puede vernos. Pero sé que están allí, o lo estarán, y esa prospección de futuro alcanza tal grado de certeza que se anula el tiempo y propone un presente perpetuo en donde ya sé que están allí, mirándome. Son nuestros tataranietos, los tataranietos de Marc.

Nos aman, pues somos sus tatarabuelos, y ellos son jóvenes y permanecen en una juventud inalterable, nacida en la conjunción de bondad y belleza a la que la humanidad llegó al fin. De vez en cuando nos resucitan, porque nos aman.

Cuando regresa Altisidora a mi pensamiento, mi cuerpo la busca, de modo que he cometido el error más grande del mundo.

Mi cuerpo la sigue buscando.

La buscará por los siglos de los siglos.

Mi cuerpo.

Sangre, fluidos, sexo y libido, eso es imperecedero, eso lo fundó todo. No el alma. Los fluidos, las venas azules, la exhibición, la entrega, la entrada.

154

Acaba de sonar el timbre de la puerta. Miro por la mirilla y veo un rostro con una mascarilla quirúrgica.

Soy Horacio, tu vecino, oigo decir.

Me pongo mi mascarilla y abro la puerta. Nos saludamos con cariño.

Te traigo la correspondencia, se salía de tu buzón, se han acumulado muchas cartas durante tu ausencia, y le dije al cartero que yo te las recogería.

Le doy las gracias.

Entro en casa con un buen manojo de cartas. Muchas son del banco, del sindicato, de publicidad.

Pero hay una especial.

Hay una de Montserrat, yo le di esta dirección.

Voy a la sala de estar y me siento en mi sofá y leo el remite: una calle de la ciudad de Butzbach, en Alemania. Le agradezco que no me haya escrito un correo electrónico. Agradezco como un acto de amor ver su letra y ver mi nombre escrito con su letra. Y su firma.

155

Mi amado Salvador:

No fue fácil para mí marcharme, salir casi huyendo, pero no de ti, sino ya sabes por qué. Te llamé varias veces, después de la conversación que tuvimos, en donde te anuncié que me marchaba, pues quería explicarte con más detenimiento lo que pasó, luego me di cuenta de que tú lo sabías o lo intuías o lo adivinabas y que por eso no atendías mis llamadas. Y entendí también que lo querías así. Tu eterna y perseguida «belleza», tu romanticismo, tu maravillosa locura de la que me enamoré.

Estoy en Alemania de nuevo, como ya sabes.

Estoy con Marc, él me necesita ahora.

Es un niño maravilloso, y a su lado encuentro la paz y la serenidad y ya no me siento culpable.

No quiero contarte las desventuras ni las condiciones de mi nueva situación, solo que estoy bien, porque estoy de nuevo con Marc, ayudándole a crecer, como madre suya que soy.

Te quiero muchísimo y te querré siempre.

Y si no te vuelvo a ver nunca más, jamás te olvidaré.

Siempre estarás en mí, siempre en mis pensamientos, todos los días que vivimos juntos serán recordados en cada latido de mi corazón, en cada parpadeo de mis ojos, en cada pliegue de mis arrugas venideras.

Moriré pensando en ti, pensando que fuiste el gran amor de mi vida, soñando contigo en un futuro más allá de la vida y de la muerte, en donde seamos por fin libres los dos, los dos plenos de belleza, como tú siempre quisiste que viviéramos.

Ojalá encuentres la belleza que buscas, ojalá esté siempre la belleza de tu parte, y creo que tenías razón, creo que la belleza existe. Tú la veías en mí, y eso me dio fuerza, quiero darte las gracias por eso, porque me dio confianza. Todas tus alabanzas, que yo a veces me tomaba como galanterías antiguas, cosas de tu romanticismo recalcitrante, no eran ilusiones. Lo que viste en mí me dio fuerzas para seguir adelante. También todo lo que viste en mí hizo que te amase con bondad y con ternura. Lo que viste en mí en realidad era extensible a la vida entera, a todas las formas de la vida.

La casa del bosque es la casa de mi corazón.

Las veces que alabaste mis manos y mis ojos y mi pelo, todo eso va en mí. Mis manos fueron tu obsesión. A veces las miro, intentando ver lo que tú viste en ellas, y entonces te acabo viendo a ti. Decías de mi pelo que por momentos era moreno, y por otros momentos era rubio, y cuando me peino en el espejo, veo mi cabello con tus ojos, y vuelves a mí. Me dijiste quién era. Y si no era quien me dijiste, acabé siéndolo, porque quien me dijiste que era se impuso en mi cuerpo y en mi alma. Tu deseo de amor acabó siendo un virus que me inoculaste. Llevo ese deseo de amor encima, el virus bueno.

Fuiste un regalo de la vida. Un regalo de los más altos dioses del universo. Ojalá yo te diera una décima parte de lo que tú me diste.

Te amo y te beso,

Altisidora

156

He llorado con la carta.

He sido feliz en medio de sus palabras.

Me ama y me amará, aunque nunca volvamos a vernos, me bastan sus palabras. Muchos enamorados no tuvieron ni palabras con que remediar su soledad.

Y se me ha hecho raro ver escrito mi nombre en la carta de Altisidora. Durante estos meses mi nombre no ha sonado casi nunca, acaso unas pocas veces en la boca de Altisidora, muy pocas veces.

La rareza de mi nombre, Salvador, que era el nombre de mi abuelo materno, una concesión de mi padre a mi madre. Mi madre, enamorada de ese nombre, me dijo que llevaba el mejor nombre del mundo.

Es un nombre destinado a resplandecer, me dijo mi madre hace miles de años, ¿miles de anos?

Es que casi no la recuerdo.

Solo diciendo mi nombre viene ella a mí, viene a mí quien eligió mi nombre, y mi nombre ha acabado en la mano de Altisidora, cuyo nombre es una invención mía, porque su nombre es Montserrat.

Y lo veo allí escrito, Salvador, con la letra larga y afilada de Altisidora, y veo erotismo en esa letra, incluso veo lascivia y veo lujuria y veo dones de la carne, dones de los besos más aniquiladores, todo eso va en la letra de Altisidora.

Me quedo mirando su letra, apenas la había visto antes, solo su firma, por fin su letra ahora, que es una extensión de ella misma, y me entristece saber que estuvimos tan poco tiempo juntos que no tuve ni ocasión de conocer su letra.

Los matrimonios conocen sus letras. Las letras de la rutina.

Los amantes, las letras del adiós.

Abro ahora una carta un tanto extraña, es del sindicato, y no es publicidad oficial ni una nota informativa, sino que contiene otra carta, en un sobre más pequeño, y la carta que va dentro lleva escrito el nombre de Rafael Puig en el remite. Hay una nota del sindicato en donde me dicen que me reenvían la presente. La carta de Rafael viene desde la India.

La abro.

157

—

Querido Salvador:

Espero que estés bien y sé que lo estás. Hace casi cuarenta años que no sé nada de ti y confío en que esta carta te llegue. Sé que escribirte después de cuarenta años es como escribirle al viento, parece un acto insensato, pero sin embargo aquí estoy, haciéndolo. Solo puedo mandarte esta carta apelando a tu humanidad y a tu memoria. Te he escrito a tu sindicato de la enseñanza. No tenía otro sitio adonde hacerlo. Sí quiero contarte que supe que estabas afiliado a ese sindicato gracias a doña Matilde, que aún vive y con la que seguí manteniendo contacto. Tiene noventa años, y se acuerda de nosotros, especialmente de ti, porque eras tímido y siempre la tratabas con mucho respeto, son palabras suyas. Noventa años, sí, la edad que los dioses regalan a los elegidos. Te acuerdas de ella, ¿verdad? Ojalá tú llegues a cumplirlos, y yo también. Lo sorprendente es que la nieta de doña Matilde fue alumna tuya cuando era una adolescente. Ella, la nieta, te lo dijo una vez, a lo mejor no te acuerdas. Llamé a tu instituto, pero no quisieron darme tu dirección. Hablé entonces con Almudena, así se llama la nieta de doña Matilde, que también se dedica a la enseñanza y me dijo que sabía que pertenecías a este sindicato y que pediría tu correo electrónico, yo le dije que no quería tu *e-mail*, que quería escribirte una carta de puño y letra, entonces me sugirió que te escribiera al sindicato, y que ellos ya mandarían mi carta a tu casa. Por cierto, Almudena se acuerda mucho de ti, me dijo que tus clases eran especiales y que aprobabas a todo el mundo, esto me lo dijo con una sonrisa. Me gustó saber que aprobabas a todo el mundo, me trajo el recuerdo de tu bondad.

Tras acabar la carrera ejercí de médico en varias ciudades españolas, sobre todo en el sur, en Andalucía, en pueblos perdidos, donde me casé y me divorcié, pero no quiero hablar de eso. Pues toda mi vida fue normal y previsible hasta que me di cuenta de que tenía que ayudar a la gente, que tenía que dar mi energía a los demás. No quiero cansarte. Te resumo: llevo veinte años ejerciendo la medicina en distintas oenegés y en distintas organizaciones internacionales, recorriendo medio mundo, al servicio de los que no tienen nada. Fue allí, en una oenegé donde me encontré con Almudena, pues ella es una persona generosa y comprometida y una cooperante también.

No fue solo por altruismo, eso es lo que quería decirte. Vi otro sentido de la vida, como una luz arrebatadora, vi en los demás la energía que estaba buscando. Ellos eran la explicación. Ellos eran la solución.

Ahora estoy en la región de Bihar, uno de los estados más pobres de la India, vivo en Patna, la capital, intentando luchar contra el virus, con la gente más necesitada de la Tierra. Si vieras mis condiciones de vida, te asustarías. No tengo agua corriente. No tengo electricidad más que un par de horas al día. Poca ropa; comida, la imprescindible; ninguna comodidad más allá de lo básico. Sin embargo, tengo el agradecimiento de niños, hombres y mujeres. Los veo a veces que no saben cómo expresar el agradecimiento. No ambiciono nada, ya sé que suena a tópico, pero en mí es la verdad. No ambiciono más que ver la luz del sol todos los días. No es fácil llegar allí, a ese lugar de la renuncia, casi nadie lo hace.

Cuántas veces en mi vida quise entrar en lo sobrenatural, hablábamos en la Academia mucho de eso. No sabía cuál era la puerta. El agradecimiento de un ser humano a otro ser humano tiene naturaleza sobrenatural.

Es verdad que mucha gente ha muerto en mis manos, pero muchos más han salvado la vida. Y los que la han salvado me salvaron a mí también.

Al salvar, te salvas.

Te he sentido cerca estos meses, por eso te escribo. Como si me estuvieras invocando, como si me estuvieras llamando, como si necesitaras la confirmación de que en la vida existe la naturaleza espiritual de las cosas, como si me necesitaras.

Te escribo para decirte lo que en aquellas noches de la Academia aún no sabía. Y creo que es urgente que te lo diga. Y es esto: se puede vencer a la Oscuridad. Es verdad que ella domina lo visible y lo invisible, que conoce la igualación entre existencia e inexistencia, el saber de los viejos alquimistas y de los viajeros astrales, la malversación fundamental del bien, la ruina del bien, el fracaso del bien. Porque el bien siempre fracasa, pero persevera en la misma proporción que fracasa, esa es la puerta de lo sobrenatural: la alternancia eterna entre perseverancia y fracaso del bien.

Sé que durante estos meses de la pandemia ella te ha visitado, la Oscuridad. Lo sé porque sigo tratando con ella. La sigo viendo en tantos que mueren, en tantos que derraman su sangre sobre este hermoso planeta. La veo allí, plantada, como un edificio de acero, en mitad del tiempo y del espacio. La mayoría de la gente la ve en el instante de morir, solo en una milésima de segundo en donde aún hay conciencia antes de la extinción; nosotros la vemos más veces, eso es todo, porque ponemos atención, maldita sea la atención, nuestra vehemente atención, porque mejor es no verla, pues ella no da nada.

No es exactamente vencerla, sino poder convivir con ella, de eso quería hablarte.

Yo lo hice entregando mi vida y mi ciencia a la gente más pobre y humilde de este mundo.

Cada vez que curo a un enfermo sin recursos económicos, sin ropa, sin comida, con la piel lacerada, con el alma destruida, la Oscuridad se marcha. Ella me mira a los ojos, se conmueve, baja la mirada y se marcha, y la vida se redime.

Curar a otro ser humano es una forma de erotismo, tal vez la más profunda forma de erotismo que existe. Hablan de generosidad, de altruismo, de justicia social, de solidaridad. No son esas las palabras. La palabra es *erotismo.* Curar a otro ser humano es entrar en lo más sagrado que tiene, entras en su salud, hablas a su salud, tocas sus órganos, los llamas a la vida de nuevo, besas la salud, que es como besar la vida. Entras y caminas dentro de la enfermedad y la expulsas, abres las ventanas y atraviesa el aire limpio el cuerpo de quien estaba moribundo: es erotismo, créeme. Entran el mar, los árboles, la brisa, los pájaros, el bien absoluto.

El bien absoluto se edifica sobre el erotismo.

Sobre los besos se levanta el bien absoluto.

Eso es: los besos, porque los besos siguen siendo el mayor misterio del mundo. Nadie logrará saber qué es un beso, por qué existen los besos, qué significan en realidad. Tienen un poder desconocido.

Los besos, allí está todo, en los besos.

Y eso hago como médico: deposito besos dentro de los cuerpos enfermos.

Intenta convivir con ella; dile a la Oscuridad que estás enamorado, enamórate de una mujer, por favor, y si no existe esa mujer, invéntala, y la Oscuridad te dejará en paz, se apartará al menos durante un tiempo. Sí, la Oscuridad: el no saber por qué, el no saber quién ni dónde, el no saber si la vida ocurre de verdad, el no saber y el sentir esa sed, y esa sed que duele, y ese dolor que regresa a la Oscuridad de nuevo.

Moriré solo, como tú.

Moriremos solos.

Al final ella se nos llevará.

Nunca con queja.

Te abraza,

Rafael

158

Dejo las dos cartas sobre la mesa.

Las pongo al lado la una de la otra.

Dos cartas manuscritas en un mundo en donde ya nadie escribe cartas. Dos cartas que son el tesoro de la condición humana, al menos de la mía. Dos cartas humanas, agradezco a quien sea la suerte de que hayan sido dos cartas como las de antes, de puño y letra, con sobre, con sello, con preparativos para el viaje hacia mí, con mano que coge un bolígrafo y hace que el papel se ilumine, y el esfuerzo de ir hasta una oficina de correos y contemplar cómo un funcionario pesa la carta, cómo consulta la tarifa que le corresponde.

Recorro mi piso de Gabriel Lobo, intento caminar por esta casa como quien camina por un bosque solitario, lleno de pájaros que cantan canciones veloces y ardientes, intento pensar en esas dos cartas, intento comprenderlas, todas mis cosas están en este apartamento, veo allí mis libros, mis fotos de familia —pocas—, mi cama, mi armario, la cocina, la nevera vacía, tengo que salir a hacer la compra, me acuerdo de mis compras, de la primera compra en Sotopeña, cuando conocí a Montserrat, pero pienso en esas cartas, en esas dos personas que son en este instante mi única familia: mi amor y mi amigo casi imaginario.

Voy a la cocina.

La miro intentando averiguar el secreto del espacio y de las cosas.

Abro el grifo y contemplo cómo cae el agua dentro de la poza, me quedo mirándola.

Es el agua frente a la piedra. El agua, como en aquella película que vi una vez, aquella que se titulaba *Deseando amar,* en donde al final de la historia nacía una pequeña planta en medio de las piedras.

El agua.

Altisidora era de agua.

El agua esconde el enigma de la libertad porque no tiene representación política. Estoy pensando en la libertad, en si la veré alguna vez.

Cervantes escribió la historia de amor más triste del mundo: la de don Quijote por Dulcinea del Toboso. Nadie se tomó en serio esa gran historia de amor salvo el propio don Quijote, solo él, siglos y siglos, solo él.

Así me ha pasado a mí, solo yo, con esta ridícula fe en el amor por una mujer, ridículo y triste y viejo, pero enamorado, como ese loco de la novela de Cervantes, defensor de una *fermosura* que es la misma que yo defiendo contra la Historia, contra el Tiempo, contra la Muerte, contra la Oscuridad.

159

—

No me acuerdo de Almudena, no consigo recordar esa conversación, intentaré localizarla, la llamaré, tomaré café con ella, cada uno con su mascarilla. En el sindicato me dirán cómo encontrarla, pero no sé ni su apellido. Podría buscar en mis antiguos blocs de viejos alumnos, pero solo guardaba los de los últimos años, los antiguos los acababa destruyendo, no sin pena, pero no tenía sitio para almacenar a tantos alumnos con sus fotos, con sus exámenes, con sus notas, con la pesada contabilidad de sus faltas de asistencia a clase, con sus justificantes de esas faltas, que si una visita al dentista, que si una gripe, que si un tema de familia que nunca era verbalizado, que si el entierro de un abuelo.

Qué oscuro es el envejecimiento.

No entiendes cuál es la base argumental del envejecimiento, no entiendes que las arrugas tomen tu piel y que tu memoria comience a desintegrarse. Cómo es posible que olvidara a la nieta de doña Matilde si fue alumna mía.

El envejecimiento es la tarjeta de presentación de la Oscuridad.

Una cosa sí sé: no contestaré a ninguna de estas dos cartas. Ni a la de Montserrat (ya no es Altisidora, realmente nunca existió Altisidora) ni a la de Rafael Puig.

¿Qué decirles?

Proponerles quedar a tomar un café y normalizar lo que fue una aventura extraordinaria.

¿Vulgarizar lo que ellos dos fueron para mí?

Ver envejecer a Altisidora en una amistad amable y lejana, y también incómoda y falsa.

No podré vivir sin ella, ¿por qué no la llamo ahora mismo? Porque he elegido la elevación de la vida, por eso. Porque he elegido las alturas inconmensurables. Porque la quiero muchísimo, y es en la renuncia donde mi amor alcanza una forma posible de divinidad, de trascendencia.

Noto que se está descomponiendo el virus, había permanecido miles de años vagando por la atmósfera de la Tierra. Pronto lo venceremos, yo casi ni me acuerdo de él salvo por las malditas mascarillas.

Esas dos cartas me dicen que lo que no se está descomponiendo es el deseo que sienten unos seres humanos por otros seres. Eso continúa intacto. Tal vez algún día deje de estarlo, ese día sí traerá el fin del mundo: el día en el que los hombres no sientan ningún deseo hacia las mujeres y las mujeres tampoco hacia los hombres.

Puede suceder.

Ocurre en la vejez profunda, en la vejez desmemoriada.

Puedo soñar un futuro en que los seres humanos dejen de sentirse atraídos los unos por los otros, que el deseo desaparezca, sin que se perciba su ausencia, sin que lo echemos en falta.

Alcanzaríamos la libertad al mismo tiempo que la extinción.

Alcanzaríamos la independencia al mismo tiempo que la inhumanidad.

Alcanzaríamos una vida sin dolor, una vida que tendría que buscar su plenitud en otro sitio.

¿En qué sitio?

¿En la Oscuridad?

Pasaríamos los unos al lado de los otros por las calles sin sentir atracción. Nos cogeríamos de la mano como gesto cordial, pero sin sentir deseo. Dormiríamos solos o acompañados, dando igual. Nos veríamos desnudos, incluso podríamos caminar desnudos por las calles. Estar desnudos en los transportes públicos sin ninguna curiosidad, sin seducción, sin gravitación, sin vergüenza, y por tanto sin sufrimiento.

La muerte del erotismo nos daría la libertad.

No seríamos esclavos de nuestros instintos.

Existe la destrucción del alma.

La Oscuridad.

Ninguna queja, ni siquiera contra la Oscuridad, a la que vamos todos, de la que venimos todos.

160

—

Salgo a las calles de Madrid, tengo la nevera vacía, tengo que comprar fruta, verduras, huevos, leche y un cruasán, y veo un río de hombres y mujeres con el rostro tapado caminando en silencio, y esperando.

¿Qué esperan?

Los besos, eso esperan.

Los títulos de Manuel Vilas en Booket: